Encontros no parque

Hilary Boyd

Encontros no parque

Tradução de
ELIANE FRAGA

1ª edição

EDITORA RECORD
RIO DE JANEIRO • SÃO PAULO
2014

CIP-BRASIL. CATALOGAÇÃO NA FONTE
SINDICATO NACIONAL DOS EDITORES DE LIVROS, RJ

B784e Boyd, Hilary, 1949-
Encontros no parque / Hilary Boyd; tradução de Eliane Fraga. – 1ª ed. – Rio de Janeiro: Record, 2014.

Tradução de: Thursdays in the park
ISBN 978-85-01-40463-3

1. Ficção inglesa. I. Fraga, Eliane, 1947-. II. Título.

14-09240 CDD: 823
CDU: 821.111-3

TÍTULO ORIGINAL EM INGLÊS:
Thursdays in the park

Texto revisado segundo o novo Acordo Ortográfico da Língua Portuguesa.

Impresso no Brasil

ISBN 978-85-01-40463-3

Para Tilda, com amor — minha inspiração e o porquê de eu estar no parque às quintas-feiras.

1

— Você não deveria beber tanto assim. — O sussurro de George adentrou o calor da noite de verão enquanto eles voltavam para casa pela calçada silenciosa.

— Não tomei mais que três taças — protestou Jeanie. — E não estou nem um pouco embriagada.

Fazia muito calor, embora já fossem dez e meia da noite. Ela destrancou a porta da cozinha e entrou. Em seguida, jogou as chaves e a bolsa sobre a mesa e abriu as janelas francesas que davam para a varanda.

— É muito constrangedor. Você começa a falar alto demais, e sua voz fica estridente — continuou George, sem ligar para o que ouvira. — Como se alguém pudesse se interessar por experiências com vitaminas! Se não fosse o álcool, você teria notado que o sujeito já não suportava mais.

Magoada com o tom venenoso do marido, Jeanie o encarou. Naquela noite, George estava particularmente tenso e irritado, desde antes do jantar na casa de Maria e Tony. E, mal terminaram o café, George se levantara, dizendo que precisavam ir embora e dando uma desculpa esfarrapada de uma reunião pela manhã, que Jeanie sabia não existir.

— Eu não estava embriagada, George, eu *não* estou embriagada. Ele é que não parava de fazer perguntas — explicou ela num sussurro.

George pegou as chaves que Jeanie tinha lançado sobre a mesa e pendurou-as no suporte com ganchos ao lado da porta. Acima de cada gancho havia uma etiqueta com a escrita cuidadosa e uniforme de George — George C, Jeanie C, George A, Jeanie A, Reserva C, Reserva A — para indicar as chaves de casa e dos automóveis.

— Vamos tomar um drinque lá fora. Está quente demais para dormir. — Jeanie examinou a expressão do marido para ver se já fora perdoada, mas o olhar dele continuava tenso por trás dos óculos com grossos aros de tartaruga.

— Com toda certeza ele achou que você estava flertando — insistiu George, encarando a esposa.

— Ah, tenha dó. — Jeanie sentiu que o ar lhe faltava e desviou os olhos, com um rubor subindo pelo rosto. Não era um rubor de culpa; o tal homem era meio raquítico e encarquilhado e tinha os dentes manchados. Embora simpático, estava longe de ser um objeto sexual. O rubor era de inquietação. Jeanie odiava discussões. Crescera numa casa paroquial fria e úmida em Norfolk, vendo a mãe engolir as imposições rudes e dominadoras do marido sem jamais questionar o direito dele de maltratá-la daquela forma. Jeanie vivia com medo do pai, mas lembrava-se de querer que a mãe se impusesse, que ao menos uma vez ela finalmente explodisse e se posicionasse contra aquele *bullying*. Jeanie prometera a si mesma que jamais admitiria ser tratada daquela forma. George, com seu jeito educado e gentil, não se assemelhava em nada a seu pai.

Ele franziu a testa.

— Você corou.

Jeanie respirou fundo.

— George, por favor... Sirva-nos um armanhaque e vamos sentar lá fora para acalmar os ânimos. — Jeanie odiou-se ao ouvir o tom sedutor de sua voz. — Você o viu — acrescentou num tom de voz fraco e saiu em direção à varanda. A adrenalina tomou conta de todo seu corpo até que o cansaço a venceu.

— Acho que vou subir — anunciou George, mas sem fazer qualquer movimento. Ele continuou ali, de pé, com o corpo desengonçado de tão alto e magro, vergado, dando a impressão de estar enraizado no meio da cozinha. Parecia estar a quilômetros de distância. E, aparentemente, esquecera a implicância tola a respeito do jantar.

— George, o que há de errado? — Jeanie aproximou-se e fitou o rosto dele. Perplexa, notou um grande desespero nos olhos castanhos do marido, algo que nunca vira. — George?

Por um breve instante, ele manteve o olhar preso ao dela, paralisado. Parecia pronto a falar, mas desviou-se bruscamente.

— Aconteceu alguma coisa hoje? — continuou Jeanie.

— Eu estou bem... Estou bem — respondeu George. — Não aconteceu nada. O que poderia ter acontecido? — Jeanie observou que o rosto do marido se retesava e relaxava sem parar, como se ele tentasse mudar de expressão. Em seguida, ele se encaminhou para a escada. — Você já vem? — perguntou, num murmúrio, ao se afastar.

O quarto estava abafado devido ao calor do dia, apesar das vidraças totalmente abertas. Quando Jeanie se deitou, George virou-se para ela e acariciou seu rosto e seus lábios, descendo a mão lentamente pelo corpo num gesto de desejo. Ela não o queria, mas havia algo obstinado em seu carinho que tornava difícil recusá-lo. Aquilo não era, no entanto, um ato de amor, nem parecia ter qualquer coisa a ver com ela; era como se Jeanie fosse qualquer pessoa. Na verdade, ela teve a estranha sensação de que nenhum dos dois estava ali, nu, naquele lençol quente e úmido. A sensação era de um encontro remoto, mecânico, um exercício sexual anônimo.

E então, sem mais nem menos, George se afastou, levantando-se e lançando-se para trás contra a cabeceira da cama, como se um escorpião tivesse acabado de se meter embaixo do lençol.

Jeanie o encarou, espantada, na escuridão do ambiente.

— O que está acontecendo? Qual é o problema?

Sem uma palavra, George pulou da cama e acendeu a luz da cabeceira. Ficou ali, nu, de braços cruzados, a fitar a esposa. Só restava a Jeanie não se retrair diante daquele olhar frio e vazio.

— Eu... não consigo... fazer isso — disse George devagar, com muito cuidado, como se buscasse as palavras certas.

Jeanie fez menção de se aproximar, mas ele estendeu o braço com a palma da mão voltada para ela, repelindo-a, embora ela permanecesse no seu lado da cama. Com a outra mão, abaixando-se, George pegou a calça do pijama azul-marinho e agarrou-a fortemente junto ao corpo, como um escudo.

— Não entendo... George, me explica o que isso tudo significa. — Jeanie sentiu que sua respiração estava desconfortavelmente presa na garganta quando se sentou para encará-lo.

Mas George não respondeu; limitou-se a continuar ali, parado.

— Significa... — Ele falava como um homem que se afogava e recusava qualquer socorro. — Que não consigo mais fazer isso.

— Não consegue mais fazer o quê? George?

Ele se virou para o outro lado, pegou os óculos na mesa de cabeceira e saiu em direção à porta.

Jeanie pulou da cama e foi atrás dele.

— Para onde você vai? George? Você não pode simplesmente me deixar assim. Foi alguma coisa que eu fiz? Por favor, me diga.

Mas George se afastou, mal lhe dirigindo o olhar.

— Vou dormir no quarto de hóspedes.

Não consigo mais fazer isso. Deitada ali na cama amarrotada, sozinha, chocada e, acima de tudo, desnorteada, aquelas palavras a perseguiam. A vida deles em comum, que já durava 22 anos, era pacífica, metódica, talvez até um pouco maçante. Eles nunca discutiam, desde que Jeanie aceitasse a necessidade aparentemente gentil que George tinha de controlá-la. Era como se ela tivesse ido parar involuntariamente no topo de um vulcão que de repente decidira entrar em erupção. O que estava acontecendo com seu marido?

Na manhã seguinte, George comportou-se como se nada tivesse acontecido. Ainda de camisola, Jeanie desceu para a cozinha ensolarada e encontrou-o pondo a mesa, como sempre fazia, arrumando as xícaras e os pratos, o vidro de geleia e o pote de manteiga com tampa no formato de uma vaca.

— O que aconteceu ontem à noite? — perguntou Jeanie e, exausta, desmoronou na cadeira.

George desviou os olhos de sua tarefa de encher a chaleira feita de inox e fitou-a como se aquela pergunta não fizesse sentido para ele.

— Não aconteceu nada. Eu estava cansado.

— Só isso? — insistiu Jeanie, perplexa. — É só isso que você tem a dizer?

Ainda segurando a chaleira, George franziu o cenho para ela.

— Não faça o drama de sempre, Jeanie. Tenho muito trabalho. Já disse que estou cansado.

George apoiou a chaleira no descanso e apertou o botão para ligá-la. Em seguida, alisou a gravata vinho sobre a camisa de um branco imaculado e enfiou-a na calça cinza listrada, que usava com suspensórios vermelhos.

Jeanie esperou e, por um breve instante, se perguntou se aquilo tudo fora imaginação sua.

— George, você fugiu de mim na noite passada como se eu fosse um monstro de dez cabeças. Não estou inventando um drama.

George deu uns passos em volta da mesa, relaxado, e, quando chegou atrás dela, beijou-lhe a cabeça. Jeanie sentiu o cheiro suave do creme de barbear que dera a ele no Natal.

— Não quero falar sobre isso. — Ele abriu a geladeira. — Quer suco? Vou preparar um ovo cozido para você.

George nunca mais voltou para a cama de Jeanie. Agora, passados quase dez anos, Jeanie descansava na cama enquanto ouvia os passos firmes do marido no andar de cima. Eram cinco e meia da manhã, mas para George já era tarde. Ela acompanhou seu trajeto usual até o banheiro e ouviu o barulho da descarga, da água descendo pelos canos e dos passos ziguezagueando pelo quarto em busca das roupas. Sua rotina fora a mesma nos 32 anos de casamento, mas, desde aquela estranha noite, Jeanie não tinha mais permissão para fazer parte dela. E ela não estava mais próxima de entender o porquê da atitude do marido do que naquela ocasião. No início, atormentava-o quase que diariamente em busca de uma explicação. Se o problema era ansiedade em relação ao desempenho na cama, eles poderiam resolver. Se tinha a ver com alguma atitude sua, era só dizer. "Volte para a nossa cama, por favor, George, por favor." Jeanie implorara, seduzira e se humilhara no desejo de que tudo voltasse ao normal.

À época, o incidente assumiu uma importância tal que qualquer conversa entre eles era sofrida. Ainda assim, ao longo de todo aquele tempo, George não disse uma palavra, apenas se recusou a conversar sobre o assunto. Não havia uma razão, não era culpa dela e ele não queria falar sobre o assunto, talvez por não conseguir. Jeanie se cansou tanto da tensão constante que, por fim, simplesmente desistiu, sem contar a ninguém o que acontecera, nem mesmo à sua grande amiga Rita, pois, de uma forma estranha, aquilo a envergonhava. Certamente, apesar de George assegurar-lhe o contrário, devia ser um triste reflexo de sua própria sexualidade.

Com a autoconfiança abalada, Jeanie não fez nenhum movimento para seduzir George depois daquela noite. Somente uma vez, cerca de um ano depois, quando ambos tinham bebido um bocado, George seguiu Jeanie até o quarto que passara a ser dela, e, ainda vestidos, começaram umas carícias mais ousadas na cama. Porém, apesar do torpor do álcool, Jeanie percebeu que o toque do marido era indeciso e angustiado. A mão dele flutuava sem entrega sobre sua pele, e ele mantinha o corpo afastado do seu mesmo enquanto a beijava. Até que, como antes, tudo foi interrompido. George a afastou com firmeza, como se ela fosse alguma sedutora que o estava corrompendo, e, rápido e silencioso, abandonou a cama e o quarto de sua mulher.

O casamento se adaptou. Não de imediato, evidentemente, mas em um lento e doloroso desbotamento de sentimentos à medida que a raiva de Jeanie esmorecia diante do silêncio do marido, muito mais atormentador até do que o fato em si. Aos poucos, ela racionalizou aquilo como um sacrifício inevitável pelo casamento. Sua infância fora definida pelo sacrifício. Lembrava-se da oração preferida do pai: "Jesus morreu para que pudéssemos viver. Lembrem-se disso e sejam agradecidos. Amém." Religioso fervoroso, o reverendo Dickenson pautava sua vida pelo dever severo, sem prazer, e esperava o mesmo de sua família. A mulher e os filhos deveriam estar sempre à espera da vontade dele, imposta a todos com rigidez.

George comprou a loja para Jeanie pouco depois, talvez como uma tola compensação, e ela se lançou ao trabalho com entusiasmo e dedicação. E foi bem-sucedida. Pomegranate, sua loja de alimentos naturais, ficava no meio da Highgate Hill. Ali vendiam-se vitaminas, fitoterápicos, malhas, lenços e outras miudezas, além de vegetais orgânicos, queijos, sucos frescos, *smoothies*, deliciosos pães integrais e iguarias finas. Jeanie aos poucos conseguiu formar uma clientela fixa, sendo que alguns clientes vinham de longe para comprar com ela. Além disso, em especial no verão, seus sanduíches atraíam quem passasse por ali a caminho de piqueniques em Hampstead Heath.

Jeanie deve ter voltado a dormir, pois acordou com o bom-dia de George e o viu colocar, com todo cuidado, uma caneca de chá quente sobre a mesa de cabeceira.

— Está um dia espetacular. — Ele abriu as cortinas pesadas com entusiasmo, permitindo que o sol do início da primavera inundasse o ambiente; em seguida sorriu para Jeanie com as mãos nos quadris. O cabelo grisalho estava muito bem penteado; os óculos de tartaruga, tortos como sempre (eles tinham concluído, anos atrás, que uma orelha era mais alta que a outra, embora não parecesse), emprestavam-lhe um ar muito vulnerável.

— Quais são seus planos para hoje?

Jeanie bocejou.

— Entrevistar uma nova candidata para trabalhar na loja. Jola não quer decidir sozinha depois da última que ela escolheu. Também vou me encontrar com um novo fornecedor de refeições prontas vegetarianas e ver o estado de uma geladeira de segunda mão, porque aquela que fica ao lado da janela está um lixo. E, depois, Ellie. — Eles sorriram ao pensar na neta. — E você?

George encaminhou-se para a porta com seus passos longos e desajeitados.

— Não tenho tantos compromissos, minha velha. Vou jogar golfe à tarde. Dê um grande abraço do vovô naquela menininha adorável.

Seu tom de voz era deliberadamente alegre, mas Jeanie percebeu nele o desejo de parecer mais ocupado do que de fato estaria. Notava isso no marido desde que a companhia de seguros em que ele trabalhava desde muito jovem lhe "ofereceu" uma aposentadoria antecipada. Isso já fazia cinco anos. Somente uma vez, alguns meses após sair do emprego, ele aludira à situação, mencionando que se sentia como "uma peça sobressalente". Mas isso mudou algumas coisas entre eles. No começo, Jeanie sentia-se quase culpada por sair todos os dias para o trabalho com o entusiasmo costumeiro, deixando-o em casa, solitário e sem nada para fazer, exceto pelos jogos de golfe. Mas ele deu a volta por cima ao retomar um passatempo da juventude e voltar a comprar relógios antigos, desmontá-los e consertá-los. Agora a casa estava cheia deles: todas as superfícies disponíveis faziam tique-taque, a maioria sem sincronia, como se as prateleiras e as escrivaninhas tivessem vida. Somente no quarto de Jeanie reinava o silêncio. No entanto, ela percebia que a natureza obsessiva do marido, que ele contivera diante de uma carreira proveitosa, aos poucos florescia. E, com ela, uma conhecida e desconfortável necessidade de controlar a esposa. Isso sempre estivera presente entre eles, mas agora estava perdendo a graça.

2

Naquela tarde, quando dobrou o quarteirão e entrou na rua onde ficava a casa da filha, Jeanie começou a ficar tensa. Se Chanty estivesse em casa, não haveria problema. Afinal, Jeanie e o genro, Alex, sabiam se comportar na presença de outras pessoas. Porém, quando estavam a sós, parecia uma guerra. Mas Chanty estaria no trabalho, no Canal 4, onde atuava como editora de documentários. Ela parecia trabalhar durante mais horas do que havia no dia.

Jeanie subiu os degraus da casa com varanda, de estilo vitoriano, afastando a lata verde de lixo reciclável que os coletores tinham largado no meio do caminho.

— Jean, entra. — Alex conseguiu recebê-la com um sorriso, embora seco, e afastou o corpo para que ela pudesse passar.

"Será que cheirar mal é uma condição intrínseca a todos os artistas?", Jeanie perguntou-se, prendendo a respiração diante do cheiro de suor seco na camiseta respingada de tinta. E, pela milionésima vez, fez outra pergunta para si mesma: "O que exatamente Chanty vê nesse homem?" Dava para perceber que Alex fora um "menino bonito", com os grandes olhos azuis e os cachos negros. E ele certamente conseguia ser agradável quando queria. Para Jeanie, porém, Alex tinha um ar vaidoso e meio petulante, como se o mundo não fizesse jus a ele. Agora, aos 40 anos, já não tinha a aparência da qual provavelmente tirara partido, embora se comportasse como se nada tivesse mudado.

Jeanie esqueceu o genro quando a neta, de 2 anos, veio correndo na sua direção, com os braços estendidos para ela e um sorriso amplo iluminando os grandes olhos castanhos.

— Gin, Gin!

Jeanie se abaixou e pegou a criança no colo, aninhando-a num abraço apertado e enterrando o nariz na gostosa maciez da pele de Ellie.

— Como vão as coisas, Alex?

— Cuidar de criança nunca foi meu passatempo predileto.

Jeanie não se rebelou. Não poderia se rebelar na frente de Ellie.

— Quando vai ser a exposição? Em breve? — perguntou ela, animada. Sua intenção não era alfinetar. Estava apenas puxando conversa, mas, pelo sorriso irônico de Alex, ele entendeu diferente.

— Eu adiei.

Jeanie se afastou e pegou o casaco e os sapatos de Ellie.

— Ah, é uma pena — observou gentilmente. — Vem — disse ela, dirigindo-se a Ellie. — Vista o casaco. Nós vamos ao parque alimentar os patos.

— Não faz sentido produzir às pressas, sob pressão. Vai acontecer no momento certo. Eu preciso de espaço. — Ele estava apoiado na prateleira sobre a lareira da sala de estar e se exibia como se estivesse entre convidados numa festa. A sala pouco mobiliada continha apenas um grande sofá de couro marrom, uma poltrona Conran laranja com braços de madeira, um pufe e uma imensa televisão de tela plana sobre um tapete de sisal claro. Jeanie sabia que em parte era uma escolha de estilo, concentrando a decoração nas pinturas coloridas, a maior parte abstrata, e no moderno espelho retangular que cobria a parede acima da lareira. Além disso, era evidente que, enquanto Ellie fosse pequena, eles procurariam não usar nada que pudesse ser derrubado ou danificado ou que representasse algum perigo para a filha.

O coração de Jeanie chegou a se acelerar com a indignação. "Espaço? Ele precisa de 'espaço'?" Esse folgado arrogante, com cara de fuinha, que se aproveita diariamente do amor de Chanty para se alimentar, se vestir e morar, sem jamais contribuir com um único centavo, e que nem quer cuidar da própria filha, tão linda, tem a coragem de reclamar de "espaço"! E, para completar, todas as pinturas de Alex, pelo menos para Jeanie, eram um lixo abstrato sem nenhuma originalidade.

— Vou trazer Ellie por volta das cinco. — Jeanie tentou sorrir, mas sentiu a raiva estampada em seu rosto como um anúncio em néon.

— Claro, não se preocupe com o horário. Até mais tarde, meu anjo. — Alex inclinou-se para beijar a filha no topo da cabeça, evitando o olhar da sogra.

— *Brilha, brilha estrelinha* — cantou Jeanie para a neta, após respirar fundo, enquanto subiam a colina em direção ao parque. Censurava-se por não conseguir ser mais madura. Mas estivera presente quando Chanty, aos oito meses de gravidez, desmoronara no chão da cozinha dos pais, agarrada ao bilhete monstruoso deixado por Alex:

Isso não está funcionando para mim.
Não estou pronto para ser pai, ainda tenho muito a realizar.
Por favor, me desculpe.
Eu a amo, mas tudo isso foi um terrível erro.
Beijo, Alex.

O bilhete não era um rabisco escrito no desespero da fuga — o que, na opinião de Jeanie, teria sido melhor. Fora cuidadosamente escrito em tinta preta, em estilo decorativo, organizado em uma coluna num grosso cartão creme, como se fosse um convite para uma festa.

Chanty literalmente não conseguia respirar, e, quando a ambulância chamada por George a levou para um pronto-socorro com as sirenes ligadas, tornou-se óbvio que ela estava em trabalho de parto. Portanto, esse homem, que Jeanie deveria aceitar e de quem deveria gostar, colocara em risco a vida da própria filha e da esposa devido ao seu egoísmo.

Ellie, no entanto, superara tudo sem dificuldades. Passara 48 horas na incubadora para estabilizar a respiração, mas nunca foi uma menina frágil. Não graças ao pai.

— De novo, Gin! — insistiu Ellie. E Jeanie cantou mais uma vez, observando com deleite os cachos dourados da neta balançarem para um lado e para outro acompanhando a melodia.

Chanty escolhera perdoar Alex, e George, não sendo o tipo de remoer esse tipo de coisa por muito tempo, conseguira superar, mas com Jeanie tinha sido diferente. Sempre que o via, lembrava-se da expressão permanentemente desolada da filha, com o rosto coberto de lágrimas, esforçando-se para lidar sozinha com a bebê durante meses até Alex ceder e voltar.

O parquinho estava vazio, exceto por um menino de cerca de 4 anos e o pai, cada um num lado do carrossel, girando a toda e dando gargalhadas.

— Balanço! Balanço! Vem! — Uma vez liberada do carrinho de bebê, Ellie correu para os balanços. A experiência mostrara a Jeanie que essa animação podia durar horas, pois, quando se balançava, a neta entrava num estado semelhante ao transe e, se a avó ameaçasse relaxar, ela a encorajava: "Mais alto, mais alto!"

Hoje Ellie estava fascinada não pelo balanço, mas pelo menino com o pai. Seu rosto iluminava-se com risos enquanto observava as travessuras deles. De repente, o menino soltou-se do pai e correu em direção à sua bola, passando em frente ao balanço de Ellie.

Jeanie ouviu o grito:

— Dylan!

Naquele instante, ela se lançou para conter o balanço e interrompeu o movimento. O menino passou por elas, alegre e displicente, sem perceber que por pouco escapara de um acidente horrível.

— Dylan!

Jeanie virou-se e viu que o rosto do homem estava branco, evidenciando seu estado de choque. Ele correu para o filho e, em vez de repreendê-lo, apenas o abraçou, apertado, até ele conseguir se desvencilhar e voltar para a bola.

O homem levantou-se. Embora tivesse uma compleição robusta, seus movimentos eram surpreendentemente graciosos e leves. Jeanie observou-o passar a mão pelo cabelo louro, meio grisalho, num gesto que lembrava uma criança buscando conforto em seu cobertor.

— Obrigado — agradeceu ele. — Muito obrigado.

Jeanie deu de ombros e sorriu.

— Acontece.

— Ah, mas não pode acontecer com Dylan, nem uma vez sequer. — A voz dele tinha um tom de desespero.

— Seu filho está bem. Não houve nada. — Jeanie procurou tranquilizá-lo, deduzindo que ele era um novato em parquinhos para ficar tão transtornado.

O homem não entendeu por um instante.

— Ah, não, Dylan não é meu filho! Ele é meu neto, filho da minha filha. Você deve ter percebido que não saio muito com ele. De fato, esta foi a quarta vez que ela me deu permissão para isso. — Ele respirou fundo. — E teria sido a última se aquele balanço o acertasse.

— Descer! Descer, Gin — pediu Ellie, atenta à bola de Dylan. Quando Jeanie tirou a neta do balanço, ela correu para perto do menino mais velho e ficou olhando para ele, envergonhada.

— Deixa a menininha brincar também!

Dylan não deu atenção às palavras do avô.

— E a sua filha? Quantos anos tem?

Jeanie riu.

— Agora foi a sua vez... Ellie também é minha neta. Está com pouco mais de 2 anos.

Ele também riu, erguendo as mãos em protesto.

— Não foi bajulação, sinceramente. Eu apenas deduzi. — Ele afastou o olhar, constrangido.

Fez-se um silêncio estranho. Jeanie olhou ao redor, procurando a neta, que já estava totalmente envolvida na perseguição a Dylan e a sua bola, gritando, alegre, sempre que ele lhe permitia se aproximar.

— Netos são uma coisa estranha — disse o homem, sem tirar os olhos do menino. — Eu não imaginava que fosse tão especial. — Era quase como se ele falasse consigo mesmo. — Mas ele é tudo para mim.

As palavras surpreenderam Jeanie — não por desconfiar de sua sinceridade, ou mesmo do sentimento que havia nelas, mas porque parecia uma observação muito pessoal para ser feita a uma total estranha.

— Eu sei, entendo o que você quer dizer — respondeu ela, que também fora dominada por seus sentimentos por Ellie desde o primeiro instante em que a segurara nos braços, enquanto a incubadora era preparada para receber aquele pequeno ser. Fora literalmente amor à primeira vista. — Talvez seja porque não nos sentimos velhos o bastante — continuou ela, sorrindo.

O homem achou graça.

— Isso é verdade.

— É como se fosse uma droga — disse Jeanie. — Se passo alguns dias sem vê-la, tenho sintomas de abstinência. — Ela deu uma gargalhada, mas logo ficou tímida, de um jeito muito britânico, diante da intensidade de seus sentimentos. Jeanie não fora uma dessas mães que importunam as filhas para ter netos. Na verdade, ao receber a notícia da gravidez de Chanty, Jeanie se assustara um pouco, temendo, de maneira egoísta, interferências em sua vida movimentada.

Dylan aproximou-se do avô, aos pulos.

— Vovô, ela não me deixa em paz! Fica no caminho toda vez que eu chuto a bola.

O homem deu de ombros.

— Ela é pequena, Dylan. Seja gentil.

O menino olhou para o avô, carrancudo, com ar de frustração, e Jeanie reparou em como ele era bonito, com a pele dourada e os olhos verde-claros.

— Joga com ela um pouco — insistiu o homem. — Não vai ser nenhum sacrifício.

Dylan afastou-se, batendo os pés no chão, com a bola agarrada junto ao peito num gesto possessivo.

— Ele é uma criança adorável.

O avô, orgulhoso, assentiu com a cabeça.

— Sua neta também.

O que era verdade. Ellie puxara à mãe — forte e decidida —, mas o cabelo louro lembrava um querubim, aliado aos olhos grandes num tom castanho-claro quase transparente, como os de George.

— É melhor eu ir embora — disse Jeanie, chamando a neta e andando em direção ao carrinho de bebê.

— Talvez eu a veja de novo — sugeriu o homem.

— Talvez.

— Eu pego Dylan todas as quintas-feiras. Minha filha trabalha, e a babá faz radioterapia no hospital. Ela está com um câncer no seio.

— Ah... Espero que ela se recupere — murmurou Jeanie, gentil.

— Isso me dá uma oportunidade para ver Dylan — continuou o homem, e logo se interrompeu. — Desculpe, falei como se fosse um insensível. Não quis dizer que estou feliz por ela ter câncer no seio...

— Tenho certeza de que não. — Jeanie riu da confusão dele. — Então, até logo. — Ela se apressou para pegar Ellie, tentando poupar o homem de mais algum constrangimento.

3

Jeanie misturou o molho de tomate e manjericão no penne quente e despejou-o numa tigela de cerâmica azul. A cozinha grande estava calma, e o sol iluminava o jardim em frente, além das janelas francesas, com uma suave luz dourada. Este era seu cômodo predileto, onde o casal passava a maior parte do tempo. Para Jeanie, sua casa, em estilo georgiano, tinha um ar frio e solene. Embora tivessem pé-direito alto e boas proporções, os cômodos transmitiam uma sensação de tristeza. Já a cozinha era voltada para o sul e, depois que eles fizeram a abertura para a varanda, passou a receber muita luz. Durante a reforma, George quis um fogão de ferro Aga, mas Jeanie insistira num Bosch a gás moderno e simples e escolhera azulejos de terracota em um tom quente para substituir o linóleo sombrio. Agora, o ambiente era claro, sem exageros na decoração. Os armários com vidros nas portas, assim como as cornijas e a porta, tinham sido pintados em azul-claro, com toques azul-turquesa aqui e ali, seguindo o estilo georgiano.

George estava muito pensativo desde que retornara do golfe. Agora, sentado à mesa da cozinha, calado, com uma taça de vinho tinto na mão, balançava o chinelo de veludo cotelê para a frente e para trás. Tinha diante de si um exemplar da revista *Time*, mas não o lia; apenas observava a esposa.

— Por que demorou tanto a chegar? — perguntou ele.

Jeanie esmoreceu. "Começou", pensou ela.

— Fui ao Potter's Bar para ver um novo produtor de salada orgânica. Eu avisei.

— Mas você disse que ia às duas da tarde. Não pode ter passado cinco horas lá.

Os olhos do marido a perscrutavam, como se tentassem ler sua alma. A tensão, mesmo à distância, era perceptível.

— Depois voltei para a loja. Tinha algumas coisas a fazer. — Jeanie suspirou e depositou com uma força desnecessária a tigela de penne sobre a mesa.

— Ah... Então a que horas voltou para a loja?

— Pare com isso, George, por favor.

Jeanie sempre se via respondendo aos monitoramentos absurdos de George numa atitude impensada, antes de se lembrar que, ao responder, dava crédito à ansiedade dele.

— Parar o quê? Eu só perguntei sobre seu dia. Não é isso que os maridos devem fazer?

Jeanie o viu respirar fundo, o que significava que a inquisição terminara por enquanto. George ao menos merecia alguma consideração, pois de fato tentou se controlar depois da explosão involuntária.

— Como foi o jogo? — perguntou Jeanie, colocando ao lado do marido um pedaço de parmesão fresco, trazido da loja. George costumava falar sobre o golfe com prazer, presenteando-a com as histórias das trapaças cometidas pelo parceiro das quintas-feiras. Ao que parecia, Danny gostava mais de trapacear do que do jogo em si.

Mas, nesta noite, George limitou-se a ajustar os óculos no nariz e pegar a colher que Jeanie lhe oferecia.

— Ah, foi bom. Danny ganhou, como sempre.

— E o que mais? — perguntou ela, ralando um pouco do queijo sobre a massa.

Ela viu o marido respirar fundo.

— Jeanie... — Ele fez uma pausa e pousou as mãos abertas sobre a mesa, com os polegares tocando a face inferior do prato. — Estive pensando...

Jeanie franziu o cenho e esperou. George parecia extraordinariamente sério.

— Diga logo! — disse ela, sem paciência, quando o marido não terminou a frase. — Está me deixando nervosa.

— Tenho pensado sobre esse assunto há muito tempo, e parece o momento certo, com seu aniversário de 60 anos no mês que vem... — Novamente, ele fez uma pausa.

Jeanie sentiu o coração bater acelerado. Será que George anunciaria que a abandonaria? "Talvez tenha passado esses anos com uma amante e queira viver os últimos anos de sua vida nos braços dela", pensou ela, com humor. Isso poderia explicar as coisas. Ela afastou o pensamento.

— Sim? — disse ela, incentivando-o a continuar.

— Você sabe que há tempos falamos em comprar uma casa de campo para os fins de semana. Pois bem, eu andei pensando e me parece sem sentido termos duas casas quando somos só nós dois.

Jeanie concordou.

— Talvez você tenha razão. Seria bom ter para onde fugir de vez em quando, mas acabaríamos pressionados a ir sempre até lá. E os fins de semana são meus dias mais cheios.

Por um momento, eles comeram em silêncio.

— Eu não quis dizer isso exatamente — continuou George, começando a brincar com o pão no prato, partindo-o em pedacinhos e fazendo bolinhas antes de devolvê-los à pilha.

Novamente, Jeanie aguardou, confusa, enquanto o marido mastigava a massa sem pressa.

— Eu quis dizer que, em vez de comprar uma casa de fim de semana, devíamos vender esta e mudar para o campo. Morar lá.

— O quê? — Jeanie ficou pasma. — Vender esta casa? Está falando sério?

George piscou os olhos e balançou o vinho, girando o copo antes de tomar um bom gole.

— Eu sei que é um grande passo.

— Mas esta casa pertence à sua família há muitas gerações.

— Que diferença isso faz? — Ele parecia verdadeiramente surpreso.

— Que lugar no campo? Onde? — Jeanie não sabia por onde começar; tudo era muito inesperado. George já morava naquela casa em Highgate, grande e cheia de labirintos, quando ela o conheceu, na década de 1970. Naquela época, ele acampava no sofá da sala de estar, em meio aos livros e à parafernália do falecido tio Raymond, sem ter ideia do que fazer. Jeanie assumira toda a tarefa de organizar e reformar a casa: guardara a sombria mobília vitoriana no sótão e modernizara o lugar, inserindo-o no século XX com cores vivas nas paredes e tecidos modernos. Embora ele nunca tivesse feito qualquer comentário, Jeanie sempre imaginara que George gostava de morar ali.

— Mas não posso abandonar a loja — continuou Jeanie, ainda perplexa com a notícia.

— Você vai se aposentar quando fizer 60 anos, não vai? — George sorriu com prazer.

— Aposentar?

— Jeanie, você faz 60 anos no mês que vem. Nessa idade, as pessoas se aposentam. As mulheres, pelo menos. Você sempre disse que a loja era um pesadelo, que a exauria. Eu me aposentei há anos — assinalou George, usando sua lógica.

Jeanie levantou-se e começou a caminhar pelo chão de cerâmica, esquecendo o jantar.

— Pelo amor de Deus, George! Sessenta anos não é nada hoje em dia. De qualquer modo, a decisão deve ser minha, e não sua. — Jeanie o encarou, enfurecida.

— Eu não decidi nada. Acalme-se, minha velha. — George balançou a cabeça, confuso. — Imaginei que você ia gostar da ideia; afinal, sempre disse que adorava o campo. Estamos só conversando sobre o assunto.

— Não me chame de "minha velha", você sabe que eu odeio isso — repreendeu-o Jeanie. — Sim, eu adoro passar os fins de semana no campo, ficar à toa, ler um livro, fazer um passeio a pé de vez em quando, mas não quero morar lá. A que lugar você se refere, afinal? — questionou ela mais uma vez.

George suspirou.

— Pensei em Dorset, perto da costa, mais ou menos no caminho para Lyme. É um lindo lugar.

Jeanie o encarou.

— Você realmente pensou em tudo, não foi?

O marido concordou.

— Quero sair de Londres, Jeanie. Não vejo sentido em continuarmos aqui. Isso nos permitiria um novo começo.

— Quando morava em Dorset, você se sentia extremamente entediado — lembrou Jeanie, ignorando a outra parte do comentário de George. Há algum tempo ela suspeitava de que seu envolvimento com o trabalho não o agradava. Ele jamais tinha dito isso, mas dera a entender inúmeras vezes.

— Sim, mas eu era adolescente. Agora é diferente. Na nossa idade, queremos outro tipo de vida.

— Você, talvez; eu, não — retrucou Jeanie. — E os nossos amigos? E o seu golfe? E Ellie? — Ela achou que mencionar a neta seria o trunfo que poria fim a esse absurdo.

— Ellie pode nos visitar. Pode passar os fins de semana e feriados. Ela vai adorar. Sair de Londres lhe fará um bem enorme. E nós faremos amigos. Dorset tem até campos de golfe, imagine só! — George sorriu. — Jeanie, eu só peço que você ao menos pense nessa possibilidade. Parece ridículo dois velhos morando nesta casa enorme. Além disso, depois que a Sra. Miller se aposentou, a casa sequer está sendo limpa. Nós poderíamos usar o dinheiro de uma forma muito melhor.

— Você bem sabe que dinheiro não é problema. É verdade que a casa está suja, mas isso pode ser corrigido facilmente. Jola tem uma amiga que gostaria de trabalhar aqui algumas manhãs. Eu só preciso acertar isso.

George olhou para Jeanie com um ar tolerante e divertido, como se as palavras dela não tivessem importância.

— Já me decidi quanto a isso, minha velha — disse George com seu jeito enganosamente doce, mas Jeanie encarou sua determinação com temor.

— Já disse para não me chamar assim. Nós não somos velhos — murmurou ela. — Não mesmo, George. Somos apenas um casal de meia-idade.

Com isso, a discussão terminou, mas Jeanie passou a noite sem dormir. George sempre conseguia o que queria. A casa era dele, e, se decidisse mesmo vendê-la, ela não poderia impedi-lo. George era antiquado nesse aspecto. Embora Jeanie fosse uma mulher de negócios, que administrava uma loja de alimentos naturais bem-sucedida numa rua importante, era George quem cuidava do lado administrativo da vida do casal. Ele decidia como investir o dinheiro, se era necessário fazer reparos na casa ou no jardim e quando estava na hora de comprar um carro novo, além de cuidar de todas as contas. Jeanie era perfeitamente capaz, mas ele não pensaria em envolvê-la nessas questões. "Será que George realmente venderia esta casa sem que eu concorde com isso?", perguntou-se Jeanie quando o amanhecer começou a iluminar o céu, e os passos cautelosos de George iniciaram seu caminho usual.

Chanty abriu a porta para os pais.

— Shhh... Ellie ainda está dormindo e foi terrível o dia inteiro. Nós estamos no jardim.

Eles atravessaram a casa na ponta dos pés e saíram para o deque de madeira envelhecida, conforme estava na moda. A mesa de ferro batido estava posta para oito pessoas para o almoço de Páscoa — toalha branca, taças e talheres cintilando sob o sol de abril. O calor era surpreendente. Jeanie lamentou não ter levado os óculos de sol.

— Olá, Alex — disse George, aproximando-se para apertar a mão do genro.

Alex fizera um esforço hoje: a habitual camiseta surrada fora substituída por uma camisa azul, e, para alívio de Jeanie, ele cheirava a sabonete, e não a tinta e suor.

— Quem mais vem? — perguntou ela, apontando para a mesa.

— Meu antigo amigo de escola, Mark, com a mulher e os filhos. Você não se importa de não sermos só a família, não é? — Alex soava quase defensivo, como se desafiasse Jeanie a discordar.

— Será ótimo. Nós não os conhecemos, não é?

Chanty saiu para o jardim com uma bandeja cheia de copos e uma garrafa de champanhe.

— Não, vocês não se conhecem. — Ela colocou a bandeja sobre a mesa. — Eles moraram em Hong Kong durante cinco anos. Mark ganhou um bom dinheiro. Eles acabaram de comprar uma propriedade em Dorset.

Jeanie lançou um olhar para George, certa de que aquilo era uma cilada para ela. Chanty não conseguia encará-la, e Alex sorria, triunfante.

— Que interessante. — Jeanie recusou-se a reagir conforme o esperado, mas Alex não conseguiu resistir.

— Nós achamos que seria bom vocês se conhecerem. Assim poderão conversar sobre propriedades na região sudoeste.

Jeanie aceitou uma taça de champanhe e sentou-se numa espreguiçadeira à sombra da cerejeira. "Isso não é justo", pensou.

— Que interessante — repetiu, sem conseguir disfarçar a tensão.

Chanty agachou-se diante dela.

— Mãe, Alex só está implicando com você. Convidamos Mark e Rachel porque ainda não os vimos depois que eles voltaram. Não tem nada a ver com essa história de papai querer se mudar.

Jeanie sorriu, mas se sentia péssima.

— Não podemos falar sobre isso agora — continuou Chanty —, mas você é totalmente contra a ideia? Ellie adoraria, sabia? Todo aquele ar fresco e a sensação de liberdade... Você a veria mais do que agora e, desistindo da loja...

— Se Ellie precisa de ar fresco, então por que você e Alex não se mudam para a maldita Dorset? — replicou Jeanie.

Chanty estava paciente.

— Não seja rude, mãe. Você sabe que eu não poderia ser uma editora de conteúdo em Dorset, e eu preciso trabalhar.

Jeanie mordeu a língua antes de fazer algum comentário desastroso sobre o genro desocupado.

— Eu também tenho que trabalhar — reagiu ela.

— Mas você não *precisa*.

— Financeiramente, claro que não. Mas eu tenho que trabalhar para o meu bem-estar. — Lágrimas ridículas brotaram em seus olhos. — Seu pai parece ter nos anulado, Chanty. Não sou uma velha. Posso não ser jovem, mas ainda estou cheia de vida.

Chanty sorriu.

— Claro que sim, mamãe — assegurou-lhe, sem ser muito convincente. — Você aparenta ter muito menos do que a sua idade. Mas se mudar para o campo não é a morte. Muitas pessoas moram no interior e são muito felizes.

— Sim, e têm até campo de golfe.

Sua filha parecia surpresa.

— Todos nós achamos que você gostaria de ter uma vida mais tranquila.

A campainha soou. Jeanie ouviu Ellie chamar em seu quarto, no andar superior.

— Eu vou — disse Jeanie, levantando-se da espreguiçadeira para buscar a neta.

De repente, a loja assumiu um significado diferente. Ao abri-la na terça-feira após a Páscoa, Jeanie olhou para tudo com muito amor: as caixas de gérmen de trigo e espinafre empilhadas perto da porta, a inevitável poça no chão de madeira, formada pela água que pingava da geladeira, os tomates-cereja que tinham amolecido e apodrecido durante a noite, as inúmeras datas de validade que precisavam ser vistoriadas. E quando Jola chegou e contou que a nova moça se despedira antes de começar no trabalho, Jeanie nem ligou. Sim, administrar uma loja podia muitas vezes ser frustrante, mas ela adorava. Era sua atividade, e ela era muito bem-sucedida.

Jeanie recusara-se a falar com George durante o restante do domingo de Páscoa. O almoço correra muito bem: o carneiro tinha uma cor absolutamente rosada, a sobremesa foi um sucesso, e o amigo de Alex e a esposa eram encantadores — para sua surpresa, considerando que eram amigos de Alex. O próprio genro pareceu menos mordaz na companhia deles. Mas Jeanie apenas fingiu estar bem. Ninguém havia percebido isso — exceto talvez Alex, que percebe tudo —, mas uma das poucas vantagens da maturidade é saber dissimular.

A terça-feira estava movimentada, com a volta dos clientes após os feriados da Páscoa. Jeanie e Jola mal tiveram tempo para respirar até a parte da tarde. Mas, enquanto sorria, conversava com os clientes, guardava mercadorias nas prateleiras e organizava entregas, ela estava consciente de uma sombra que pairava sobre o seu dia, como um sonho parcialmente esquecido.

Foi com algum alívio que leu a mensagem de texto da amiga, Rita: "*Quadra reservada para hoje às cinco. Esteja lá. Bjs, R.*"

Rita, uma sul-africana alta e bronzeada, já estava na quadra do parque Waterlow quando Jeanie chegou. O tempo estava nublado e havia uma brisa fria típica de abril, mas mesmo assim Rita usava um uniforme de tenista e calçados sempre imaculadamente brancos. Contrastando com ela, Jeanie vestia calças esportivas cinza e uma camiseta preta. Elas estavam empatadas; o jogo daquela semana seria uma batalha de vida ou morte. Rita, com seu longo alcance e seu saque rápido e potente, batia mais forte que Jeanie, mas se movia com mais lentidão. Jeanie era mais rápida e mais criativa em suas jogadas, além de ter mais precisão. Ao longo dos anos, nenhuma delas pôde se vangloriar de ser melhor que a outra. Por isso, cada vitória melhorava o ânimo e trazia alegria.

Hoje, porém, Jeanie estava estranha e lenta, chegando a tropeçar algumas vezes, como se alguém tivesse acorrentado seus pés.

— Cristo! — exclamou Rita quando acabou o primeiro set. — Acorda, Sra. Lawson! Parece que eu estou jogando sozinha.

Jeanie fez um aceno com a raquete, desculpando-se.

— Acho que não estou conseguindo entrar no jogo.

Mas o segundo set não foi melhor.

Elas pegaram seus pertences antes que terminasse a hora que haviam reservado na quadra e sentaram-se no banco favorito, de onde se via a cidade à distância. O sol já se punha, banhando o parque com uma luz suave.

— Fale — exigiu Rita.

— Você sabe que estávamos pensando em comprar uma casa de campo havia algum tempo.

Rita assentiu.

— Pois bem, George colocou na cabeça que isso não é suficiente. Ele quer vender a nossa casa e sair de Londres. Ele está falando sério e já conseguiu o apoio do resto da família. No almoço de Páscoa, Chanty tentou me convencer. Alex também. Todos já consideram isso um fato consumado. "Venda a loja", "você está velha", "não precisa trabalhar" etc.

Rita bufou.

— Canalhas! Eles não podem dizer a você o que deve fazer com a sua vida. — Ela examinou o rosto da amiga. — Você não está caindo nessa, está?

Jeanie balançou a cabeça.

— Eles até usaram Ellie, argumentando que o ar fresco e a liberdade seriam bons para ela.

— Isso é ridículo. As crianças nunca são o motivo principal. George não vai vender a casa sem o seu consentimento. — O marido de Rita, Bill, sempre fazia o que ela queria, sem reclamar. — Quero dizer... O que ele poderia fazer? — continuou Rita. — Puxá-la pelos cabelos para alguma caverna enlameada?

Jeanie riu.

— Talvez você o respeitasse mais se ele fizesse isso!

Ela sabia que Rita tolerava George, e até gostava dele, mas nunca entendera por que Jeanie sempre cedia às vontades do marido.

— Sério, querida, o que ele disse?

Jeanie suspirou.

— Não é o que George fala sobre irmos para o campo, mas sua atitude comigo, com a gente. Ele acredita que somos velhos. Chegou a dizer isso: "Agora estamos velhos... Você não vai querer a loja para sempre." Tenho certeza de que ele não gosta do meu trabalho. Ele acredita que, quando eu cair em mim e parar de trabalhar, poderemos passar o fim da vida juntos, felizes por toda a eternidade. Velhos.

Rita começou a rir.

— Meu Deus!

— E não seria tão ruim se fosse só ele, mas, quando sua própria filha quer se livrar de você, é impossível não pensar que deve haver alguma verdade aí. — Jeanie fitou o rosto preocupado da amiga. — Não me sinto velha, Rita — continuou. — Eu me sinto saudável e tenho vontade de viver. É verdade que me sinto mais cansada do que antes e que também tenho andado mais esquecida das coisas talvez, mas isso é só uma tentativa de colocar a culpa em alguma coisa. Na verdade, durante a vida inteira tive períodos em que me cansava e ficava esquecida.

Rita pegou sua mão.

— Olha para mim. Você, Jeanie Lawson, não está velha. Você está na meia-idade... O que pode ser pior, pensando bem! Mas não está velha. Não pode estar! Temos a mesma idade.

Jeanie acariciou a mão da amiga.

— Quero dizer, olhe para você... — continuou Rita. — Você é linda. Ninguém imaginaria que é quase uma idosa.

Ambas começaram a rir.

— Muito obrigada.

— Estou falando sério. Você poderia facilmente ter 48 anos.

— E o que devo fazer agora?

— Na verdade, o problema não é estar velha nem se mudar para o campo, não é? — Rita pousou o olhar no rosto da amiga, e Jeanie percebeu o que estava por vir. — Vamos nos trocar. Estou morrendo de frio. — Poucas vezes Rita sentia calor no que ela denominava "esse clima abandonado por Deus".

— Não comece — retrucou Jeanie, irritada.

— Ah, querida, isso precisa ser dito novamente. Você não me ouviu na última vez. Por que permite que George a controle? Por que permite que ele faça isso e escape sem punição? Você é uma mulher forte e inteligente, Jeanie Acorda. Essas pessoas são dissimuladas.

— Que pessoas? O que está querendo dizer?

— Pessoas como George — continuou Rita, destemida, enquanto atravessavam o parque. — Passivo-agressivos, controladores compulsivos. Quem conhece George imagina que ele seria incapaz de fazer mal a alguém. Ele é encantador, educado e divertido em sua maneira calma de ser.

Jeanie considerou aquela uma perfeita definição de George.

— No entanto, Jeanie, ele é... Para falar de uma forma educada, ele tem problemas. Ele é esperto demais para agir assim na minha frente, mas às vezes baixa a guarda. Você se lembra que ele tentou impedi-la de tomar um drinque e quase a levou embora antes de comer o pudim na semana passada?

Jeanie fez que sim com a cabeça.

— Bill e eu vimos que você não queria ir embora, mas permitiu que ele a controlasse. — A frustração de Rita transparecia na voz. — Por quê?

— Porque ele fica muito ansioso.

— Ansioso? — perguntou Rita, confusa. — Você é subserviente porque ele fica *ansioso*? Isso é ridículo. Ele estava ansioso com o quê?

Jeanie balançou a cabeça. Elas tinham alcançado o topo de Highgate Hill. Era ali que se separavam: Rita seguia para sua casa, em uma das ruas arborizadas em frente a Kenwood, e Jeanie se dirigia para o lado mais distante da Pond Square. Elas pararam na esquina, ao lado do ponto de ônibus.

— Não sei. George não era assim. — Jeanie teve muita vontade de finalmente contar à amiga sobre aquela noite em que ele a rejeitara, quando tudo mudara irreversivelmente, mas não queria acrescentar mais nada ao desprezo que Rita já sentia por seu marido. Nem ela sabia como explicar a grandiosidade do evento depois de tanto tempo. Ao longo dos anos, Jeanie começara a se perguntar se tinha exagerado. Sabia que muitas vezes os casais paravam de fazer sexo e passavam a dormir em quartos separados. No seu caso, tratava-se de um casamento longo. Mas, no fundo, ela sabia que algo importante acontecera com George naquele dia. Algo que ele não pôde contar a ela, mesmo sob toda a pressão que lhe impusera. E ela não fazia ideia do que podia ser.

— Bem — disse Rita, animada —, se nem sempre foi assim, ele não precisa agir dessa forma agora, certo?

Jeanie deu de ombros.

— Suponho que sim, mas não sei por que...

Rita esperou, mas Jeanie não continuou a frase.

— Querida, o ponto principal é que você não está velha, trabalha e com certeza não quer se mudar para o campo. Portanto, a situação está ficando séria. Ser tirada de um jantar é desagradável, mas não é fatal. Mas ser carregada para Dorset? O interior é terrível, não se esqueça: cheio de lama, de pessoas que julgam os outros pelas roupas que usam e de mercadinhos onde um repolho que está na prateleira há 18 meses custa duas vezes a dívida externa do país.

Elas caíram na gargalhada.

— Então, direi que não estou velha, não venderei minha loja e definitivamente não me mudarei para o campo.

— Oba! — exclamou Rita, erguendo uma das mãos e convidando Jeanie a comemorar. — Eu falo sério, Jeanie... Já está na hora de você se impor.

— George não é má pessoa, Rita, mas realmente não acredito que ele possa mudar e procurar ajuda — concluiu Jeanie.

A amiga limitou-se a revirar os olhos e afastar-se em direção à rotatória, dando-lhe um aceno de adeus e seguindo em frente, a bolsa com as raquetes de tênis batendo em suas costas.

Naquela noite, a sós na cozinha, preparando a salada para o jantar enquanto George continuava trancado com seus relógios, Jeanie lembrou-se das palavras de sua tia Norma sobre ter 60 anos.

A tia, única irmã de seu pai, recentemente completara 90 anos e ainda vivia feliz e independente em sua casa em Wimbledon. Uma mulher ainda muito ativa e esperta, com os olhos azuis penetrantes que Jeanie herdara, tia Norma trabalhara no MI5 durante a guerra e, depois, cuidara dos pais idosos. Quando chegou aos 60 anos, ambos tinham morrido, e ela, uma solteirona um pouco robusta, que usava luvas e chapéu, assumira um ar boêmio ao transformar sua sala de jantar em estúdio e começar a pintar.

— Sessenta anos é o paraíso — dissera a Jeanie uma vez enquanto tomavam um chá. — O mundo não quer mais saber de você, e, para todos os efeitos, você se tornou invisível, especialmente se for mulher. Gosto de pensar nessa fase como a terceira vida. Temos a infância, a conformidade adulta, com trabalho, família, responsabilidades, e, finalmente, quando todos imaginam que tudo acabou e que você virou sucata, a liberdade! Você pode finalmente ser quem é, e não o que a sociedade quer que você seja ou quem *você* acha que deveria ser.

— Isso não é um pensamento de outra geração? — perguntara Jeanie. — Nossa geração tem muita liberdade. Desde o feminismo, podemos fazer o que queremos.

Tia Norma sabiamente concordara.

— Pode mesmo? — Ela sorrira. Seus pequenos olhos azuis brilharam. — Parece-me que ainda existem expectativas em relação à família e a outras coisas. — E balançara a cabeça. — Mas quem sou eu para saber?

4

Jeanie chegou tarde ao parquinho na quinta-feira. Fazia frio e parecia que ia chover, mas ainda havia algumas mães entediadas reunidas ali com seus filhos — e também o homem que conhecera na semana anterior. Jeanie mal pensara nele e não estava tão satisfeita assim em vê-lo. Gostava de perambular sozinha com Ellie e nunca se envolvera com outros adultos no parque. Ele falava ao telefone, apoiado no escorrega, enquanto Dylan descia o tobogã de metal de frente, com a barriga voltada para baixo e os braços estendidos.

Ao ver Jeanie, ele acenou com a mão e sorriu para ela, concluindo a chamada e guardando o celular no bolso da jaqueta.

— Oi, tudo bem?

— Tudo bem, e com você?

Ellie pediu para ir ao balanço, o que os separou por algum tempo enquanto monitoravam a brincadeira dos netos. Jeanie evitou o olhar dele.

Dylan juntou-se a outro menino de sua idade, e eles começaram a dar voltas em torno do parquinho. O avô aproveitou para se aproximar dos balanços.

— Quero pedir desculpas pelo outro dia.

— Como assim?

— Eu estava meio sensível. Exagerei um pouco.

Jeanie riu.

— Não há motivos para se desculpar.

— Não, mas você deve ter me achado estranho.

Jeanie não sabia o que dizer. Não o achara propriamente estranho, mas ele tinha um ar perturbador, como se quisesse alguma coisa dela, algo que ela não sabia identificar.

— Essa coisa de parquinho é nova para mim. Não conheço bem as normas de comportamento.

— Não há normas — assegurou-lhe Jeanie, com uma gargalhada —, exceto sempre garantir que, não importa o que aconteça, a culpa não é da *sua* criança!

— Empurrar a culpa para alguém?

Jeanie assentiu. Depois de algum tempo, perguntou:

— Fui muito sarcástica?

— Eu diria realista. Soa melhor. De qualquer modo, vou deixá-la em paz.

Jeanie o observou abrir o portão de metal do parquinho e se debruçar sobre a cerca que circundava o lago dos patos.

— Descer, Gin. — Quando tirou Ellie do balanço, ela sentiu as primeiras gotas de chuva. Procurou a capa de chuva de plástico no fundo do carrinho de bebê, mas só encontrou um pacote amassado de lenços umedecidos, um livro amarrotado de Ellie e uma casca de banana apodrecida.

O parquinho se esvaziava rapidamente. Jeanie ouviu o homem gritar para o neto:

— Dylan! Vamos, rapazinho. Daqui a pouco vai começar a chover.

Enquanto colocava Ellie no carrinho, sob protestos veementes, Jeanie percebeu que o menino não prestava atenção ao chamado do avô. Ela correu para o portão com a neta, mas, quando começavam a subir a rua, a chuva começou. Não era uma chuva normal, mas um temporal. Jeanie concluiu que seria tolice continuar, pois o caminho até a casa de Ellie demoraria uns 15 minutos. Era preciso esperar a chuva diminuir. Assim, mudou o caminho e dirigiu-se a um café a uma pequena distância do parque, enquanto Ellie ainda reclamava aos berros e lutava contra a chuva e as limitações do carrinho.

O café estava vazio. Jeanie escolheu uma mesa externa, em um espaço coberto, pois ali Ellie poderia perambular pelas mesas. Logo que se instalou, pediu uma xícara de chá para si e uma caixinha de suco de maçã para a neta.

Enquanto avaliava o céu, preocupada, encharcada e ansiosa para que a chuva passasse, perguntando-se quanto tempo ela ainda demoraria, Dylan e o avô apareceram.

— Eu de novo. — Ele estava ofegante após subir a ladeira correndo, mas ainda parecia empenhado em desculpar-se com ela. Jeanie preocupou-se ao perceber que ficaria presa ali, com ele, enquanto durasse o temporal.

Dylan começou a correr, com Ellie no seu encalço. Eles subiam a rampa na entrada do café, desciam pela escada e repetiam o circuito, rindo sem parar.

— Ufa! — O homem tirou a jaqueta de couro, sacudiu-a e pendurou-a no espaldar de uma cadeira em frente à mesa de Jeanie. Ao ver o olhar temeroso da amiga recente, sorriu com um jeito travesso. — Tudo o que precisamos agora é uma cortina de chuveiro e um punhal.

Jeanie não pôde deixar de rir.

— Você me olha como se eu fosse um assassino com um machado. Na melhor das hipóteses, um perseguidor.

— Você é? — Jeanie analisou o rosto bonito e vivido, e, não encontrando nele a aparência de uma pessoa furtiva, viu uma sinceridade atraente e uma calma deliberada, quase aprendida, como se ele tivesse treinado para ser tranquilo.

— Não intencionalmente.

— Você pode entender minha situação — defendeu-se Jeanie, sorrindo.

Ouviu-se um grito, e, quando se viraram, viram Ellie caída no chão de concreto. Ao erguê-la e ver seu rostinho vermelho por causa do susto que passara, Jeanie aninhou-a no colo e abraçou-a apertado até que o choro acalmasse. Dylan rodeava a menina, ansioso, e não parava de andar para lá e para cá.

— Eu não fiz nada — murmurou ele, com os olhos baixos, como se estivesse acostumado a ser acusado.

— Sei que não. — Jeanie sorriu para ele. — Ellie ainda não sabe correr muito bem.

O rosto de Dylan iluminou-se.

— Ela ainda é pequena — concordou ele, enchendo o peito de orgulho por ser grande em seus quase 4 anos. — Vem. — Ele segurou a mão de Ellie e guiou-a carinhosamente, ansioso para voltar a brincar.

A chuva caía forte, esfriando o ar e escurecendo o céu; a água que descia do telhado formava uma cortina, isolando-os em um mundo úmido e frio. Por um momento, fez-se um silêncio constrangedor.

— Vamos cantar? Como nos filmes? O ideal seria termos uma freira com um violão, uma mulher em trabalho de parto, um menino precoce e um bárbaro que se torna herói, mas, na falta deles, podemos tentar algo dramático e sombrio para passar o tempo até sermos resgatados.

— Como o quê?

— Ah, não sei, que tal... — Ele fez uma pausa, endireitou-se na cadeira com o peito estufado como um tenor de ópera e começou a cantar a tragédia adolescente dos anos 1960 sobre o jovem piloto que sofre um acidente de carro e, na hora de morrer, diz "*Tell Laura I love her*". Sua voz era baixa, mas ele parecia confiante quanto ao tom. Quando terminou, ambos começaram a rir.

— As mais antigas são as melhores — brincou Jeanie. Eles repetiram a música em coro, desta vez bem alto, exagerando o melodrama. As duas crianças, por sua vez, pararam de brincar e ficaram diante deles, com os olhos arregalados diante do espetáculo.

— Aliás, meu nome é Ray — disse o homem.

— Jeanie.

Eles se cumprimentaram com um aperto de mão por cima da mesa.

— Você tem muitas amigas com netos?

Jeanie balançou a cabeça.

— Nenhuma. Minha melhor amiga nem tem filhos, e nenhuma das outras já é avó. Creio que é porque elas têm filhos homens... Demora mais.

— Então Ellie é filha da sua filha?

— Sim, mas Chanty trabalha em horário integral, e quem fica com a filha é o marido.

— Sua ajuda deve ser muito apreciada.

Jeanie deu de ombros.

— Não é bem assim. Não me dou muito bem com meu genro. Existe um passado complicado.

Ray suspirou.

— Ah, famílias... Não podemos viver junto delas nem sem elas. Mas Nat, minha filha, parece estar cedendo com relação a mim. Ela até deixou que eu levasse Dylan para nadar na próxima semana.

— O que você fez?

— Ah, o usual... Eu me separei da mãe dela. Mas, do jeito que sou, escolhi a pior maneira. Eu me apaixonei pela filha da melhor amiga da minha esposa, que tinha 21 anos. Isso não foi muito bem aceito.

Jeanie digeriu a informação.

— Quantos anos tinha sua filha?

— Nove. E Carol não me deixou vê-la depois disso. Disse que eu era um pedófilo etc. Ela se mudou para Leicester e sempre trocava o número de telefone e devolvia os cartões e presentes que eu enviava para Nat. Até que, um dia, parei de tentar. Nós perdemos contato durante muitos anos. — Ele passou a mão no cabelo. — Veja bem, fui um pai horrível. Não culpo Nat.

— Por que ela entrou em contato com você?

— Ela não teria me procurado se não fosse pelo pai de Dylan. Ronnie é um músico das Antilhas. Ele trabalha com educação de crianças e nunca conheceu o pai. Quando Nat estava grávida, ele a convenceu a me procurar pelo bem do bebê. — Ray fez uma pausa. — Você não quer ouvir essas coisas.

Fez-se um silêncio quando ambos olharam para o céu e perceberam que a chuva tinha passado.

— É melhor eu levar Ellie para casa ou meu genro vai reclamar — disse Jeanie, surpresa diante de sua própria relutância em ir embora.

Naquele mesmo dia, George acenou para a mulher, animado:

— Venha ver isso aqui.

Jeanie deixou o jornal e se aproximou da escrivaninha de George, posicionando-se atrás dele.

— Pegue os óculos para ver melhor.

Jeanie viu na tela a foto de uma imensa casa de campo.

— Não é maravilhosa? E olha... — George clicou sobre uma fileira de pequenas fotos para mostrar o interior de uma sala espaçosa, na qual o sol entrava através da janela aberta, e uma cozinha planejada quase nova, com um fogão vermelho brilhante. Jeanie examinou a descrição detalhada do corretor de imóveis no pé da página.

— Tem cinco quartos e seis hectares. Isso é ridículo, George. Você disse que nossa casa é grande demais para nós, mas essa tem o mesmo tamanho.

George demonstrou indiferença.

— Ah, sim, mas vamos precisar de mais espaço para acomodar a família. Não é maravilhosa?

— Sim, ela é linda, mas isso não é razão suficiente para comprarmos.

— Veja esta aqui então. — George recomeçou todo o processo. Desta vez, tratava-se de uma casa paroquial em Somerset. — Também tem cinco quartos, mas podemos ter escritórios separados. E ela foi reformada. Olha só! Você não consegue imaginar Ellie adorando esse jardim? Tem até um riacho.

— Ela vai se afogar — replicou Jeanie. — George, podemos conversar?

George afastou-se da tela e girou na cadeira para fitá-la, os olhos ainda brilhando, cheios de entusiasmo.

— Você ouviu quando eu disse que não tenho qualquer intenção de me mudar para o campo?

George piscou os olhos.

— Claro que ouvi.

— Então o que você está fazendo?

— Estou procurando uma casa porque sei que é a coisa certa para nós. Claro que você levará algum tempo para se acostumar à ideia. Chanty e eu estávamos rindo sobre isso no domingo. Quando se trata de um novo projeto, você sempre precisa ser carregada, esperneando e gritando. Lembra-se da loja? — George sorria para a mulher com uma afeição que, para um observador amador, pareceria tocante. Jeanie ficou furiosa.

— Você fala como se eu fosse um bebê — reclamou ela, ignorando a observação a respeito da loja. George sempre jogava isso na sua cara como um exemplo do quanto a conhecia melhor do que ela própria. Comprar a loja fora uma sugestão dele, dez anos atrás, após o fiasco ocorrido no quarto. Eles tinham saído para um passeio e notaram que a loja estava à venda. Jeanie não o levara a sério. Ainda estava irritada com ele e entendera aquilo como uma tentativa de acalmar seu ego ferido. Mas George sabia que havia muitos anos que Jeanie tinha vontade de abrir uma loja de produtos naturais. Por fim, cedendo à mesma persuasão obstinada que o marido usava agora, ela concordara. E estava cansada de sentir-se grata a ele.

George franziu o cenho.

— Não podemos alugar uma casa em algum lugar, como planejávamos, para ver se gostamos? — sugeriu Jeanie.

George balançou a cabeça, negando com firmeza.

— Não quero uma casa de fim de semana. Alugar é perder dinheiro. Não, eu quero sair de Londres.

— E se eu não concordar?

— Mas, Jeanie, querida, isso não vai acontecer. Quando vir algumas casas à venda, você vai ficar louca para se mudar. Quer dizer, o que há aqui que não a agrada? — George apontou para a casa na tela. — Chanty concorda que o plano é brilhante — acrescentou ele, para reforçar sua ideia.

— George, não estamos falando da vida de Chanty.

— Apenas concorde, sim? Confie em mim. Vamos ver algumas propriedades e depois decidimos, está bem?

Jeanie desistiu. Por um instante, teve uma visão terrível de si mesma, rodeada do que Rita denominava "lama e pessoas que julgam os outros pelas roupas", sem saber como fora parar ali. E de George, claro.

5

— Mãe, precisamos conversar sobre a festa. Só faltam três semanas.

Sentadas uma de frente para a outra, elas conversavam no pequeno jardim pavimentado nos fundos da Pomegranate, um pouco antes do horário de abertura da loja. Jeanie instalara recentemente quatro mesas, às quais os clientes podiam tomar seus sucos e *smoothies*. Ela se escondia do sol matinal sob o guarda-sol.

— Já não preparamos tudo? — Para Jeanie, a ideia de uma festa para celebrar sua decrepitude oficial era profundamente depressiva. Chanty, ao contrário, insistia em afirmar que seria muito divertido.

— Sim, mas não esqueça que vou viajar durante uma semana. Todos já responderam?

Jeanie confirmou com um aceno de cabeça.

— Eram 43 convidados na última contagem. — O entusiasmo de suas amigas era alarmante.

— Mas ainda temos de organizar as mesas e decidir sobre os discursos, a hora de servir o jantar e o quarteto que vai tocar. Não podemos confiar na sorte ou vai ser um desastre. Alguém verificou se há dietas especiais? Temos que informar ao bufê.

— Dietas especiais? — Jeanie estava perplexa.

— Sim, mãe, vegetarianos, alérgicos a glúten ou a nozes, essas coisas.

— Meus amigos nasceram antes do advento da alergia a nozes — retorquiu Jeanie com sarcasmo. Em seguida, passou os olhos pela lista de convidados. — Não... Pelo que sei, todos têm dentes. Não consigo sequer encontrar um vegetariano.

Chanty riu.

— Está bem. Não comece a falar da minha geração "neurótica".

— Como Ellie se saiu na creche? — Jeanie achava que a neta ainda era muito pequena, mas Chanty cedera à pressão de Alex, que alegava precisar de mais tempo para si. Jeanie não culpava a filha, pois entendia o medo dela de perdê-lo novamente.

— Ela adorou. — O rosto de Chanty suavizou-se. — Eles deixaram que ela pintasse até cansar. Agora, mãe, podemos retomar nosso assunto? Preciso ir trabalhar. Já estou atrasada.

Na quinta-feira seguinte, quando chegou para pegar a neta, Jeanie surpreendeu-se com a simpatia incomum com que Alex a tratou. Na verdade, ele parecia querer conversar com ela.

— Chanty contou que os preparativos para a festa estão indo bem.

— Ah, creio que sim.

— Você não parece muito entusiasmada. — Alex sorriu com simpatia. O tom de sua voz não trazia o sarcasmo e a hostilidade usuais.

Jeanie fitou-o com desconfiança.

— Para ser franca, estou apavorada.

Alex riu.

— Não a culpo. É a minha concepção de pesadelo.

— Uma festa?

— Não, fazer 60 anos.

— E cá estava eu pensando que ao menos desta vez você estava do meu lado — disse Jeanie. Em seguida, suspirou enquanto procurava os sapatos de Ellie.

— Eu estou — insistiu Alex, sorrindo —, mas tenho de ser sincero, não é?

— Não o tempo inteiro.

— Desculpe, não sabia que era uma questão tão séria. Você está ótima para a sua idade.

De novo. Jeanie odiava a expressão "para a sua idade". Ainda assim, estava surpresa com a rara atitude do genro de tentar elogiá-la.

— Obrigada.

— Veja bem, Jeanie, nós começamos mal — disse Alex, enquanto ela, sentada, pegava Ellie no colo e esforçava-se para trocar os chinelos pelos sapatos.

Jeanie evitou dizer qualquer coisa e preferiu esperar e descobrir onde ele queria chegar. Será que Alex estava fazendo terapia? Ou precisava de dinheiro?

— E penso que seria bom darmos uma trégua para podermos ser amigos — continuou ele.

Jeanie percebeu, naquele momento, que nunca é fácil eliminar um hábito, ainda que seja um hábito tolo como odiar o genro. Parte dela gostava de odiá-lo, embora admitir isso a envergonhasse, e gostava também do fato de poder justificar suas críticas a ele. Cada fibra de seu ser resistia à sugestão. Era difícil sorrir para Alex sem um ar irônico, mas ela se esforçou.

— O problema é que...

— Eu sei... Você não acredita que não voltarei a trair Chanty.

Jeanie concordou.

— A verdade é que também não tenho certeza disso, mas estou fazendo tudo o que posso.

— Não é exatamente o que uma mãe quer ouvir, embora, como sempre, eu não possa reclamar da sua sinceridade.

Os cachos negros de Alex estavam presos em um nó frouxo atrás da cabeça. Com o rosto fino revelado, ele parecia mais jovem e mais vulnerável.

— Mas não há garantias, certo? Pelo menos em relacionamentos.

Jeanie se viu obrigada a concordar.

— Por que agora?

Se ela não tivesse capturado o olhar de Alex, teria se decidido relutantemente a favor dele.

— É preciso existir uma razão?

— Não, mas geralmente existe

Alex deu de ombros.

— Pense como quiser. A trégua está de pé?

Ele estendeu a mão para Jeanie, e ela a aceitou.

Quando chegou ao parquinho, Jeanie ficou um pouco desapontada por não encontrar Ray e Dylan.

Ellie tinha desistido do balanço e agora subia e descia o escorrega. Um menino à sua frente tentava se exibir e descia de costas, com a cabeça para baixo. É claro que ela quis fazer o mesmo, mas não conseguiu descobrir como se posicionar para realizar a manobra. Ela, então, ficou de pé no topo do escorrega, com a cabeça abaixada e os braços caídos rente ao corpo, e gritou. Jeanie tirou-a dali e abraçou-a, mas Ellie, por alguma razão, estava inconsolável.

— Vamos conhecer o novo parquinho — sugeriu Jeanie para desviar a atenção da menina, que logo se animou e, com suas perninhas fortes, correu pela subida da colina. Seus cachos esvoaçavam ao vento enquanto a avó corria atrás dela, levando o carrinho de bebê.

Jeanie avistou-os tão logo dobraram a esquina. Ray estava apoiado no trepa-trepa de madeira, orientando o progresso do neto em direção à barra mais alta.

Ellie gritou ao ver Dylan e pediu para subir até onde ele estava. A estrutura, porém, era para crianças muito mais velhas, e Jeanie começou a lamentar sua decisão.

— É muito alto, querida. Você ainda é muito pequena.

Ellie estava desapontada, obviamente pensando se uma explosão de raiva a ajudaria em sua causa, quando Ray pegou Dylan no colo para tirá-lo da estrutura.

— Vamos para o balanço, rapaz.

Ellie voltou a atenção para um grupo de crianças pequenas engajado em atravessar, para lá e para cá, um pequeno monte revestido com borracha que ficava ao lado do balanço e rapidamente esqueceu Dylan, juntando-se a elas.

Jeanie sentou-se na grama. Ray logo a acompanhou, sentando-se ao seu lado com as pernas cruzadas e colhendo gravetos caídos na grama.

— Como vão as coisas?

Jeanie deu de ombros.

— Acho que tudo bem. E com você?

— Pelo modo como você falou, não parece tão bem assim.

— Ah, sabe como é...

Ray olhou para ela. Os olhos esverdeados, idênticos aos olhos do neto, estavam muito claros e brilhantes.

— Não — disse ele. — Conte.

Jeanie ficou em silêncio.

— Ei, é a sua vez — continuou ele. — Você já ouviu minhas histórias chatas sobre famílias complicadas.

Por um instante, Jeanie não respondeu, mas logo alguma coisa aconteceu com ela, como se os muitos anos suportando tudo finalmente tivessem transformado sua resistência em pó.

— Você quer mesmo saber? — perguntou ela, espantada com seu tom de voz desafiador.

Ray parecia ter sido pego de surpresa, mas Jeanie respirou fundo, determinada. Fazia dias que andava nervosa, irritada com todos à sua volta e com uma vontade imensa de se livrar de seu fardo. "Vai ser você", pensou, fitando esse estranho que se preocupava com ela.

— Está bem — continuou, respirando fundo mais uma vez. — Vou fazer 60 anos dentro de algumas semanas, e meu marido e minha filha decidiram que estou oficialmente velha. Eles querem que eu desista da loja de alimentos naturais, que é minha, que eu adoro e que é um sucesso, para morar no campo. Eles não entendem por que não estou abraçando de corpo e alma a oportunidade de me aposentar e me isolar em alguma cidadezinha pacata em Somerset para comer bolinhos com geleia ao lado da lareira, cuidar de begônias e participar de festas na igreja e todo o tipo de diversão campestre inocente. Será que estou... — Enquanto falava, Jeanie notou, horrorizada, que sua garganta se contraía, as lágrimas começavam a brotar e sua voz falseava.

Ray limitou-se a observá-la, sem nenhum constrangimento, esperando ela terminar.

— Então é isso? — continuou Jeanie, sem reprimir as lágrimas. — Devo simplesmente ceder? Desistir?

— O que você gostaria de fazer?

— O que faço agora. Gosto da minha vida. Da maior parte dela.

— De que parte você não gosta?

Jeanie o encarou.

— Que pergunta estranha...

Ray deu uma risada.

— Você acha?

— Ah, sim. Todas as pessoas têm áreas problemáticas em suas vidas, mas elas não fazem diferença, não é? Bem, eu poderia falar sem parar sobre o que não me agrada. — Jeanie percebeu que estava falando sem parar e não sabia o porquê. Esse homem era perturbador em seu jeito direto e perigosamente confiável. — Você não deveria sair por aí perguntando às pessoas por que elas não são felizes. É melhor não pensar nessas coisas.

— Desculpe. — Ray parecia desconcertado diante da explosão de Jeanie, e ela teve que rir.

— Não, agora é minha vez de pedir desculpas — retrucou ela. — Estou agindo como uma louca. — Ela procurou um lenço de papel no bolso do casaco.

— Certamente seus desejos são importantes para seu marido, não?

Era como se Ray conseguisse enxergar sua alma com aqueles olhos claros e brilhantes. As lágrimas começaram a rolar novamente.

— Você não deveria ter começado isso — murmurou Jeanie, já quase sem constrangimento.

— Não era minha intenção. Eu apenas... — Ray desviou o olhar. Por um instante, ambos observaram, em silêncio, as crianças correndo para lá e para cá pelo parquinho.

— Não me sinto velha, não mesmo. — Jeanie tentava, sem êxito, engolir as lágrimas, mas já não se importava com o que Ray poderia pensar. O desejo por expressar seus sentimentos era forte demais para ser interrompido agora. — Não me sinto diferente. Sou forte e saudável. Não posso... Não posso me isolar e apodrecer com um homem que há dez anos sequer liga para mim o bastante para fazermos amor.

Jeanie suspirou ao ouvir suas próprias palavras, o rosto vermelho e envergonhado. Ela o cobriu com as mãos, desejando que a terra a engolisse.

Ela ouviu Ray respirar fundo.

— Deve ser difícil — disse ele devagar, com cautela.

Jeanie balançou a cabeça, pasma.

— Não posso acreditar que contei tudo isso a você, um perfeito estranho... Desculpe, é uma situação muito constrangedora.

Ray caiu na risada.

— Para você, talvez, mas...

O celular de Ray tocou. Ele o tirou do bolso da jaqueta.

— Salva pelo gongo — murmurou Jeanie, com tristeza.

— Alô... sim... sim... Não, não volto hoje, mas vou cuidar disso o mais rápido possível. Obrigado por me informar, Mica. Sim, até logo. — Ray guardou o celular. — Era do clube — explicou.

— Vovô! Vovô! Quero fazer xixi... Muito, vovô. — Dylan estava em frente a Ray, pulando para cima e para baixo com as mãos na virilha.

Ray levantou-se num pulo.

— Vamos. — Eles correram em direção aos arbustos na margem do parquinho, deixando Jeanie com uma sensação de tontura, como se tivesse acabado de percorrer um caminho sinuoso.

Depois, pouco falaram. Jeanie colocou Ellie no carrinho de bebê e fez a neta, que tinha as maçãs do rosto vermelhas de tanto correr, beber um pouco d'água da caneca de plástico azul. Dylan acompanhou o carrinho, arrastando os pés, e vestiu a jaqueta de pele por cima da cabeça. Eles se despediram junto ao portão do parquinho.

Ray hesitou por um instante.

— Lamento não termos tido tempo de terminar a conversa.

Jeanie tentou rir.

— Foi melhor assim. Por favor, esqueça tudo o que eu disse.

Ray retribuiu o sorriso e, antes de ir embora, tocou o braço dela rapidamente, um gesto que pareceu muito íntimo. Mas ela gostou.

6

Rita se curvou para pegar a bolsa com a raquete, a lata de bolas e a jaqueta, que estava em um dos cantos do campo de tênis.

— O que há com você, Jean Lawson? — Ela parecia zangada, mas Jeanie sabia que não era bem assim. — Não pode me deixar vencer assim. Sei que sou incrivelmente boa, mas você está me fazendo parecer uma campeã mundial!

Jeanie estava apoiada na rede, balançando a raquete para um lado e para outro. Fazia três dias que não pensava em outra coisa além de Ray e do que tinha contado a ele.

— Vamos sentar?

Jeanie esperou que elas se acomodassem. As sombras compridas do fim de tarde se aproximavam, e, com elas, o frio da primavera, mas ainda restavam uns 15 minutos de sol.

— E então? — Rita olhava fixamente para a amiga. — Eu sei que está acontecendo alguma coisa.

— Conheci um homem — disse Jeanie, baixinho.

— Querida... Não! — Rita arregalou os olhos, chocada. — O quê? Você quer dizer um homem de verdade?

Jeanie riu.

— Ah, sim, para todos os efeitos, ele é de verdade. — Jeanie fez um resumo dos três encontros, mas não havia muito o que dizer. — Ora, não é nada. Eu não o conheço. Nem sei o que faz, embora tenha mencionado um clube.

— Que tipo de clube? Noturno, como uma boate?

Jeanie deu de ombros.

— Não sei.

— Uma boate não é bom.

— Não é bom para quê?

— Ele pode não ser um cara legal. — Rita parecia preocupada.

Jeanie ficou na defensiva e achou graça.

— Você quer dizer que ele pode estar interessado no meu corpo, em, quem sabe, me vender e traficar pessoas em troca de lucro fácil? Com certeza, não.

— Pode ser um clube desportivo ou um spa ou... — Rita refletia.

— Não sei. Que diferença faz? Eu já disse que não é importante. Só o encontrei duas, três vezes, mas é que...

— Gostou dele?

— Rita! Não! — No entanto, Jeanie sabia que estava mentindo. Na verdade, o achava muito atraente. Como poderia ser diferente? Mas ela estava longe dessas coisas há tanto tempo que a capacidade de flertar se desgastara. Sob os olhos sagazes da amiga, Jeanie sentiu que corava.

— Não seja tola. Eu sou casada.

Rita concordou sabiamente:

— Eu percebi, querida.

Jeanie respirou fundo.

— Não, você não entende. Eu contei a ele algo... Fico horrorizada só de pensar. Não sei por que contei.

— Contou o quê?

— Contei que George não faz sexo comigo há dez anos — respondeu Jeanie, num impulso.

Se Rita arregalara os olhos ao saber da existência de Ray, eles quase pularam das órbitas diante dessa novidade.

— O quê? O quê? — gritou ela. — Não pode ser verdade!

— Shhhh! — Jeanie olhou para as últimas pessoas que ainda permaneciam no gramado próximo a elas.

— Você quer dizer nada, nadica, nunca? Por dez anos inteiros? Querida, por que não me contou?

— No fundo, eu pensava que tudo voltaria ao normal. Depois os anos se passaram e aqui estamos nós.

Rita ficou em silêncio.

— Não sei por que contei a Ray. Não era minha intenção, mas, de algum modo, saiu. — Jeanie queria que Rita falasse alguma coisa. — Não deve ser tão importante assim — continuou Jeanie, num murmúrio. — Talvez milhões de casais nunca façam sexo.

— Afinal, o que aconteceu? Por que ele parou?

Jeanie suspirou.

— Isso é o mais estranho. Até hoje eu não sei. Tentei muitas vezes, mas George se recusa a falar sobre esse assunto. Quando aconteceu, fiz tudo para que ele me contasse o que estava errado. Mas ele se fechava e não dizia uma palavra. No final, ficou tão irritado comigo que parei. Mas não saber o motivo me enlouquece.

Rita balançou a cabeça.

— Ele nunca foi muito entusiasmado. A iniciativa sempre partia de mim. — Jeanie fez uma pausa. Este era um território novo. Rita e ela conversavam sobre todos os outros aspectos da vida nos menores detalhes, mas nunca sobre sexo. — Nem era muito frequente, mas era fácil seduzi-lo.

— Ele era bom nisso? — O tom da amiga dava a entender que ela já sabia a resposta.

— Acho que sim. Não tenho um parâmetro. Nunca tive nada com mais ninguém. George foi meu primeiro e último.

O homem responsável por fechar o parque se aproximou, subindo a colina e tocando o sino para avisar os frequentadores sobre o horário. Quando Jeanie percebeu que era quase noite, estremeceu.

— É melhor irmos embora.

Quando se levantaram, Rita abraçou Jeanie com seus braços fortes, e a amiga se sentiu aliviada. Jeanie terminou a história sobre George enquanto subiam a colina.

— Que canalha... Pobrezinha, isso dói muito! — Rita parou de caminhar e virou-se para fitar a amiga. — Ele é gay. É a única explicação.

— O quê? De repente, ele virou gay? Após 22 anos de casamento normal? Então ele estava fingindo durante todos esses anos?

Rita pigarreou.

— É bem deprimente pensar assim. Não posso acreditar que você tenha deixado passar tanto tempo nessa situação, querida. George acha que você está feliz sem sexo? Eu o teria abandonado há muitos anos.

— Tudo aconteceu aos poucos, eu acho. O tempo passa sem que você perceba. Nunca pensei que a situação duraria tanto tempo... Agora já faz parte do nosso casamento. Eu o amo — insistiu Jeanie. — Nós nos damos muito bem como casal. Exceto quanto ao sexo.

— E ao controle.

— Ah, ok, isso também. Mas, sinceramente, eu amo George. Nunca o deixaria. Ele não suportaria. — Jeanie se achou patética. Sabia que a amiga jamais permitiria que Bill passasse impune com esse tipo de comportamento.

Rita lançou-lhe um olhar malicioso.

— Essa é sempre uma boa razão para não abandonar alguém, não é? Servir como esteio para suas fraquezas?

Jeanie retraiu-se diante do sarcasmo da amiga.

— Amar também é uma boa razão.

— E o homem do parque? — Rita mudou de assunto. — O que ele disse quando ouviu isso?

— Não muito, coitado. O que ele poderia dizer?

— George é um tolo — concluiu Rita, pensativa.

Naquela noite, Jeanie ficou nua na frente do espelho do banheiro e examinou seu corpo com atenção. Tentou imaginar-se revelando-o para alguém — melhor dizendo, revelando-o para Ray —, mas a lâmpada fluorescente tubular parecia ridicularizá-la. Não que seu corpo a deixasse sem graça. A gordura em torno do abdome adquirida após a menopausa a enlouquecia e recusava-se a deixá-la, e os seios pequenos definitivamente tinham crescido após a mudança hormonal, mas ela ainda era delgada e tinha uma boa condição física. Diferentemente de algumas amigas, nunca pensara em reposição hormonal. Para ela, parecia uma espécie de vaidade, já que os calores da menopausa não a atormentaram. Mas será que estaria melhor, mais jovem, se usasse hormônios? Jeanie examinou seu rosto. Tinha algumas rugas, mas a pele era boa. Os olhos eram firmes, azuis, um pouco intensos. E o cabelo castanho-avermelhado, embora contasse com a ajuda de uma tintura, era brilhoso e tinha um belo corte, na altura do queixo. O problema era que sua sexualidade parecia ter desaparecido. Ali estava uma mulher que tinha tudo para se orgulhar do próprio corpo, mas, agora, ele parecia ser apenas um corpo.

7

Quando Jeanie chegou à loja, Jola a recebeu com alívio e gratidão. Havia uma fila de clientes diante do balcão, cada um fazendo malabarismos para segurar suas compras, mas todos orgulhosamente pacientes, como se a simples decisão de comprar nesse ambiente saudável, orgânico e puro os transformasse em pessoas melhores.

— Bom dia — disse Jeanie, reconhecendo um cliente habitual enquanto se apressava para abrir o segundo caixa. Durante algum tempo, ela e Jola trabalharam em silêncio para atender os clientes, mas não demorou muito a surgir um momento de calma.

— Quer um chá? — Jeanie encaminhou-se para a pequena cozinha no fundo da loja.

— Podemos conversar? — perguntou Jola. Ela aceitou a xícara de chá, mas parecia tensa. Há meses, Jeanie temia a conversa em que Jola anunciaria seu retorno à Polônia. Sabia que o namorado insistia para que voltassem para a terra natal e que até agora ela resistira à pressão. Jeanie pagava bem; segundo Jola, o dobro do que ganharia na

Polônia. E ela adorava seu trabalho. Mas o namorado não conseguira se adaptar tão bem. Ainda falava mal o inglês e parecia se ressentir do sucesso da companheira, embora (ou talvez por isso) fosse sustentado pelo salário dela. Jola a encarava.

— Jean, acho que alguma coisa não vai bem com você e com loja.

Jeanie não sabia o que dizer.

— Não pude evitar e ouvi conversa ao telefone. Você disse à amiga que não quer mudar de Londres, mas não sei o que quis dizer. — Jola ajeitou os óculos de aros pretos com o rosto franzido de ansiedade.

Jeanie tentou se lembrar. O que teria dito? Logo lhe veio à memória: muito nervosa, contara a Rita sobre George ter marcado uma visita a uma casa na semana seguinte, insistindo que não tinha qualquer intenção de acompanhá-lo.

— Você não vai embora? Não vai deixar loja? — perguntou Jola.

Jeanie balançou a cabeça com vigor.

— Não, de jeito algum. Não deixarei a loja, Jola.

Ela não parecia convencida.

— Vou ser sincera — prosseguiu Jeanie. — George quer se mudar para o campo, mas não tenho a menor intenção de sair daqui. Garanto a você, Jola: não vou desistir da loja.

— Mas e marido? — Jola tinha crescido em meio a uma cultura muito mais tradicional.

— Ele não pode me obrigar — assegurou-lhe Jeanie, embora percebesse certa ansiedade em sua voz.

Jola sorriu.

— Fico feliz.

— E quanto à Polônia?

— Por enquanto não... Namorado conseguiu emprego. Também está feliz.

— Não esqueça que estaremos fora na semana que vem — lembrou Alex, que continuava se esforçando para ser amigável.

— Invejo vocês. A Bretanha é maravilhosa nesta época do ano.

Alex parecia melancólico.

— Creio que sim.

— Procure se animar.

— Estou cheio de trabalho. A galeria já avisou que vou perder a vez se não estiver com tudo pronto para setembro, e eles só conseguirão me encaixar no final do ano que vem.

Eles estavam no corredor. Ellie puxava a mão de Jeanie.

— Anda, Gin, *vamo*. Anda.

— Já vou, querida. Pegue seu guarda-chuva para irmos ao parquinho. — A neta andava obcecada com seu novo guarda-chuva verde, cheio de pequenos dinossauros, e carregava-o para onde quer que fosse, abrindo-o e fechando-o, independentemente do tempo.

Alex parecia querer dizer mais alguma coisa. "Chegou a hora", pensou Jeanie. "Finalmente vou descobrir o porquê de sua recente simpatia."

— Jean, eu estava pensando...

Jeanie ergueu as sobrancelhas em expectativa.

— É que eu preciso de mais tempo. — Alex correu a mão pelos cachos escuros, ambos convincentemente respingados de tinta numa variedade de tons azuis e verdes, e apoiou o corpo na parede ao pé da escada. — Eu estava pensando se você poderia ficar com Ellie em tempo integral até o fim do verão.

Jeanie engoliu em seco.

— O quê? Você quer dizer todas as tardes?

Alex abriu um sorriso, como que se desculpando.

— É que isso ajudaria muito. Como ela passa duas manhãs na creche, e você fica com ela uma tarde, não seria uma grande diferença. Sei que é pedir muito, mas Chanty não quer ouvir falar em Ellie ter uma babá, e não temos como pagar uma pessoa qualificada, ao menos não com essa situação econômica...

— Mas, Alex, eu tenho uma loja.

Ele deu de ombros.

— Sim, eu sei, mas Jola não pode administrá-la por alguns meses?

Jeanie teve dificuldade para acreditar que ele lhe pedia aquilo.

— Não, ela não pode. Ela sabe fazer muitas coisas, mas não sabe fazer encomendas nem cuidar da parte financeira. — Jeanie se interrompeu. Afinal, não precisava se justificar.

Alex desviou os olhos, mas ela viu os músculos de seu rosto se contraírem. Ele estava furioso.

— Posso ficar com ela mais uma tarde, se isso ajudar. — Apesar de seus sentimentos pelo genro, Jeanie compreendia a situação. — Sinto muito, Alex. Não estou sendo insensível, mas tenho um negócio. Não posso me afastar da loja por três meses seguidos.

— De qualquer maneira, se você se mudar para o campo, precisará abandoná-la. George certamente vai cuidar de qualquer déficit ou algo assim, não é?

— Essa não é a questão. — Jeanie precisou elevar o tom de voz diante do egoísmo do genro. — E, para sua informação, não vou me mudar para o interior.

Ellie já estava na porta, agarrada ao guarda-chuva, observando-os.

— Ah, quer saber? Esquece! — vociferou Alex. — Sinto muito por ter pedido.

— Se eu pudesse, ajudaria.

— Sim, claro. — Alex fitou-a com muita raiva e se afastou rudemente.

— Alex, por favor. Eu sei que tivemos nossas diferenças, mas não é por esse motivo que estou me recusando. Já disse que posso ficar com Ellie mais uma tarde.

— Não importa.

Alex forçou o caminho, passando por Jeanie no corredor apertado, e inclinou-se para beijar a filha, que aguardava pacientemente ao lado do carrinho de bebê.

— Divirta-se no parquinho, Ell. — E voltou, sem dizer mais nada, quase arrombando o pequeno portão que bloqueava o acesso à escada e seguindo em direção ao estúdio, que ficava no andar superior, subindo dois degraus por vez.

Jeanie ergueu Ellie no colo e abraçou-a antes de pegar o carrinho e descer os degraus.

— Papai zangado — comentou a menina, como se isso fosse incomum.

Temendo o que poderia dizer, Jeanie preferiu não responder.

Foi um alívio rever Ray. Jeanie ficara abalada com o rancor de Alex.

— Olá, que bom ver você. — Ao vê-la se aproximar, Ray levantou-se do banco no deque de madeira próximo ao lago.

"Ele está especialmente bonito", pensou Jeanie. Ray usava uma camisa de algodão azul e jeans. Ela procurou o menino.

— Onde está Dylan?

— O pai o levou a um festival de música infantil que ele estava organizando.

— Mas você veio mesmo assim?

Ray sorriu.

— Eu não queria que você imaginasse que eu a estava evitando depois de... Bem, você parecia mal na última vez que nos vimos. Olá, Ellie.

Jeanie tirou Ellie do carrinho e começou a partir o pão em pedacinhos para os patos.

— Isso não faz bem a eles — comentou Ray, sério.

— É orgânico. Eu trouxe da loja.

Ele riu.

— O problema não é ser orgânico ou não, é o pão em si.

— É mesmo? Pensei que as pessoas alimentassem aves com pão.

Ellie mastigava, feliz, o pedaço de pão de centeio envelhecido que Jeanie lhe dera.

— Joga para os patos, querida.

A neta cuidadosamente passou um pedaço através da rede que cobria a cerca e enfiou a sobra na boca.

— Sim, as pessoas os alimentam com pão, mas isso não significa que seja bom para eles. Ao que parece, fica preso no intestino, e eles adoecem. Se você pensar, faz sentido. Pão é um alimento processado.

Jeanie refletiu sobre aquela informação.

— Eu deveria saber disso. Afinal, tenho uma loja de alimentos naturais.

— A loja é para pessoas, não para patos.

Eles riram. Por um instante, seus olhos se encontraram. Como não desviaram o olhar, Jeanie sentiu a respiração ficar retida em seu peito e o coração bater forte contra as costelas.

Ela finalmente afastou os olhos e sentou-se no banco, ciente de que estava trêmula. Ray continuava junto à cerca, com os cotovelos escorados no corrimão de madeira. Ele fitava o rosto rubro de Jeanie de uma maneira perturbadora.

A menina corria pelo deque à caça dos pombos, imersa na exuberância de sua liberdade.

— Tive mais um desentendimento com meu genro. — Jeanie começou a contar, dizendo qualquer coisa que lhe viesse à mente e evitando o olhar de Ray.

— Você mencionou que o relacionamento com ele é difícil.

Jeanie confirmou, desejando que seu coração se acalmasse.

— Ele me pediu para cuidar de Ellie todas as tardes para que possa pintar.

Ray olhou para ela sem entender, com um sorriso suave.

— E isso é ruim? — perguntou. Logo, porém, percebeu que Jeanie se indignara. — Tenho certeza de que sim.

— É claro que sim — replicou ela asperamente. — Ninguém parece notar que administro uma loja.

— Então sua resposta foi não.

— E ele foi muito desagradável comigo. Mas agora me sinto culpada. Sei que ele é irritante, mas não deve ser fácil cuidar de uma criança e preparar uma exposição. Ellie parece incapaz de fazer qualquer mal, mas ela não para.

— Ela não pode ficar com uma babá?

— Chanty não quer nem ouvir falar em babá. Ellie já passa duas manhãs por semana na creche.

— Faça o que puder para ajudar, mas, no fundo, o problema é deles.

Jeanie olhou para Ray e concordou.

— Tem razão. O problema *é* deles, eu acho. Mas não quero que Alex volte a causar atritos entre Chanty e eu, dificultando minhas visitas a Ellie.

— Talvez você devesse confiar mais no seu relacionamento com sua filha.

— Devo parecer paranoica, não é? — Jeanie suspirou. — É que foi um inferno quando brigamos. Eu não suportaria passar por tudo novamente. — Ela contou sobre o comportamento de Alex antes do nascimento de Ellie.

— Veja bem, não sou um exemplo, Jeanie. Repito para mim mesmo que devo confiar em Nat. E, no fim, creio que eles nos querem em suas vidas tanto quanto nós.

— Certo. — Jeanie levantou-se, resoluta e ansiosa para evitar qualquer intimidade a mais, mas teve a ridícula sensação de que conhecia esse homem há muitas vidas. — Vamos para o outro parquinho; assim Ellie terá o que fazer.

— *Tonco* balança, *tonco* balança... — cantarolava Ellie quando chegaram ao topo da colina.

— Estou impressionado — disse Ray. — Dylan não consegue se equilibrar nessa ponte de troncos.

— Ela está falando daquela outra mais plana, mais segura, não da outra, que é instável demais.

Enquanto Jeanie segurava a mão da neta, que caminhava pelos troncos suspensos, as batidas de seu coração voltaram ao normal, mas ela não ousou fitar Ray.

— Agora você — sugeriu Jeanie, apontando para os troncos redondos e lisos que balançavam indolentes em suas amarras, desafiando todos os que se aproximavam.

— Se você segurar minha mão... — disse ele, sorrindo.

— Sem chance. Veja, Ell... — Jeanie mostrou Ray à neta. — Ray vai caminhar pelo tronco que balança e não pode cair.

Jeanie não acreditava que ele conseguiria, mas, sem dizer nada, Ray subiu com muito jeito no bloco de sustentação, estendeu os braços para os lados, como se fosse um acrobata na corda bamba, e colocou o pé nos troncos, com muita calma. Eles quase não se moveram quando ele passou e apenas balançou um pouco sob o peso. Quando Ray alcançou a outra extremidade, Jeanie ouviu palmas, e, ao se virar, viu um grupo de adultos e crianças que se aproximaram para assistir à apresentação.

Um menino pulava sem parar, entusiasmado.

— Repete, repete!

Ray hesitou.

— Está bem. Mais uma vez.

— Exibicionista! — exclamou Jeanie quando a plateia se foi.

— Você me obrigou.

— É verdade. Quando você aprendeu a fazer isso?

— Eu fugi quando era criança e me juntei a um circo.

Jeanie o encarou muito séria.

— Está bem. Sou treinado em *aikido*: firmeza e equilíbrio.

— Artes marciais?

— É, mas não muito marciais. *Aikido* é também espiritual. Um dia eu explico. Tenho uma escola, um clube, em Archway.

Jeanie começou a entender a origem daquela impressão de calma aprendida e o evidente preparo físico de Ray.

Ellie viu dois meninos mais velhos e começou a segui-los, cautelosa, junto às árvores que limitavam o parquinho.

— Chanty e Alex vão viajar para a Bretanha na semana que vem, portanto não virei — disse Jeanie sem olhar para Ray. Estava nervosa com a proximidade dele.

— Venha mesmo assim.

— O que quer dizer? — perguntou ela com os olhos fixos nele.

— Quero dizer... Venha, Jeanie. — A voz de Ray ficou baixa e intensa; seus olhos verde-claros, como os olhos de Dylan, eram vivos.

— Eu... não posso.

— Não pode ou não quer?

Jeanie suspirou, exasperada.

— Ray, sou casada. Não posso marcar encontros com você. Eu mal o conheço.

— Mas é só para um drinque! Eu não estava sugerindo nada inadequado, se bem que... — Ele sorriu ao ver o olhar furioso de Jeanie. — Só para um drinque — repetiu, claramente pesaroso.

A risada de ambos foi forçada e tensa. Jeanie passou os olhos pelo parquinho e se perguntou se as outras pessoas não estavam vendo o que acontecia entre ela e esse homem que a angustiava.

— Lamento — disse Ray, percebendo a aflição repentina de Jeanie. — Foi um impulso. Eu... É que faz algum tempo que não me sinto assim. Achei que poderia ser divertido.

— Já disse que não posso. — A resposta, porém, trazia certa relutância, que não passou despercebida.

Jeanie observou-o pegar um cartão no bolso da jaqueta.

— Se mudar de ideia... — disse ele ao entregar-lhe o cartão.

O caminho passou sem que Jeanie percebesse. Seu corpo, enquanto o cartão de Ray queimava no bolso do jeans, parecia ter voltado à vida, como se cada célula tivesse sido ativada, saindo de um longo torpor. A realidade era que, pela primeira vez em dez anos... Aliás, não, corrigiu-se Jeanie, pela primeira vez em toda a sua vida, ela se confrontava com um desejo físico que ameaçava fazer seu coração parar de bater

Lembrou-se de que o namoro com George fora sereno. Ele a envolvera com seu galanteio tranquilo — abria as portas para ela, recusava-se a deixá-la pagar qualquer coisa ou a voltar para casa sozinha. Isso, na época em que se queimavam sutiãs, no auge do feminismo extremo. E ele fora um companheiro divertido e prazeroso, que planejava cada saída como uma operação militar, levando-a ao teatro, ao parque, ao cinema para assistir a filmes estrangeiros, a pubs à beira do rio. O trabalho de Jeanie como enfermeira era estressante e exaustivo, além de mal-remunerado, e era uma tranquilidade saber que George a buscaria no final do dia em seu MG branco conversível e a levaria para mais um divertimento.

Depois, o pai de Jeanie morreu. De repente, enquanto preparava mais um sermão, ele simplesmente apagou após um ataque cardíaco fulminante. Como ele não respondia ao chamado para o jantar, sua mãe, uma pessoa perturbada, foi atrás dele e encontrou-o morto, com o rosto caído no texto. George acompanhou Jeanie até Norfolk e se encarregou de todos os detalhes, desde conseguir os coveiros, informar os parentes e providenciar pãezinhos com ovos e presunto para aqueles que ficariam acordados até levar a certidão de óbito à prefeitura. Ele não se aproveitou da tristeza de Jeanie e da mãe, apenas ofereceu seu apoio. E Jeanie se apaixonou.

Com George, porém, a atração física foi muito diferente. E, agora ela refletia, não se comparava aos fogos de artifício que um olhar de Ray lhe provocava. Quando abriu o portão branco que levava à casa de Ellie, Jeanie mal conseguia lidar com as emoções complexas que estava experimentando.

8

— Não podemos colocar Rita ao lado de Danny. Ele é um chato — protestou Jeanie.

George fez uma careta.

— Isso não é muito gentil. — Ele bateu a caneta no diagrama dividido em compartimentos que passara horas preparando e que ambos examinavam sobre a mesa da cozinha. Finalmente, desenhou um círculo em torno do nome de Rita e uma seta apontando para o outro lado da mesa um. — É só para o jantar. Depois do prato principal, todos poderão perambular pelo ambiente. Está bem. Vamos colocá-la entre mim e Alistair.

Jeanie examinou detalhadamente a nova ordem.

— Não, isso não vai dar certo. Sylvie ficou ao lado de Alistair, e não podemos deixar maridos e mulheres juntos.

— Isso está uma bagunça! Estamos aqui há horas e ainda não conseguimos organizar nenhuma mesa. — George largou a caneta sobre a mesa.

O rosto de Jeanie iluminou-se.

— Por que precisamos nos prender a esse arranjo idiota de homem-mulher-homem? Por que não colocamos os nomes em um chapéu e escolhemos dez para a mesa um, dez para a mesa dois etc.? Vai ser original e todos vão se divertir. Vamos viver perigosamente, dar uma agitada nas coisas.

George parecia angustiado. Jeanie notou que ele procurava se controlar.

— Hum... Está bem. Sim, isso pode dar certo. Mas e se eu ficar ao lado da Marlene?

Ambos começaram a rir.

— Bem, paciência.

— E se você ficar ao lado de Danny ou de Simon D.? Vai ter paciência também?

Jeanie franziu a testa.

— Claro que não. Nada disso se aplica a *mim*. Afinal, é meu aniversário. Se eu ficar com um chato, vou mudar de lugar, mas vocês terão de se defender sozinhos. Eu já me livrei dessas convenções cansativas de classe média.

George sorriu.

— Está bem, mas pode ser explosivo.

— É o que eu espero.

George levantou-se e foi buscar a tigela de salada. Eles passaram os dez minutos seguintes recortando os nomes para preencher as quatro mesas.

— Quem você tirou? — Jeanie usou a mão para esconder suas duas escolhas.

— Sua tia não muito interessante e o namorado de Jola. Isso não é justo. Ele sequer fala inglês. E você?

Jeanie sorriu.

— Bill e John Carver. Não tive sorte?

— Você trapaceou. — George arrebatou os papéis da mão de Jeanie e procurou alguma marca de identificação.

Eles começaram a rir.

— Ficar com tia M. é ótimo. Ela é da geração que sabe conseguir o que quer.

— Mas não tem necessariamente um papo interessante. — George demonstrou indiferença e sorriu. — A festa é sua e esta é uma boa ideia. Vamos terminar o que ainda falta.

— Está bem, mas antes, o chá. — Jeanie levantou-se para encher o bule. — Eu queria muito que tia Norma pudesse vir. Vou sentir falta dela. Não posso acreditar que ela vai participar de uma dessas excursões feitas a pé na idade dela. — Ao se ouvir murmurar a expressão que tanto temia, Jeanie se repreendeu severamente.

Ao andar pela cozinha, pegar as xícaras na cômoda e os saquinhos de chá e examinar a data de vencimento do leite, sentia-se muito confusa. Concordara em encontrar Ray mais tarde, embora tivesse dito a si mesma que isso não aconteceria, que jamais faria algo escondido de George. Mas, na noite seguinte ao encontro com Ray no parquinho, George a chamara de "minha velha" muitas vezes, pontuando seus incansáveis elogios ao campo com esse apelido insultuoso. E, num impulso, pensando "Que diabos estou fazendo?", ela enviara uma mensagem para Ray.

Jeanie tentou se convencer de que não era algo definitivo, de que poderia desistir a qualquer momento, mas a decisão de encontrá-lo a perseguia até na simples tarefa de preparar o chá para o marido. George parecia fora de alcance, distante por sua traição. Como resultado, ela tinha um desejo instintivo de tratá-lo melhor, com mais cuidado, sabendo, enquanto o fazia, que esse comportamento induzido pela culpa era covarde e desprezível.

Eles se encontraram no parquinho às seis da tarde, no deque em frente ao lago onde ficam os patos. Ao vê-lo, Jeanie percebeu que, mesmo tendo passado a semana inteira convencendo-se de que não deveria encontrá-lo, na verdade nunca tivera dúvidas de que o faria.

E aquele drinque? J., escrevera ela.

Oba! Quando?, respondera ele.

Nada aconteceu ainda, Jeanie afirmava para si mesma com firmeza, e nada vai acontecer. Tratava-se de um flerte inofensivo. Tinha gostado de um homem que conhecera no parquinho. Qual é o problema? Era velha e tola, e, segundo sua família, não sabia mais o que queria. Mesmo assim, a culpa e a mentira já estavam instaladas.

— Tenho um encontro com Rita amanhã — avisara a George.

O marido desviara os olhos das palavras cruzadas.

— O que pretendem assistir?

Jeanie estava ocupada enchendo a lava-louças, tirando a sujeira dos talheres e colocando-os, com os cabos virados para baixo, na cesta da maquina.

— Não vamos ao cinema. Vai ser só um encontro de mulheres. Talvez Lily também vá.

— Como ela está? É uma pena que não possa vir à festa. — George tinha mostrado um sorriso secreto e ajeitado os óculos no rosto. — Falta pouco — acrescentara ele com alegria.

Jeanie pouco pensava em seu aniversário iminente. Era a última coisa em sua cabeça. Na verdade, ela só pensava na mentira que estava contando. E em Ray. Parecia que ambos decoravam sua testa com luzes néon. Curiosamente, porém, George não parecia perceber.

— Café? — Jeanie aproximara-se da cafeteira, sabendo qual seria a resposta do marido. Conhecia todas como se fossem suas. Poucas semanas antes, esse conhecimento era algo confortável, mas nos últimos tempos isso a irritava.

Queria que, apenas uma vez, George dissesse: "Não. Sabe, hoje vou tomar um pouco de chá de urtiga, querida."

Agora, ali estava ela, gélida e quase enjoada, tamanha sua ansiedade, dirigindo-se ao portão oeste do parquinho, que levava à entrada principal do Cemitério de Highgate.

— Aonde vamos? — perguntou ela a Ray.

— Pensei no novo restaurante grego ao pé da colina.

Ray parecia tão tenso quanto ela. A calma calculada e o sorriso travesso foram substituídos por uma timidez que ela não vira antes.

— Voltem, netos! Vocês estão perdoados — disse Ray com uma risada.

— Acho que preciso de um drinque — disse Jeanie.

— Tenho certeza de que eu preciso.

Ambos começaram a rir.

— Não pode ser um bom sinal precisar de alguma droga para estarmos juntos — disse ela.

— É que estou imaginando este encontro na minha cabeça desde que recebi sua mensagem — confessou Ray, para surpresa de Jeanie.

Eles caminhavam sem se olhar. Após ouvir as palavras de Ray, Jeanie respirou fundo e começou a relaxar. Um lado seu simplesmente tinha aceitado que ela era uma tola com suas fantasias e que, apesar do flerte evidente, Ray só agia assim porque ela o estimulava. Jeanie não se importava, era exatamente o que estava esperando, mas agora percebia que ele talvez compartilhasse de suas sensações perturbadoras.

O restaurante estava vazio, exceto por uma mesa ao lado da janela, onde um jovem casal tomava cerveja de uma garrafa e dividia um prato de petiscos. Jeanie se sentiu aliviada. Desde o instante em que se encontraram, examinava cada passante, temendo que um de seus muitos conhecidos a visse com Ray e levasse a informação até George, sem dúvida de forma acidental e inocente. O restaurante parecia muito novo. Os garçons eram solícitos, e a decoração, ainda incipiente, não tinha um clima definido. Eles foram conduzidos a uma mesa próxima à do outro casal — Jeanie supôs que a maioria das pessoas gosta da ilusão de companhia quando come fora —, mas Ray preferiu outra, no fundo da sala.

— O que acha desta? — perguntou ele, olhando ao redor.

— Na verdade, não importa... Está boa — respondeu Jeanie com sinceridade.

Já acomodados um em frente ao outro, aguardando a essencial garrafa de vinho, Jeanie sentiu o coração bater acelerado, descontrolado. Queria sentir o olhar de Ray, aquela intensidade surpreendente da primeira vez, mas mal ousava fitá-lo, então se ocupou em arrumar os talheres e desdobrar o guardanapo, colocando-o cuidadosamente sobre o colo.

— Tim-tim! — Eles elevaram os copos para brindar e tomaram um gole do vinho. Jeanie esperava que a bebida a acalmasse.

— Então, conte — pediu Ray. — Conte-me tudo.

Jeanie riu.

— Tudo sobre o quê?

— Você, sua vida, onde nasceu, quem era sua melhor amiga, sua música preferida, se gosta de cenouras, essas coisas normais.

— Quanto tempo você tem? — Ambos riram; a conexão milagrosa entre eles tornava o que diziam quase irrelevante. Bastava estar ali enquanto anoitecia. O garçom acendeu a vela sobre a mesa, permitindo que eles se olhassem sem censura. — Quer mesmo saber tudo?

Ray confirmou com um aceno de cabeça.

— Nasci em Norfolk, perto de Holt. Meu pai era vigário da Igreja Anglicana. Zeloso, respeitável e amedrontador. Ele poderia ter sido feliz se acreditasse que essa era a vontade de Deus, mas enxergava a vida como um sacrifício amargo. Era tão envolvido na sua profissão que não sei ao certo se sequer percebia nossa existência. Minha mãe era funcionária da igreja. Tinha um bom coração, mas era irritantemente neurótica. Meu irmão, dois anos mais velho que eu, morreu aos 15 anos, deixando minha mãe muito perturbada. Faz muito tempo que meus pais morreram. Minha melhor amiga de infância, Michelle, tinha origem canadense e foi morar em Toronto. — Jeanie fez uma pausa por um instante e se perguntou o que Michelle pensaria sobre tudo isso. — Quais eram as outras coisas? — perguntou, tentando se lembrar, e viu que Ray estava pronto para dizê-las. — Não, me lembrei. Não gosto muito de cenouras. Talvez elas sejam indiferentes para mim. Prefiro cruas. E minha música preferida é... É impossível escolher.

— Do que seu irmão morreu?

— Câncer. Hoje em dia, é provável que ele sobrevivesse; as taxas de cura em crianças aumentaram. — Jeanie falou sem parar sobre as maravilhas da ciência e os avanços fantásticos da quimioterapia, evitando abordar o que de fato sentia sobre a morte de seu amado Will. Era um assunto sobre o qual mal falava desde a manhã em que seu pai entrara em seu quarto e anunciara que o irmão "estava com Deus". Seus pais não puderam ajudá-la, e não havia ninguém que pudesse fazer esse papel.

— Que horrível — comentou Ray.

Jeanie ainda tinha a sensação de ouvir os gritos de Will. No final, ele fora transferido para casa, sendo cuidado pela mãe e por uma mulher da vila, mas, toda vez que o mudavam de posição, fosse dia ou noite, ela ouvia o grito exausto e agoniado, e seu coração se despedaçava no peito.

— Ele está se recuperando — assegurava-lhe a mãe, animada. Jeanie concordava, mesmo vendo a verdade em seu olhar torturado. Embora soubesse que era impossível que aquela figura emaciada e amarela que um dia fora seu irmão se recuperasse e ficasse bem como antes, ela era incapaz de contemplar a outra alternativa.

— Você deve ter ficado arrasada — disse Ray com uma expressão que parecia entender o sofrimento pelo qual ela passara.

— Já faz muito tempo.

— Isso não faz diferença.

— Sim e não — concluiu Jeanie. Sentiu um nó na garganta por décadas de lágrimas não derramadas. Ray segurou sua mão. Quando o garçom chegou trazendo a comida, eles se separaram em um pulo, como se fossem adolescentes pegos na porta de casa.

— Desculpe, esse assunto ainda me pega desprevenida. — Jeanie serviu-se de um pão árabe quente em um gesto automático, sem ter vontade de comer. — Sua vez agora — disse ela, engolindo o pão. — Conte o que aconteceu com sua namorada, que foi o motivo da sua separação.

Ray desviou o olhar.

— Ficamos juntos por 11 anos. Depois, ela morreu por causa de um tumor na glândula suprarrenal. Ela se sentia cansada e tinha uma aparente indigestão. Quando foi ao médico, explicaram a ela que o tumor era do tamanho de uma laranja. De qualquer modo, não havia nada que se pudesse fazer. Ela morreu em seis semanas. — Ele fez uma pausa. A sensação do choque inicial ainda transparecia em seus olhos. — Em janeiro fez dez anos que ela morreu.

— Sinto muito.

— Ela fumava demais — acrescentou Ray, como se ainda procurasse uma explicação.

Não falaram por alguns minutos, como se quisessem dar tempo para os fantasmas do passado se acalmarem. A comida estava quase intocada.

— E onde seu marido pensa que você está?

— Num encontro com minha amiga Rita e a amiga dela, Lily.

— Ele vai perguntar como foi?

Jeanie demonstrou indiferença.

— Depende. Se estiver em um de seus dias compulsivos, é possível que a gente discuta sem parar sobre os motivos da minha saída. — Jeanie estremeceu diante da perspectiva, perguntando-se como ousara concordar com este encontro com Ray.

Fez-se um silêncio estranho quando George foi mencionado.

— Desculpe, não é um bom assunto — murmurou Ray, oferecendo a Jeanie o prato com homus.

Ela passou uma pequena quantidade no pão árabe enquanto falava.

— Eu poderia dizer que tenho um casamento horrível, que meu marido é péssimo ou que me causa tédio, ou ambos, que não o amo, mas não seria verdade. — Jeanie fitou Ray. Ele aguardou. — Temos sido felizes. — Ela fez uma pausa, com a sensação de que a palavra era inapropriada. Pensando bem, havia muito tempo que não se sentia "feliz" com o marido. O que aconteceu no passado, e que ele se recusou a discutir, de algum modo mudou sua perspectiva. George não queria mais socializar, comer fora, ir ao teatro ou ao cinema, mesmo quando Jeanie se oferecia para planejar tudo. Por isso ela começou a sair com Rita. — Não tem sido um casamento ruim.

— Não precisa me convencer. Viver trinta e tantos anos com alguém é impressionante.

Jeanie suspirou.

— Mas não é a você que estou querendo convencer, é?

Ela viu Ray erguer as sobrancelhas como quem estava prestes a fazer uma pergunta.

Desta vez, ele tomou a mão de Jeanie com firmeza.

— Jeanie, não quero ser a causa da sua aflição. Não posso dizer que não estou atraído por você, mas ainda é um começo. Ainda podemos desistir antes de causar algum dano.

"Dano, uma palavra poderosa", pensou Jeanie. Sua mente recusava-se a enfrentar essa palavra. "Nada aconteceu, nada acontecerá", repetia a si mesma como um mantra. Porém sua afirmação parecia cada vez mais fraca e menos convincente.

— Será que não podemos simplesmente ficar aqui... agora... e não pensar...

Ray fitou-a. Desta vez, Jeanie não tentou fugir daquele olhar.

— O parque vai estar fechado. Já passa das onze.

Eles mudaram o rumo e começaram a caminhar ao longo da rua que margeava a parte sul do cemitério.

— Como já passa das onze? — Jeanie examinou o relógio, sem acreditar que eles estavam juntos havia mais de cinco horas. Horas que passaram num piscar de olhos.

Ela estava um pouco embriagada, e a escuridão era fresca e anônima.

— Me dá um beijo — pediu, virando-se para Ray, que caminhava a seu lado.

Sem dizer nada, ele a guiou para o abrigo de uma árvore que se projetava sobre a cerca do cemitério.

Nada a preparara para isso. Ao sentir os lábios dele, foi tomada por uma sensação pura e maravilhosa, que parecia apaziguar um desejo que ela desconhecia.

— Nossa — disse Ray, mais como um suspiro do que uma palavra —, você está tremendo. — E a aninhou em seus braços.

— Você não estaria? — Sua risada soou suave e frágil no ar da noite. — Não posso ir para casa... George vai perceber...

— Perceber o quê? Ele vai estar na cama, não vai?

Jeanie concordou, aliviada.

— Tem razão, já é tarde. Espero que sim, mas é melhor eu ir. Quero evitar que ele telefone para Rita no meio da noite.

Eles começaram a caminhar de braços dados, subindo a colina. Jeanie ficou grata pelo apoio de Ray.

— O que Rita pensa sobre nosso encontro?

— Ah, Rita é minha amiga. Você ia gostar muito dela.

Quando ambos contemplaram a possibilidade de seus mundos se cruzarem, fez-se silêncio.

— Você quer me encontrar de novo, Jeanie? — perguntou Ray, baixinho.

9

— E então? — perguntou Rita, curiosa.

— Hum...

— O que aconteceu? Desembuche, querida! Quero todos os detalhes, por favor. Não esconda nada.

— Estou na loja. — Jeanie dirigiu-se para a pequena cozinha, mas sabia que Jola poderia ouvi-la. — Podemos falar mais tarde?

Jeanie ouviu Rita resmungar, frustrada.

— Como você tem coragem de fazer isso comigo? Sabe que não sou paciente.

Jeanie caiu na gargalhada.

— Quer me encontrar no Nero's daqui a meia hora?

— Fechado.

Quando elas se sentaram, já com cappuccinos nas mãos, Jeanie percebeu que a ansiedade transparecia no semblante de Rita. O pequeno café estava animado e cheio, como sempre, com um grande contingente de mães, ou talvez babás, carrinhos de bebê grandes demais e crianças pequenas perambulando pelo lugar, criando um agradável caos.

— Conta tudo agora — ordenou Rita, batendo com os dedos na mesa de madeira.

— Ah, não sei por onde começar. — Jeanie olhou para Rita, subitamente envergonhada. — Ele é maravilhoso. Nós simplesmente... Não sei explicar... Nós temos uma ligação incrível. Eu queria descrever o que ele me faz sentir sem parecer piegas. Ah, é muito fácil estar com ele. Nós conversamos durante horas.

— Não precisa falar sobre as conversas. Ele a beijou?

— Sim. — Jeanie percebeu que corava.

— E? — Rita já estava debruçada sobre a mesa, ansiosa.

Jeanie respirou fundo.

— Foi maravilhoso.

Rita bateu palmas.

— Oba! Ah, você merece isso, querida.

— É mesmo?

— É claro! Com um marido que se nega a fazer sexo há décadas.

— Só uma década.

— Não faz diferença, querida. Acredite, você merece isso. É só atração ou você está se apaixonando?

— Nem consigo pensar direito. Concordamos em não rotular isso e simplesmente deixar acontecer.

Rita pigarreou.

— Isso parece coisa de terapia de grupo! É comigo que você está falando, madame. Pode concordar com esse cara do parquinho em não rotular o quanto quiser, mas, *para mim*, você pode contar. Está apaixonada?

Por alguma razão inexplicável, Jeanie começou a chorar.

— Qual é o problema, querida? — Rita segurou-lhe a mão, obviamente arrependida. — Não era minha intenção forçá-la a falar.

— Não é você. É só que... Eu não sei. Rita, eu sou casada, e George é um homem decente. Mas Ray é... Ele é maravilhoso. Jamais senti algo tão intenso por ninguém, nem mesmo por George, não dessa forma. Não sei o que fazer.

Rita pegou um pacote de lenço de papel na bolsa e o passou à amiga.

— Ah, querida...

— E se Ray só estiver se divertindo comigo? E se ele não for um homem sério? Não sei nada a respeito dele e acho que nem me importo com isso... Suponhamos que, para ele, tudo não passe de uma brincadeira. Por outro lado, e se não for assim? Não posso abandonar George. Faço 60 anos amanhã.

Rita jogou os braços para o alto.

— Meu Deus, você está obcecada! Qual é a relação entre isso e ter 60 anos? O amor não tem idade. Você teve a impressão de que ele está brincando com você? — A expressão no rosto de Rita era de pura preocupação.

— Não, de modo algum, nem um pouco.

— Ah, que bom. Mas, Jeanie, isso está no começo, como você mesma disse. Vocês mal se conhecem. É preciso *fazer* alguma coisa a esta altura?

— Será que devo simplesmente ficar calada e curtir?

Rita deu de ombros.

— Talvez sim.

— E continuar mentindo para George? Quando cheguei em casa, ele estava acordado e quase enlouquecido de ansiedade. Agiu como sempre: examinou minha expressão, disse que eu parecia bêbada (o que eu não estava, pelo menos não por causa do vinho), fez todas as perguntas possíveis sobre em que bar eu estava, por que cheguei tão tarde, por que Lily não me deixara em casa. Foi horrível. Parece ciúme, mas não é. Na minha opinião, ele sequer imagina que estou sendo infiel, mas entra em pânico quando não consegue me controlar. E agora eu tenho algo a esconder.

— Mas contar a ele agora, quando quase não há o que contar, sabendo que pode ser que isso não chegue a lugar nenhum... Seria meio cruel, você não acha?

Jeanie concordou.

— Suponho que sim... Mas me sinto como se estivesse doente Rita. Ah, eu quase preferia nunca tê-lo conhecido... Assim eu voltaria para a minha velha vidinha segura.

— "Quase" foi a palavra-chave — disse Rita, erguendo as sobrancelhas. Jeanie riu.

— Ah, ok!

— Exatamente. De qualquer modo, se você se sente assim, pode se afastar e nunca mais vê-lo.

Fez-se uma pausa na conversa.

— Eu já imaginava que não era isso o que você queria — prosseguiu Rita, com um suspiro. — Não é fácil. Não sei que conselho dar. Descobriu o que ele faz?

— Ele tem uma escola de *aikido*, uma espécie de clube para meninos. Em Archway.

— Então não é uma boate. Isso é bom. Nós gostamos de artes marciais. Elas são disciplinadoras e formadoras de caráter.

— Fico contente por você aprovar. — Jeanie riu.

— Você sabe que só quero seu bem. — Rita bateu palmas. — Agora, vamos ao que importa: vou sentar com quem no jantar?

A *entente cordiale* entre Jeanie e Alex chegou ao fim. Aparentemente, o feriado fora um desastre. Chovera bastante, causando algumas goteiras no telhado, e Chanty pegara uma gripe. Agora, em casa, ele estava diante de uma montanha de trabalho, sem a sogra rebelde para ajudar. Jeanie compreendia seu estado de espírito.

— Olá. Entra. — Ele bateu a porta quando Jeanie entrou, trazendo Ellie do parquinho, e saudou a filha com um entusiasmo fingido.

— Como estava o parquinho, querida? Foi no balanço? Alimentou os patos?

Ellie fez sua expressão de drama para contar ao pai.

— Din não deixou *bincar* de bola com ele... *Goísta.*

Alex riu.

— Quem é Din? — perguntou, virando-se para Jeanie.

— É Dylan... Ele também frequenta o parquinho às quintas-feiras. — Jeanie estava ocupada, desamarrando as alças do carrinho para soltar a neta, mas seu rosto ficou rubro.

Quando se levantou, ela viu que Alex tinha percebido e a encarava deliberadamente.

— Esse é o menino que vi com vocês algumas semanas atrás?

Jeanie ficou sem ar.

— Quando?

— Outro dia, voltando do centro da cidade, vi vocês subindo a colina com um homem e um menino. — Alex começou a morder a lateral do dedo polegar. — Eu tinha esquecido.

— Ray é avô de Dylan e, como eu, cuida do neto nas tardes de quinta-feira. Nós conversamos, e as crianças, apesar do que Ellie diz, brincam juntas.

— Parece agradável.

— Fazer amigos no parquinho é normal, Alex.

Jeanie recusou-se a ser intimidada, mas começou a se preocupar enquanto voltava para casa. Alex parecia viver para criar problemas.

Jeanie temera ir ao parquinho naquela quinta-feira, pois a relação com Ray poderia ter mudado. Talvez ela não fosse boa o suficiente; talvez ele tivesse se cansado dela. Mas ela desejava vê-lo ainda assim. Agora, tinha duas vidas distintas: em uma, era guiada por seus compromissos e agia exatamente da mesma maneira havia dezenas de anos; na outra, a verdadeira, que elevava sua alma, vivia totalmente à parte, no lugar secreto habitado por Ray. Irritava-se quando as pessoas pediam sua atenção, interrompendo seus pensamentos em torno dele. A única exceção era Ellie. O tempo que passava em companhia dela sempre teve uma mágica que fazia as preocupações desaparecerem e a permitia viver como a neta, no aqui e agora. Com a respiração em suspenso, Jeanie dobrou a esquina que levava ao parquinho. Ray estava ali como sempre, procurando por ela. Um único olhar daqueles olhos verdes tranquilos alegrou seu coração. A hora e meia que se seguiu foi de puro prazer. Eles conversaram e correram atrás das crianças. Ray andou pela ponte de troncos de novo, e, por fim, eles foram tomar chá.

— Mais um drinque? — perguntou Ray quando eles se dirigiam ao portão, mas Jeanie não quis assumir novos compromissos até depois do aniversário.

— Aí você vai ser velha demais para sair — brincou ele, recebendo um tapinha no ombro.

Ao se separarem, ele sussurrou ao seu ouvido:

— Eu gostaria de dar um beijo em você pelo seu aniversário, mas talvez não seja muito apropriado — disse ele, com um sorriso, apontando para as crianças.

— Guarde para depois — respondeu Jeanie num sussurro.

10

— O que você acha, mãe? Qual é o melhor plano para Ellie? Não quero que ela fique acordada durante a festa, por isso pensei em chegar mais cedo. Nós podemos colocá-la na cama no andar de cima. Assim ela vai estar dormindo quando os convidados chegarem.

Jeanie estava em dúvida, mas havia muito tempo aprendera a não interferir nos arranjos para a neta, pois isso só resultava em atrito. De qualquer modo, Ellie nunca era deixada com alguém que não fosse ela, portanto não havia escolha.

— Está bem, querida. Pode deixar Ellie aqui e se arrumar em casa. Mas não esqueça que o pessoal do bufê chega por volta das quatro. Isso não vai ser um problema em relação ao jantar de Ellie? Eles vão assumir a cozinha.

Jeanie ouviu Chanty suspirar.

— Já não sei qual é a melhor solução. Eu me esqueci do bufê. Com muita gente na cozinha, Ellie não vai sossegar. Plano B: nós a levaremos mais tarde, alimentada e de banho tomado, e já estaremos prontos. A festa começa às sete e meia. Vamos chegar às sete, e Alex levará o berço portátil.

— Como preferirem.

— Estou tão animada, mãe! Vai ser uma grande noite. — Chanty adorava festas. — Você se decidiu quanto ao vestido? Vai ser o azul ou o prateado?

Jeanie riu.

— Nenhum deles. O azul faz com que eu pareça ter 150 anos, e o prateado já foi visto por todos pelo menos dez vezes. Eu me dei um presente. Comprei um vestido em Crouch End.

— Fantástico! Como é? Ellie, não! Largue isso, está imundo. Desculpe, mãe... Ellie pegou uma coisa... Ellie, já disse que não. Solta isso e me dá agora!

Ellie soltou um grito de raiva e seguiu-se uma briga. Jeanie sorriu.

— É um daqueles recipientes de isopor horrorosos, onde se coloca comida para viagem — comentou Chanty. — Coberto com alguma coisa indescritível. Londres é terrível.

Jeanie recusou-se a reagir ao mantra tão familiar.

— É preto.

— O que é preto?

— Meu vestido novo. É preto, simples, com alças largas... Um pouco justo.

— Aaah, sensual! Aposto que papai gostou.

— Ele ainda não viu. Mas me senti bem nele.

Jeanie não se importava muito com moda. Gostava de roupas bonitas nos outros, mas resolver o que ficava melhor em si própria era um sofrimento eterno. Fora criada pelos pais com a noção de que roupas vistosas eram coisas do diabo. Quando criança, todas as suas roupas tinham tecidos duráveis e escuros e eram práticas e grandes demais. Jeanie não experimentou a rebeldia da adolescência. A morte do irmão a impressionara demais, e, de algum modo, ela nunca se recuperou. Geralmente, era Chanty quem a convencia a sair para comprar coisas novas, sempre com grande relutância por parte de Jeanie. Mas ela escolhera o vestido preto com cuidado e até pedira a opinião da vendedora na pequena butique, em vez de agir como sempre fizera — isto é, esconder-se atrás das araras de roupas, escolher a peça mais semelhante possível à antiga, que estava sendo substituída, pagar e ir embora quase fugindo, como se estivesse participando de um assalto. Ao experimentar o vestido em frente ao espelho, enquanto a vendedora movia a cabeça em sinal de aprovação, pensara em Ray e tentara imaginar o que ele veria.

— Ótimo, mãe. Será a sua noite. Tenho certeza de que vai estar linda.

— Ah, Chanty, antes que você desligue, eu queria saber uma coisa... — Jeanie queria falar com a filha a sós. — Alex está bem?

— Sim. Por que pergunta? — Sua filha ainda era cautelosa quando falava sobre o marido com a mãe.

— Ele parece estressado. Você sabia que ele me pediu para ficar com Ellie mais dias por semana durante o verão enquanto prepara a exposição?

Após um instante de silêncio, Chanty falou:

— Não, não sabia. O que você respondeu?

— Eu disse que não podia. Não posso abandonar a loja. Mas não fale com ele sobre isso, querida. Ele ficou um pouco... desapontado por eu não poder ajudar.

— Mas vocês estão se dando bem, não é?

— Sim, claro — mentiu Jeanie.

— Eu me sinto culpada por obrigá-lo a cuidar de Ellie, mas não tenho escolha! — Chanty suspirou. — Você acha que eu deveria deixá-la com uma babá? Só durante o verão?

— Depende da babá. Parece funcionar para muitas mães.

Jeanie sabia que não passava muito entusiasmo pela ideia de sua preciosa Ellie ficar nas mãos de uma pessoa desconhecida.

— Mas já deve ser tarde demais para encontrar uma; pelo menos uma que seja boa.

— Lamento não poder ajudar, querida.

— Não, mãe, não é sua responsabilidade. Você vai ter muito o que fazer com a mudança.

Jeanie engoliu em seco. A mudança. Esquecera-se da ainda hipotética mudança.

— Conversaremos amanhã — disse Chanty. — Estou ansiosa, mãe.

Se a filha se sentia culpada, Jeanie não se sentia muito diferente. Desde que se tornara avó, ela achava confuso lidar com as responsabilidades familiares, como se pisasse em areia movediça. Seria esta sua "terceira vida", como tia Norma dizia, ou ela ainda era basicamente esposa, mãe e avó?

Porém, por mais confusas que suas responsabilidades pudessem parecer, Jeanie acordou, na manhã seguinte, com a estranha certeza de que era uma velha aposentada — uma cidadã idosa, no vocabulário atual. "Como isso aconteceu?", perguntou-se, procurando se recordar de como via, há uma década, as pessoas de 60 anos. Segundo Rita, elas faziam parte de uma geração diferente, fruto do *baby boom,* que não aceitava docilmente a decrepitude. Mas todas as gerações não pensavam assim?

A porta se abriu, e George apareceu com um grande sorriso. Nas mãos, trazia uma bandeja muito bem-arrumada, com uma rosa vermelha num vaso, torradas num pequeno prato de prata, um vidro de geleia, um guardanapo dobrado ao lado de um ovo cozido, um bule fumegante e uma xícara de porcelana azul com uma jarra de leite do mesmo conjunto. Apoiado no vaso, havia um cartão e um presente comprido, embrulhado em papel dourado.

— Feliz aniversário, querida.

Jeanie sentou-se para receber a bandeja.

— Obrigada, George. Que adorável.

Ele abriu as cortinas e comentou sobre o tempo, como de costume.

— O clima está fantástico, um dia perfeito. — Ele se sentou na cama. — Vamos — insistiu. — Abra.

Jeanie riu.

— Está bem... — Ela estava sensibilizada com o entusiasmo do marido. Quando estendeu a mão para pegar o presente, afastou Ray, com firmeza, para o fundo da mente.

Dentro da caixa de couro azul-escuro com desenhos em dourado havia um belo relógio analógico, com o mostrador retangular e fecho de prata.

Jeanie quase perdeu o ar.

— É perfeito, querido, simplesmente perfeito. — Ela balançou o pulso para ele apreciar o relógio.

— Devo dizer que ficou muito bem em você — comentou George, claramente contente.

Jeanie aproximou-se para beijá-lo, e, numa atitude rara, ele a abraçou e a manteve junto de si. Ela não se lembrava da última vez que ele agira assim e quase chorou pelo que tinham perdido.

— Você já sabia? Eu não poderia mesmo dar outra coisa, considerando minha obsessão por relógios, mesmo se você não quisesse.

Jeanie riu e meneou a cabeça.

— Faz tempo que quero um desses. E, não, eu não tinha pensado em presentes. Adorei.

As lágrimas vieram. George parecia assustado e segurou sua mão.

— Qual é o problema, minha velha?

Jeanie sorriu entre as lágrimas. Se ao menos ele não a chamasse assim. Aquela expressão parecia representar tudo o que estava errado no relacionamento.

— Nada. Eu estou bem. Apenas um pouco desarmada.

George concordou.

— É uma grande coisa fazer 60 anos, especialmente para uma mulher.

— Por que para uma mulher?

— Ah, você sabe, os homens podem continuar para sempre.

— Fazendo o quê?

George pareceu constrangido depois de perceber o tom ofendido da pergunta de Jeanie.

— Ah, deve ser uma questão de ponto de vista.

Em qualquer outro dia, Jeanie não deixaria passar. Sabia exatamente o que ele queria dizer. Mas ela mordeu a língua e, decidida, transferiu a atenção para seu café da manhã, batendo a colher na casca do ovo cozido e preparando uma xícara de café.

— Então qual é o plano? — perguntou ela, enquanto comia a torrada.

George se levantara e perambulava pelo quarto.

— Hoje é o seu dia. Você escolhe. Não irá à loja, certo?

Jeanie balançou a cabeça e pensou por um instante.

— Não, Jola vai cuidar da loja. Sabe de uma coisa? Já que o dia está tão bonito, eu gostaria de ir a Kenwood e almoçar num lugar aberto.

George aprovou a sugestão.

— Então vamos a Kenwood.

— Nossa! Você está linda! Muito linda.

George apoiara o braço na prateleira sobre a lareira da sala, evitando o pessoal do bufê. Com o cabelo grisalho bem-penteado, usava seu smoking antigo e *slippers* pretos de veludo com um monograma. Jeanie observou que a roupa de gala o deixava com um ar distinto, um homem que poderia ter sido grande na vida, não fosse sua veia neurótica. Jeanie deu um rodopio.

— Adorei o vestido.

— Que bom. — Ela mostrou que estava usando o relógio novo e sorriu em agradecimento.

George se aproximou e segurou-lhe as mãos.

— Jeanie, quero que tenha uma noite perfeita. Você merece.

Ela percebeu a vulnerabilidade na expressão do marido. Seria esta sua maneira de se desculpar, de dizer que lamentava por perdê-la?

A campainha soou.

— Deve ser Chanty.

A sala de jantar parecia um mundo encantado. Quando o sol se pôs, destacaram-se as pequenas luzes cintilantes e as velas compridas e claras, trazendo vida ao ambiente escuro e realçando as toalhas imaculadamente brancas, os cristais, os arranjos de rosas cor-de-rosa, os vestidos de festa cheios de brilho e os convidados ali reunidos.

George provocou risadas ao admitir a natureza aleatória do critério usado para acomodar os convidados nas mesas, mas isso ajudou a conversa a fluir. Jeanie percebeu que já estava um pouco embriagada. Com Ellie segura em um dos quartos de hóspedes e a chegada dos primeiros convidados, ela relaxou e deixou a tensão das últimas semanas se desvanecer num fluxo suave de champanha. Nada nem ninguém importava. O amanhã, no plano imortal, seria outro dia.

Observando as mesas, Jeanie sorriu diante da estranha combinação de amigos. Alex fazia o possível para ser simpático com Rita; Jola estava obviamente entediada com o monólogo de Danny; Marlene, sua antiga parceira de tênis, lançava suas opiniões direitistas aos ouvidos da sua vizinha, Sue. Chanty tivera sorte e se sentara com o belo marido da prima de George. No geral, eles pareciam satisfeitos de estar ali, e ela percebeu a alegria dos convidados quando o salmão defumado, o pato assado e finalmente o bolo de chocolate com morangos apareceram diante de todos.

— Está se divertindo? — sussurrou Bill, o marido de Rita, ao ouvido de Jeanie. Ela gostava de Bill. Ele era relaxado e franco, um homem modesto, apesar dos milhões que ganhara com suas lojas de plantas e equipamentos para jardinagem. Por um instante, passou pela cabeça de Jeanie a possibilidade de Rita ter contado a ele sobre Ray, mas, naquela noite, isso não importava.

— Adorando.

— É esse o relógio? — Bill tomou-lhe o pulso. — Boa qualidade.

— Você sabia? — perguntou ela, achando aquilo engraçado.

— Ora, todos sabiam exceto você, Jeanie. George andava obcecado com isso havia meses. Rita, Chanty, Jola e eu tivemos de opinar sobre o modelo que ele deveria comprar.

— Vocês concordaram?

Bill teve de rir.

— Claro que não. Sendo o especialista em relógios, George tirou vantagem de sua superioridade e insistiu em uma correia de couro. Chanty achou que você gostaria de números romanos. Eu sugeri a correia de elos — disse Bill, com um tapinha no peito. — É mais moderna, não acha? Ainda não estamos na idade de nos entregar ao que é tradicional.

— Qual foi a parte de Rita?

— Ah, Rita achou que ele devia comprar um Aston Martin.

— Com certeza — concluiu John Carver, o alegre e encantador designer de interiores que os ajudara na decoração da casa, intrometendo-se. — Sempre digo que, para uma mulher, um Aston nunca é demais.

— Eu gostaria de dizer algumas palavras sobre Jeanie.

As palavras de George vieram logo depois que Tia M. deu umas batidas leves com o garfo na taça de cristal para que todos silenciassem.

— Jeanie é minha mulher há 32 anos e, na minha opinião, ela é a melhor esposa da Inglaterra... — Inúmeros "silêncio!" ecoaram por toda a sala enquanto George ajustava os óculos no nariz e aguardava que todos se calassem. — Nós nos conhecemos em um cinema, como muitos sabem, mas ainda assim vou contar a história, porque ela é boa. No Screen on the Green, em Islington, para ser mais preciso, assistindo a Julie Christie no filme *Inverno de sangue em Veneza*... Meu amigo era obcecado por ela. Lá pelas tantas, durante a exibição do filme, ouviu-se um grito de pânico na fileira atrás da minha. "Ajudem! Rápido! Alguém desmaiou..." Outra pessoa gritou: "Tem algum médico aí?" Eu não sabia o que fazer e me envergonho de dizer que não saí do lugar quando as luzes do cinema se acenderam. Até que, de repente, abrindo caminho pela fileira, surgiu uma linda garota ruiva. Todos pareciam paralisados. Nós nos limitamos a observar o pobre rapaz desmaiado na poltrona, produzindo sons como se estivesse sufocado. Sem afobação, a garota se inclinou e tocou-lhe o braço. "Ei... Você está bem?", perguntou ela. "Você teve um desmaio", continuou. O rapaz imediatamente abriu os olhos, confuso. "Você é epilético?", perguntou a garota. Ele balançou a cabeça negativamente. "Não, não, eu estou bem. Vou ficar bem..." Mas ele estava branco e suava, parecendo longe de estar bem. Ela o ajudou a se endireitar na cadeira e enxugou o suor em seu rosto. Chamaram uma ambulância e, finalmente, o rapaz foi levado. Mas Jeanie agira com tanta calma, tanta bondade e tanta confiança que, quando voltou para a sua cadeira, todos bateram palmas. — George fez uma pausa. Ele parecia saber que tinha a atenção de todos. — Eu me apaixonei. Contei ao meu amigo que precisava saber quem ela era e, no fim da sessão, corri para a saída e a esperei na calçada.

Jeanie tentou se lembrar da garota sobre quem ele falava. "Até naquela época eu era responsável", pensou, com um sorriso amargo, percebendo que, embora estivesse fugindo do sombrio vicariato de Norfolk e da sensação de dever e obrigação que a impregnava, nunca tinha sido uma pessoa alegre e despreocupada. Seu irmão, Will, era o brincalhão da família, que tentava, em vão, descobrir um meio de estimular o senso de humor dos pais. Com ele, Jeanie ria até mal conseguir respirar. Ela lançou um beijo imaginário para o irmão, pensando no que ele diria sobre a irmãzinha fazendo 60 anos se estivesse aqui, vivo, esta noite.

George ainda falava.

— Quando ela saiu, meu amigo e eu nos aproximamos e conversamos sobre o ocorrido. Ela estava com outra amiga. Ambas eram enfermeiras, e acabamos tomando um drinque ali perto. O resto... — George estendeu a mão para a esposa — é passado. Isso não quer dizer que Jeanie seja uma santa... — continuou ele quando as palmas pararam.

— Ela aguentou você por 32 anos, não aguentou? Cara sortudo! — interrompeu uma voz masculina. George sorriu.

— De fato, sou um cara sortudo e prefiro ela a qualquer santa. Jeanie me mantém alerta, tem bom humor inclusive quando faço tolices, é leal, verdadeira e a amiga tolerante que qualquer homem gostaria de ter. — Mais aplausos saudaram a declaração. Jeanie baixou a cabeça, perplexa, como se golpeada por uma bofetada, diante da crueldade da situação. Ao erguer os olhos, viu o olhar imparcial de Rita.

Por um minuto, fez-se silêncio. George parecia ter se perdido temporariamente. Jeanie sentiu que cada pessoa esperava com ansiedade quando ele quebrou o silêncio e falou, tranquilo, mas firme, olhando para os amigos ao redor.

— Não tenho nada mais a dizer, exceto que a amo, sempre a amei e sempre a amarei. — E, com isso, ele se sentou como se a força lhe tivesse abandonado as pernas.

Houve silêncio em respeito à emoção sincera. Jeanie viu lágrimas nos olhos de Chanty, assim como em muitos outros, inclusive nos seus. Notou que Alex a fitava com um respeito que ela não conhecia. Bill a abraçou.

— Vamos fazer um brinde à querida Jeanie, que, tenho certeza de que vocês concordam, não parece ter mais de 12 anos. — John Carver tentou dizer mais alguma coisa, mas todos se levantaram com as taças nas mãos. — A Jeanie! Feliz aniversário!

— Discurso! Discurso! — Jeanie ouviu os pedidos e balançou a cabeça, rindo.

— Não vou puni-los desse jeito, exceto para agradecer muito a todos por estarem aqui e celebrarem comigo. E obviamente quero agradecer a George por suas lindas palavras.

Ela se aproximou dele e o beijou. Ele parecia exaurido.

— Você foi brilhante.

Ele sorriu.

— Tudo o que eu disse é verdade, Jeanie, cada palavra.

Alex abriu as janelas francesas da sala de jantar. No calor da noite de abril, as pessoas começaram a sair para a varanda e para o jardim, onde havia luminárias e tochas dispostas pelo bufê.

— Uma festa fabulosa, querida. — Rita aproximou-se de Jeanie e a abraçou.

— Que tal seus companheiros de mesa?

— Ótimos. Sei que você e Alex não se dão muito bem. É claro que ele é obcecado por si mesmo, mas não é má companhia quando se esforça.

— Espero que você tenha falado a meu favor.

— Eu parecia sua agente, querida. — Rita olhou ao redor, verificando se elas podiam ser ouvidas por alguém. — Você está bem? Isso tudo não pode ter sido fácil.

Jeanie balançou a cabeça.

— Estou me sentindo uma merda.

— Ele falou o que realmente sente — comentou Rita.

— Não...

— Mãe... — chamou Chanty, dando-lhe um abraço forte. — Não foi lindo? Você não adorou o discurso do papai?

Jeanie retribuiu o abraço.

— Adorei. Adorei tudo. Obrigada, querida. Estou muito feliz por você ter me obrigado a fazer uma festa.

Chanty fez uma careta para Rita.

— Nem consigo dizer o quanto foi difícil convencê-la. "Odeio festas", "não quero comemorar", "vai ser uma tagarelice geral"...

Rita achou graça.

— Ela é uma grande teimosa, mas nós a amamos.

Muito depois, Jeanie e George estavam novamente a sós, sentados na cozinha, com as portas ainda abertas para o ar fresco da noite e uma vela solitária queimando entre ambos. A mesa estava cheia de travessas com sobras de comida envoltas em papel-filme e caixas com copos que o pessoal do bufê buscaria na manhã seguinte. George beliscava um pato frio.

— É a hora que eu mais gosto — comentou.

— Quando todos já foram? — Jeanie sorriu e tirou os sapatos sob a mesa. — Entendo o que você quer dizer.

— Foi tudo bem, não acha?

— Foi maravilhoso. Nunca dá para saber, mas acho que todos se divertiram.

— O namorado de Jola parecia perdido, e não sei se Bea gostou.

— Com todo o barulho, ela provavelmente não ouvia o que as pessoas diziam, mas fiquei feliz com a presença dela.

Bea era uma vizinha, já com mais de 90 anos, que conheciam desde antes de se casarem.

Eles conversaram mais um pouco. Então, George se levantou e pegou as mãos de Jeanie, puxando-a para se levantar.

— Bem, agora vou para a cama — disse ela, bocejando, mas George não soltou suas mãos.

De repente, ele se inclinou e beijou-a nos lábios. Um beijo demorado. Jeanie gelou. "Não", pensou ela, "não, por favor, agora não". Os braços de George a envolveram, suas mãos a acariciaram; ele afastou a alça do ombro esquerdo e beijou-lhe a pele nua. A respiração dele era rápida e irregular.

— George... — Jeanie afastou-se um pouco, mas ele não ligou.

— Jeanie, suba comigo, por favor. — Ele a beijou novamente com uma paixão terrível, desesperada, que a fez se retrair. Era como se ele estivesse fazendo apenas o que sabia que deveria ser feito, cerrando os dentes para realizar a tarefa.

George puxou-a em direção à porta, segurando-lhe o pulso com firmeza, mas pareceu mudar de ideia. Encaminhou-se para a sala e sentou-se no sofá, levando-a consigo. Por dez anos, Jeanie ansiara por esse momento, mas agora era errado. Ray não era o problema; naquele momento, ela mal pensava nele. Não, ela se sentia furiosa, até ultrajada, por George acreditar, ainda que por um único instante, que tinha esse direito.

— George, para, por favor, assim não...

Mas ele continuou.

— George! — Dessa vez, foi um grito.

Ela empurrou o peito do marido com força e levantou, ofegante.

George estava desmoronado nas almofadas, com os óculos tortos sobre o nariz e o rosto enrugado na expressão mais vazia que Jeanie já vira.

— Desculpe... Desculpe... — murmurou ele quando ela o encarou. — Você estava tão bonita esta noite. Ah, Jeanie, eu achei, depois de tanto tempo, que era o que você queria. — Ele piscou.

Ela sentiu que a força a abandonava e sentou-se novamente ao lado do marido.

— Não assim, George. Não de repente. Já faz dez anos.

Os olhos de coruja de George a fitaram com tristeza.

— Dez anos? Eu não imaginava.

Fez-se silêncio.

— Então você não quer mais?

— Eu quero, claro, embora ache que seria estranho depois de tanto tempo. Essa nunca foi minha escolha. — Jeanie suspirou, frustrada. — Mas você ainda não explicou por que de repente não quis mais fazer sexo comigo.

Jeanie observou o marido brincar com a abotoadura direita, tentando enfiá-la na casa do botão. Era um disco de ouro pesado com um monograma, quase grande demais para as casas, que ele recebera do pai ao completar 21 anos. Jeanie se aproximou e o ajudou, à espera de uma explicação.

— Por quê, George? — perguntou ela finalmente.

Ele a encarou, mas logo desviou os olhos, nervoso.

— Não houve um motivo — respondeu George de um jeito infantil, irritado.

Jeanie levantou-se.

— Estou velha demais para isso — murmurou ela, cansada, sentindo que de fato estava velha demais para ouvir mais uma vez essa mentira tão antiga.

George tinha uma postura obstinada, teimosa.

— Nada aconteceu. Não consigo explicar.

— Melhor dizendo, não quer explicar. — Jeanie pegou o xale de lã azul-claro, que estava nas costas da poltrona. Em uma última tentativa, com os braços cruzados, dirigiu-se a ele, que ainda estava desmoronado sobre as almofadas.

— Veja isso do meu ponto de vista, George. Suponha que fizéssemos sexo esta noite, e eu pensasse "que bom, voltamos à nossa vida normal". Suponha que eu não fizesse perguntas e apenas concluísse que o problema que existia antes não existiria mais e, depois, você fizesse tudo de novo. — Jeanie o encarou. — Eu não teria condições de superar isso.

George moveu a cabeça lentamente.

— O que eu disse sobre você é verdade, Jeanie. Eu a amo. Sempre a amei e sempre a amarei.

Jeanie concordou, porque isso pelo menos era verdade.

— Nós temos uma relação sólida, não temos? Você e eu?

Jeanie limitou-se a fitá-lo.

— Eu sei que a questão do sexo não é fantástica, mas eu não suportaria perdê-la.

Jeanie desviou o olhar. De repente, sentia-se cansada demais para falar sobre esse assunto. Eles já não pareciam estar do mesmo lado. Ela sabia que George ainda escondia algo e vira a agitação nos olhos dele. E agora ela também tinha um segredo.

— Boa noite, George.

— Boa noite.

— É como os ônibus: podemos esperar durante horas até chegarem dois ao mesmo tempo.

Rita subia a colina; Jeanie a acompanhava. Finalmente chegaram ao topo, lutando contra o vento, e tomaram fôlego, tendo à frente a paisagem panorâmica de Londres que se estendia além de Hampstead Heath.

— Não é engraçado — comentou Jeanie, embora, pelas risadas, ambas demonstrassem o contrário.

— Sinceramente, querida, nós deveríamos estar preocupadas com nossas cadeiras de banho, e não resistindo a bandos de homens cheios de luxúria!

Jeanie enviara uma mensagem para Rita naquela manhã, assim que considerou o horário adequado. Apesar do cansaço, não dormira após deixar George na sala. Às cinco horas, descera para a cozinha e observara o nascer do sol saboreando os morangos que tinham sobrado da noite anterior.

— Eu deveria ter permitido? — perguntou a Rita, contando-lhe a dúvida que a havia atormentado durante a noite. — Se tivesse, talvez as coisas fossem mais simples... Poderíamos voltar à nossa vida normal, juntos.

Rita tomou um bom gole de água e enxugou a boca com as costas da mão. Mesmo tendo de sair de repente, estava bem-vestida, com uma calça esportiva cinza levemente ajustada ao corpo e uma camiseta de lycra cor-de-rosa.

— Se você achou que seria errado, é porque seria. Fim de papo.

— Simples assim? Podemos nos sentar um pouco? — Jeanie estava tonta. O banco estava úmido, e ela se perguntou se chovera durante a noite.

— Isso está mesmo mexendo com você. — Preocupada, Rita observou a amiga, que usava um pedaço de celofane para tentar secar o assento do banco.

— O que aconteceu não teve relação com o homem do parquinho, teve? — continuou Rita. — Você os comparou?

Jeanie analisou seus pensamentos antes de responder.

— Na hora, não pareceu ter. Tive a impressão de que eu me defendia de um ataque. — Ao ver a amiga franzir o cenho, ela continuou: — Eu sei que estamos falando de George, mas você não viu, Rita. Ele estava descontrolado.

— De desejo?

— Não exatamente. Eu diria que era desespero.

— Não é um bom sinal. Jeanie, o que você sente por George? Ainda se sente atraída? O beijo dele provocou em você algum desejo?

Jeanie balançou a cabeça.

— Eu o desejava, mas agora já não é bem assim. E ele não me deu chance de sentir nada ontem.

— Exceto raiva. E o que ele disse esta manhã?

— Não esperei por ele. Eu estava sem condições de encará-lo.

— Ah, querida... — Rita viu as lágrimas quase antes de Jeanie percebê-las. — Pretende conversar com ele sobre isso?

— Não vejo sentido.

— Quer dizer que vai continuar como antes? Como se nada tivesse acontecido? — A expressão de Rita era de incredulidade.

— O que mais posso fazer se ele não *conversa* comigo?

— Está bem. Não fique nervosa.

— Desculpe, mas você não entende. Em primeiro lugar, você nunca se permitiria chegar a essa situação ridícula.

O silêncio de Rita pareceu confirmar essa suposição.

— E o homem do parque?

Quando Jeanie pensou em Ray, algo nela se suavizou, e aparentemente, pela primeira vez após o ataque de George, ela relaxou.

— Ele não tem nada a ver com tudo isso, Rita... Ele é apenas Ray.

Rita parecia cética. Tomou mais um gole d'água, limpou o gargalo da garrafa e ofereceu-a a Jeanie.

— Você ainda tem uma vida sexual com Bill? — De repente, Jeanie quis saber se o resto do mundo funcionava normalmente.

Rita achou graça.

— Não é como o sonho da juventude, mas, sim, é divertido. Nós sabemos do que o outro gosta e descobrimos formas de nos estimular; às vezes assistimos a pornôs.

Jeanie arregalou os olhos.

— Pornôs?

— Não fique tão chocada. Você deveria experimentar. É hilário.

Jeanie tentou se imaginar fazendo o mesmo com George, mas não conseguiu.

— E então? Vai encontrar Ray de novo?

— Eu... Tenho a impressão de que vê-lo é ao mesmo tempo tolo e essencial, mas não vê-lo parece a mesma coisa.

Rita se levantou.

— Vamos! Essa discussão está rodando em círculos. Você precisa andar para esquecer os dois.

11

— Olá, querida, o que aconteceu? — Quando atendeu o telefonema da filha, Jeanie estava equilibrada em uma escada, guardando parte do estoque nas prateleiras sobre a geladeira da loja. Depois de seu aniversário, a semana na loja foi uma loucura. Jola estava convencida de que o inesperado clima quente fazia com que todos deixassem o corpo mais à mostra e, por isso, houve uma grande demanda por suco de goji, suplementos anticelulite, ameixas, alfafa, farelo de trigo e vegetais para saladas.

— Você pode ir à minha casa quando sair do trabalho?

Chanty parecia tensa. Jeanie se perguntou se Alex estava causando problemas de novo.

— Aconteceu alguma coisa? Ellie está bem?

— Não posso falar agora.

— Está bem. Vejo você mais tarde. Ah, Chanty, devo levar seu pai?

— Não. — Ela parecia quase em pânico. — Não. Venha sozinha.

Jeanie desligou e examinou o relógio. Só faltavam dez minutos para fechar a loja.

— Boa tarde, Jean. — Uma mulher gorda de meia-idade, usando um grande chapéu de sol, a espreitava.

— Olá, Margot, em que posso ajudá-la? — Jeanie suspirou baixinho ao descer a escada, sabendo que a cliente esperava que ela ouvisse uma ladainha sobre suas indisposições, joelhos rijos, sinais doloridos na pele e inchaços. Ao longo dos anos, a cliente experimentara todos os suplementos existentes, mas nunca por tempo suficiente para ver qualquer benefício, e agora certamente queria conversar sobre a última cura milagrosa publicada nos jornais.

Margot meneava a cabeça com o jornal local na mão.

— Descobri esta nova pesquisa — começou ela.

— Parece que não estou com muito tempo, Margot. Preciso fechar a loja e encerrar o caixa.

Margot pareceu desapontada e fitou o relógio na parede atrás do balcão.

— É a minha neta. Eu preciso ir. Pode voltar amanhã?

Margot fingiu analisar a sugestão.

— Acho que sim... Pode ir. Eu sei como é com os pequenos.

Chanty e Alex pareciam nervosos.

— Onde está Ellie? — perguntou Jeanie, notando que eram só seis e meia.

— Nós a colocamos na cama mais cedo. Não queríamos que ela ouvisse a conversa — respondeu Chanty, dando a entender que o assunto seria difícil.

Os três continuaram ali, desconfortáveis, na sala de estar.

— O que está acontecendo? — perguntou Jeanie, com o coração acelerado.

Ela viu Chanty contorcer os lábios.

— Mãe, isso é difícil... — Ela olhou para o marido, mas Alex tinha o olhar perdido, apoiado, como sempre, na prateleira sobre a lareira, sustentando-se numa perna e esfregando um pé na panturrilha da outra.

— É sobre Ellie. Ela tem falado sobre um homem...

"Não", pensou Jeanie, olhando imediatamente para Alex, que se recusava a encará-la. Ela esperou.

— Ellie disse que esse homem, a quem chama de "Way", segura ela no colo e a acaricia.

Jeanie achou que explodiria. Ela caiu, sentada, no sofá.

— Eu não acredito — afirmou, com frieza.

Jeanie viu a expressão abalada da filha.

— Mãe?

— São mentiras — afirmou Jeanie, sem rodeios.

— Mãe, foi Ellie quem disse. Você está dizendo que não acredita na sua neta?

— Ela contou isso a você? — perguntou Jeanie com muita calma.

— Não, ela contou a Alex.

— Certo. — Ela respirou fundo algumas vezes, ciente de que estava a ponto de dizer coisas que nunca seriam esquecidas.

— Obviamente ficamos muito preocupados. Alex disse que você e esse homem, Ray, marcam encontros no parquinho.

— *Você* ouviu isso de Ellie? — interrompeu-a Jeanie. Ela percebeu que Chanty entendeu o que ela queria dizer e observou o rosto da filha enrijecer.

— Não vou pedir a uma criança de 2 anos para repetir algo tão angustiante. Está sugerindo que Alex inventou essas coisas?

— Estou sugerindo que ele está errado. — Suas palavras eram lentas e controladas. — Alex?

Alex se afastou. Jeanie concluiu que ele achara sua posição proeminente demais, pois se sentou no braço da cadeira de Chanty, posicionando-se atrás dela.

— Eu sei o que ela disse.

— E o que ela disse? Conte exatamente o que Ellie disse. — Jeanie sabia que sua voz era ameaçadora, mas não se importou.

Alex pigarreou.

— O que Chant acabou de dizer: que Ray estava sentado e segurou-a no colo.

— Ellie disse isso? Você está absolutamente certo de que ela disse isso?

Alex confirmou com um aceno de cabeça e afastou o olhar.

— Não com essas palavras exatamente. Não me lembro com precisão, mas essa era a essência.

Jeanie virou-se para a filha, perguntando-se como ela não percebia que o marido estava mentindo.

— Vou dizer isso apenas uma vez. — Ela encarou Chanty, sabendo que seus olhos brilhavam, intensos, na sua necessidade de contar a verdade. — Eu nunca, nem uma vez, em nenhuma ocasião, perdi Ellie de vista quando ela estava sob meus cuidados. E nem uma vez Ray encostou sequer um dedo nela. Ele nunca segurou a mão dela, pegou-a no colo ou colocou-a no balanço. Ele mal fala com ela, exceto para dizer "olá" e "até logo" ou para entregar a ela seu suco de maçã. Nunca, nada. — Jeanie inspirou fundo. — E tem mais... — Ela se virou para a filha, cujo rosto era inexpressivo enquanto a mãe falava. — Vocês devem saber que cada célula do meu corpo é dedicada a Ellie, que eu daria minha vida para protegê-la de qualquer mal, por menor que fosse.

Portanto, não vejo como vocês podem acreditar que eu permitiria algo assim, que um estranho pudesse molestar minha neta na minha presença.

Chanty respirou fundo.

— Não dissemos "molestar". — O olhar que ela lançava para o marido era duvidoso, confuso.

— Sim, vocês disseram "molestar". Foi exatamente isso que vocês disseram.

— Mãe, você precisa admitir que é preocupante. Eu fiquei furiosa quando Alex me contou. Essas coisas acontecem sem as pessoas verem.

— Nada aconteceu. E não sou uma "pessoa" qualquer. Sou sua mãe, e Ellie é minha neta.

— Eu sei, mãe, e confio em você. Não confio nas outras pessoas. E é fácil acontecer alguma coisa se, digamos, você for ao banheiro, for comprar algo para beber ou virar as costas mesmo por um instante. Você pode não ter consciência. — Chanty fitou Jeanie, séria.

— Não estou senil, pelo amor de Deus! Ainda tenho domínio sobre o que faço e sobre meus próprios movimentos. — "Então é isso", pensou Jeanie. "Eles acham que sou uma velha caduca e incompetente." — Nenhuma dessas coisas aconteceu. Repito: nunca deixei e nunca deixaria Ellie com ninguém, nem por um instante. Eu simplesmente não faria isso. Sou muito mais paranoica que você.

Chanty parecia querer acreditar nela.

— Talvez Alex tenha entendido mal.

— Eu ouvi o que ouvi — repetiu ele com tristeza, mas suas palavras não traziam nenhuma convicção.

— Simplesmente não sei por que Ellie diria algo que não aconteceu — continuou Chanty.

— Nem eu. — Jeanie olhou fixamente para Alex e suspirou. — Veja bem, eu entendo que você esteja preocupada, querida, mas o que quer que Ellie tenha dito não aconteceu sob minha guarda.

— De qualquer modo, quem é esse homem? — perguntou Chanty.

— Ele tem uma escola de *aikido* em Archway. E cuida do neto nas tardes de quinta-feira para a filha. Pelo que vejo, é uma pessoa muito decente. As crianças brincam juntas.

Jeanie não disse mais nada, esperando que fosse o suficiente. Sua relação com Ray podia ser errada, mas isso era outra questão. Seu rosto ardia, mas era de raiva, não de culpa.

— De qualquer modo — retrucou Chanty —, prefiro que você não encontre com ele quando estiver com Ellie. — Pelo tom de voz, ela parecia dar um sermão na mãe, como uma diretora de escola repreendendo um aluno desobediente.

Jeanie sentiu os pelos da nuca se arrepiarem.

— Chanty, se você não confia em mim, não vou mais cuidar de Ellie. Não quero que se preocupe sempre que eu sair com ela.

Jeanie observou Alex, esperando que ele a fitasse. Por que ele está fazendo isso? Não vê que seria ruim perder até mesmo uma tarde livre?

— Alex? — Chanty finalmente decidiu que seu marido deveria compartilhar a responsabilidade com ela.

— Tenho certeza de que Jean só pensa no melhor para Ellie, mas me sentirei melhor se souber que esse homem, Ray, está longe da minha filha — declarou ele, de forma presunçosa.

— Ele não tocou nela! Vocês não ouviram uma palavra do que eu disse? — Jeanie elevou o tom de voz e soube que chegara ao seu limite. Ela se levantou para ir embora.

— Mesmo assim — acrescentou Alex —, você não sabe muito sobre ele.

Chanty também se levantou.

— Tenho certeza de que você compreende, mãe.

Jeanie deu um beijo formal na filha.

— Se não confia em mim, você não deveria me deixar solta com a sua filha por aí — repetiu.

— Mãe, eu já disse que é claro que confiamos em você. Não é, Alex?

Jeanie o viu acenar com a cabeça, confirmando.

— Por favor, não deixe essa questão atrapalhar nossa relação. Eu precisava descobrir o que estava acontecendo.

Jeanie fitou-os com um olhar duro.

— E vocês acreditam quando digo que Ray nunca tocou em Ellie, nem mesmo de maneira apropriada? Digam que não estão pensando em levar essa história adiante.

Ambos concordaram, mas de maneira duvidosa. Jeanie percebeu que Chanty não sabia o que pensar.

— Por favor, não conte ao papai. Isso só vai preocupá-lo. — Chanty baixou a voz ao levar Jeanie até a porta, dando-lhe a certeza de que a filha tinha dúvidas sobre o relato de Alex.

Naquela quinta-feira, Jeanie levou a neta a outro parquinho, que ficava no lado oposto de Crouch End. Não contou a Ray; não sabia o que dizer. "Não podemos nos encontrar. Minha família pensa que você é um pedófilo." Como dizer isso a alguém? Sabia, contudo, que o breve romance precisaria terminar. Se isso ameaçava seu relacionamento com sua filha, impedia que Jeanie visse a adorada neta e colocava em risco a vida e a carreira de Ray, não podia valer a pena. Jeanie ainda tremia de raiva quando imaginava o rosto culpado de Alex, preocupada por não ter conseguido convencê-los. Queria conversar com Ray, mas, além de estar muito envergonhada pelo comportamento de sua filha e de seu genro, sabia que, se falasse com ele, se ouvisse sua voz, enfraqueceria. A família precisava ser sua prioridade.

— *Três ratinhos, três ratinhos* — cantava Jeanie enquanto elas desciam Hornsey Lane sob o calor do sol de maio, esperando que Ellie a acompanhasse na cantoria.

— *Osa, azul, caamelo* — cantou a menina, com o chapéu de sol balançando de um lado para outro. — *Osa, azul, caamelo...* — Jeanie limitou-se a sorrir com prazer, sem nenhuma intenção de trocar "caramelo" por "amarelo".

Quando elas chegaram ao portão do parque Priory, o celular de Jeanie tocou. Era uma mensagem de Ray.

Você vem? Eu trouxe morangos.

Morangos de aniversário. Resoluta, ela guardou o celular no bolso da calça de algodão.

— Gin, olha! Olha, Gin! — Jeanie seguiu a direção do dedo da neta.

— Uma caixa de areia. Quer ficar na caixa de areia? — perguntou a avó.

Ellie respondeu que sim.

— Balde... — Ela apontou para um balde. — Balde *laanja...* Areia cai... — Ela começou a colocar areia no balde e a jogar tudo fora outra vez. Isso a ocupou durante algum tempo, até um menino se aproximar e pegar o balde.

— Meu — declarou ele, mas Ellie não soltou a alça azul.

— Nããão, Gin! Balde não é do *minino*, é meu, meu. — Seu grito ficou mais forte quando o menino conseguiu pegar o balde laranja. Ellie levou horas para se acalmar, e, quando finalmente conseguiu, seu rosto estava vermelho e suado, com os cachos grudados na cabeça. Havia areia entre os dedos das mãos e dos pés e nas perninhas nuas.

— Sorvete! — anunciou Jeanie alegremente, mas seu coração não estava ali. Ela olhava ao redor, com a esperança ridícula de ver Ray surgir pela grama na sua direção.

— *Minino* feio. — Ellie não parava de dizer, queixosa, com os olhos castanhos ainda cheios de sofrimento. — O menino feio levou meu balde.

— O balde era *dele* — repetiu Jeanie. — Vamos trazer o seu balde da próxima vez — prometeu ela, sabendo que isso não fazia sentido para uma menina de 2 anos.

Elas se sentaram num banco enquanto Ellie tomava sorvete de chocolate em um copinho de papel, usando uma colher de plástico e fazendo com que a tarefa durasse horas. Quando chegou ao fim, seu rostinho estava coberto com uma barba de chocolate.

— Mais? — pediu ela, esperançosa, estendendo o braço com o copinho para Jeanie.

Jeanie riu.

— Não, querida, um é suficiente.

— Cadê Din? — perguntou a menina, que começou a soluçar. — Soluço — anunciou, sorrindo.

— Ele não pôde vir hoje.

— Tá bem... Din *bincar* comigo — disse ela. Quando Jeanie não respondeu, ela repetiu: — Gin, Gin, Din *binca* comigo. Perna faz dodói quando a bola bate.

— Sim, querida, mas agora sua perna está boa, não é?

Ellie parecia em dúvida e levantou a bainha da saia para mostrar um machucado invisível.

— Perna está dodói igual papai quando ele era *minina piquena.*

— Menino pequeno — corrigiu Jeanie, sorrindo para si mesma.

Ela pegou a neta no colo e, com muita delicadeza, limpou o sorvete no seu rosto com um lenço umedecido. Ellie lutou e gritou, mas Jeanie não cedeu. Depois, segurou a neta nos braços e afastou o cabelo úmido colado na testa. A ideia de que alguém pudesse fazer algum mal a ela deixou Jeanie quase enojada. O que Alex fez foi uma maldade. Ou ele realmente achou que a filha estava sendo abusada?

— Eu amo você — sussurrou ela entre os cabelos de Ellie.

— Encontrei uma casa! — Exultante, George pulou da cadeira na varanda ao ouvir Jeanie chegar e correu para a cozinha com seus braços e pernas compridos, balançando uma folha em frente ao rosto dela.

Jeanie pegou os óculos para ler. A casa era linda, uma antiga residência paroquial ao pé das montanhas Blackdown, com cinco quartos, uma sala íntima etc.

— É perfeita. Satisfaz a todas as nossas necessidades e está sendo vendida por um preço ótimo.

— Que bom. — Naquele momento, Jeanie não se importava se ia morar nas ilhas Hébridas. Pelo menos uma mudança a levaria para longe de Ray. Ele lhe enviara mais duas mensagens — *Como vão as coisas? Bjs* e *Diga alguma coisa! Bj* —, mas ela não respondera.

— Pense em como vai ser maravilhoso morar no campo quando o tempo estiver quente como hoje! — disse George, balançando diante do rosto um monte de papéis impressos como se fosse um leque.

— Só fica quente assim no começo de maio a cada dez anos. E dura dois dias. Não vale a pena nos mudarmos para Dorset por esse motivo.

— Somerset... Essa casa fica na divisa entre Somerset e Devon. Você parece exausta. Vou pegar uma bebida para você. — George a examinou até Jeanie desviar os olhos. — Vou preparar um chá gelado.

Jeanie aceitou.

— Vá para a varanda, minha velha. Já, já eu levo o chá.

A atenção de George fazia Jeanie sofrer. Ela conhecia o motivo desse comportamento. Desde a noite da festa, ele a tratava como se ela fosse feita de vidro.

— Acrescentei um pouco de menta. E Ellie? Como está?

— Bem. Adorável como sempre. — Jeanie contou sobre o menino e o balde. Eles riram juntos.

"É assim que vai ser", pensou Jeanie enquanto bebia seu chá. "Só isso, só nós."

— Jeanie... — George estava sério. — Você já está aceitando essa mudança, não é?

Ela deu de ombros.

— Acho que essa mudança pode ser uma nova chance para nós — prosseguiu ele. — Você sabe... Sair daqui, começar uma nova vida.

— Não há nada errado com a nossa vida, George.

Ele pareceu aliviado.

— Que bom que você pensa assim. Mas imagine como seria melhor viver aqui — sugeriu, apontando para a fotografia.

— Você nem viu ainda. A casa deve ficar na beira de um penhasco.

— Se não for essa, então que seja outra. — George sorriu, encorajador, e Jeanie lamentou não se entusiasmar como ele. Não queria ser uma estraga-prazeres, queria... O que ela queria?

— Vou visitar a casa no sábado. Você me acompanha?

— Sábado é meu dia mais cheio.

George murchou.

— Então domingo. Vou transferir para domingo.

— Está bem. Agora vou subir e tomar um banho para me refrescar. — O sol estava se pondo e o calor finalmente começava a diminuir. Quando se virou para subir, Jeanie viu o olhar de súplica do marido, mas não havia nada, ao menos nada sincero, que ela pudesse dizer para ajudar.

Na manhã seguinte, Jeanie chegou à loja cedo. Tinha um encontro com Tony, seu contador, no centro da cidade e precisava pegar uns documentos. Enquanto guardava os papéis em sua pasta, desviou os olhos e levou um susto. O rosto de Ray estava encostado no vidro da porta da loja.

— Que diabos, você me assustou! — disse ela, ofegante, ao abrir a porta.

Ray riu.

— Pelo menos você ainda está viva.

Fez-se silêncio entre eles.

— Jeanie?

— Estou atrasada. Preciso ir.

Ray ficou intrigado.

— O que foi? Está acontecendo alguma coisa?

— Não posso mais vê-lo — disse Jeanie, rapidamente, sem conseguir encará-lo.

— Está bem... — As sílabas pareceram se prolongar. — Vai me contar o porquê?

Ray estava absolutamente imóvel no centro da loja, com os braços cruzados, observando-a reunir o resto dos papéis espalhados sobre o balcão.

— Já disse que estou atrasada — insistiu Jeanie. — Preciso ir.

Sem dizer nada, Ray encaminhou-se para a porta e abriu-a para Jeanie. Ela procurou as chaves no bolso do terninho, mas não as encontrou. Procurou na bolsa, que era enorme, atirou a pasta de documentos no balcão e procurou nos cantos. Nada.

— Jesus! — Ela começou novamente a procurar na bolsa. Suas mãos tremiam, mas ela se mantinha nessa busca obstinada, uma busca que parecia um fim em si mesmo, que continuaria para sempre, mesmo depois que as chaves fossem encontradas.

— São estas? — Ray segurava-as na mão direita.

Jeanie limitou-se a olhar para ele, sem confiar em si mesma para falar, com o coração batendo forte e constrangida diante de tanta proximidade.

Ray não se moveu, apenas estendeu as chaves para ela.

— Estavam na prateleira — explicou numa voz suave.

Como Jeanie não as pegou e limitou-se a fitá-lo, Ray depositou-as sobre a pasta de documentos.

— É melhor eu ir embora — disse ele.

Tudo pareceu desacelerar quando ele se dirigiu para a porta. Foi como se cem anos tivessem passado até Jeanie ouvir uma voz fraca, que reconheceu como sua.

— Ray... Eu *tenho* de ir. *Estou* atrasada para um encontro com meu contador.

Ray acenou com a cabeça e sorriu.

— Eu acredito em você.

— Pode me encontrar mais tarde? Na cidade? Em algum lugar longe daqui?

— Não está furioso? — perguntou Jeanie.

Eles estavam sentados em um restaurante japonês na esquina da Lisle Street e tomavam uma sopa de missô.

O local estava lotado devido ao movimento do almoço, mas eles encontraram um lugar apertado em um canto, junto aos casacos, que lhes pareceu bom. Ray analisou por algum tempo o que Jeanie havia contado.

— Você acha mesmo que ele inventou isso?

— Ora, não aconteceu, portanto ele deve ter inventado.

— Parece uma coisa tão perversa! Imagino que Ellie tenha dito alguma coisa... Você sabe como as crianças falam nessa idade... E ele entendeu mal.

— Chanty disse o mesmo, mas não acredito. Você não viu... Ele se recusava a me encarar.

— Mas, Jeanie, a não ser que ele seja um imbecil, é estúpido dizer que você deixou um homem abusar da filha dele. Por que ele faria isso? — Apesar da voz firme, Jeanie percebeu que Ray estava preocupado. — Eles não vão levar isso adiante, não é?

— Segundo eles, não. Creio que convenci Chanty. — Jeanie meneou a cabeça, exasperada. — Ainda não consigo acreditar que ele falou isso, assim, do nada.

Ray tomou um gole de cerveja enquanto ambos permaneciam em silêncio.

— Um rumor desses arruinaria minha vida — comentou ele após algum tempo, passando a mão pelo cabelo grisalho, em um gesto que Jeanie aprendera a amar. — Natalie não me permitiria ver Dylan, e isso acabaria com minha escola. Ninguém precisa provar nada. Um boato seria suficiente para me destruir.

Jeanie concordou.

— Eu sinto muito.

Ray respondeu com um sorriso amargo.

— Como se fosse culpa sua.

— É minha família.

— Então você não acredita que Ellie tenha falado alguma coisa?

A garçonete estava ao lado da mesa, trazendo os pedidos, mas ambos olharam para a comida com a mesma indiferença.

— Ela pode ter mencionado você. Ellie adora você e Dylan. Vocês a fazem rir. Mas as histórias que ela conta envolvem todas as pessoas que conhece e não fazem sentido. Ela é pequena demais para saber que sentar no colo de alguém pode ser um problema. De qualquer modo, isso é irrelevante. Ela nunca esteve no seu colo. — Jeanie tirou a jaqueta, subitamente com muito calor.

Ray parecia obviamente perplexo.

— Você acha que outra pessoa, outro homem, pode estar envolvido? Que ela tenha confundido as pessoas?

Jeanie não tinha pensado nisso e examinou as possibilidades.

— Ela só sai comigo, George e Alex. — Jeanie pegou arroz e frango com o *hashi*. — É claro que eles a pegam no colo.

Ray dirigiu-lhe um olhar questionador, e ela riu.

— Não, realmente não acho que meu marido possa ser um molestador de crianças, nem meu genro.

— Só um mentiroso.

— Mas a verdade nem sempre é relevante, não é?

As palavras ficaram no ar. Ambos sabiam o que ela queria dizer. O prazer momentâneo que Jeanie sentira ao se sentar em frente a Ray se perdera.

— Nunca fui chantageado na minha vida — declarou Ray. Ele estava desnorteado e não sabia o que fazer. Sua calma estudada o abandonara temporariamente. Jeanie observou quando ele inspirou lentamente e pareceu refugiar-se em si mesmo por um instante. — No *aikido*, somos ensinados a ver nosso atacante como alguém que perdeu contato com sua natureza, não como uma pessoa perversa. Não tem a ver com combate, mas com autodefesa. Nós usamos o peso do corpo do atacante para desviar o ataque.

— Parece admirável, mas não vejo como isso poderia ajudar se Alex não está vindo para cima de você com um facão.

Ray deu de ombros.

— Eventualmente, ele vai revelar suas intenções

Ray fez menção de segurar a mão de Jeanie, mas ela a recolheu sob a mesa.

— Você sabe que não podemos nos encontrar. — Ela percebeu que suas palavras soavam tolas.

Ray não disse nada, baixando a cabeça.

— Mais chá? — A garçonete balançava uma grande chaleira de cerâmica. Ambos aceitaram, embora não tivessem terminado a xícara anterior.

— Ray, essa história me assusta. Sua vida e meu casamento estão em jogo. Deus sabe como Chanty reagiria se descobrisse que estou traindo o pai dela. Eu não suportaria perder Ellie novamente. Não pode valer a pena.

Ela o fitou de modo suplicante, mas encontrou nos olhos verdes um ar divertido.

— O que nós somos? Dois velhos rabugentos agindo como adolescentes num namoro destinado ao fracasso.

Jeanie achou graça e, por um instante, nada mais importou.

— Sem o "velhos rabugentos", por favor — pediu ela.

— Jeanie, é nossa vez de viver, não acha? Nós já fizemos nossa parte, tanto em relacionamentos como para a família, sendo que, no meu caso, talvez sem muito sucesso. Mas você fez a coisa certa, sempre esteve presente. E, então, de repente, surge esta ligação poderosa, que não esperávamos. — Ray baixou a voz. — Penso em você o tempo todo, Jeanie. Talvez não seja bom dizer isso a você, mas...

Jeanie sentiu-se corar.

— Sei que não sabemos tudo sobre o outro, mas isso não parece importar — continuou ele. — O que vou falar é um clichê, mas você faz com que eu me sinta novo, como se todos os dias fossem ótimos. Isso é amor? Não faço ideia, mas definir o que é não parece importante.

Por um momento, não falaram. A palavra "amor" ficou entre eles, delicada demais para ser mencionada.

Depois de um instante, Ray acrescentou:

— Só estou dizendo que... — Ele fez uma pausa e lançou os braços para o ar em sinal de frustração. — É simples: não ver você é uma opção muito triste para mim.

— O que eu posso fazer? — perguntou Jeanie, a voz frágil.

Ray tomou-lhe as mãos. Eles esqueceram a comida; os outros clientes transformaram-se em ruídos ao fundo.

— Jeanie, não podemos *fazer* nada. Não há um plano que possa resolver tudo. Nós simplesmente temos de viver com isso, lidar com os fatos quando eles surgirem. Se você precisar se afastar, então será assim, e terei de me conformar com a situação. — Ele fez uma pausa e apertou as mãos dela. — Mas isso é tão precioso...

Ray gentilmente enxugou a única lágrima que escapou ao controle de Jeanie.

— Ultimamente, estou sempre chorando — murmurou ela, irritada.

Ray retraiu-se.

— Eu já disse que jamais vou pressioná-la. Não seria justo. Você tem um casamento a perder.

— Não podemos mais nos encontrar junto com as crianças.

— Claro que não.

Ele parecia aguardar as palavras de Jeanie, mas ela não sabia o que dizer.

— Mas eu a verei de novo? — perguntou Ray.

Jeanie balançou a cabeça.

— Num instante, digo que não posso; no seguinte, não consigo resistir a você...

Ray sorriu ao ouvi-la, mas era um sorriso nervoso.

— Mas...

— Mas o que acontecerá depois? Nós nos encontramos para um drinque, mas queremos e teremos mais. E depois?

Ray sorriu.

— Não posso responder, Jeanie.

— Não é engraçado.

— Pode não ser, mas também não parece um desastre, não é?

Jeanie parecia incapaz de pensar mais. Ela examinou o relógio.

— Preciso voltar. Podemos conversar sobre outro assunto? Alguma coisa normal como...

Eles se olharam e começaram a rir.

— Política ou o clima não são meus assuntos prediletos atualmente. A única coisa que quero é beijar você. — Ray ergueu as sobrancelhas com ar questionador.

Jeanie olhou ao redor, cheia de pânico.

— Não aqui.

— Onde, então?

— Estamos velhos demais para um beijo em público.

Ray caiu na gargalhada.

— Acho que a maioria das pessoas está, mas isso certamente limita as opções em Chinatown. — Ele fez um sinal para a garçonete trazer a conta. — Então, em teoria — sussurrou ele —, você gostaria de me dar um beijo?

Sem afastar os olhos, Jeanie sentiu uma onda de desejo que, contra sua vontade, deixou-a levemente ofegante. Pela expressão de Ray, viu que ele não precisava de uma resposta.

12

— Nós podemos colocar um piano para Ellie aqui.

Era como se George já tivesse comprado a casa. Em cada cômodo da antiga residência paroquial em Woodmanstead (pronuncia-se Woomsted), ele já imaginava a disposição dos móveis que tinham em Highgate. O corretor de imóveis, James, arrumado e penteado, aguardava pacientemente a uma leve distância enquanto brincava com as abotoaduras e concordava com tudo o que George dizia de maneira exageradamente entusiástica. Ele tinha um brilho nos olhos que, para Jeanie, era reflexo do símbolo da libra esterlina.

— Esta é a primeira casa que vemos — disse Jeanie em tom reprovador.

— Isso não significa que não possamos comprá-la, significa? — respondeu ele com doçura.

— Claro que não, mas devemos ao menos ver outras. Esta é muito cara.

Jeanie sabia que era perda de tempo. George compraria ou não, independentemente do preço e até da sua opinião.

— É tão perfeita — murmurava George. Os olhos do agente brilhavam cada vez mais.

— Pare de dizer que adorou, está bem? Isso só vai elevar o preço. Lembre-se de que o corretor não está do nosso lado.

Jeanie estava cansada. Não se lembrava do que era ter uma boa noite de sono. Depois daquele almoço, Ray a levara ao parque St. James. O calor amainara como se nem tivesse existido e fora substituído por uma brisa fria e uma chuva intermitente. Havia grupos usuais de turistas, mas não muitos. Jeanie e Ray ficaram sentados sobre o casaco dele, embaixo de um espinheiro; ele tinha as pernas cruzadas e as costas eretas, sem nenhum esforço, enquanto ela segurava as pernas junto ao corpo, com a saia discretamente arrumada acima dos joelhos.

— Você fica estranha nessa roupa — comentara Ray.

Jeanie sentira vontade de rir em meio à preocupação.

— Que impertinente! Saiba que esta é a minha maravilhosa Roupa Para Ir Ao Contador. Não a uso para mais nada. É tão feia assim?

— Eu não disse que é feia, mas não é para você. Sim, talvez seja feia. O contador não faria sua contabilidade do mesmo jeito se você usasse jeans?

— Sempre achei que não. Creio que tem a ver com respeito. Mas talvez minha maneira de pensar seja antiquada.

Eles observaram um grande grupo de turistas adolescentes passar, andando com dificuldade, sem perceber nada no mundo exterior à sua redoma.

Ray apontou para eles.

— Eu culpo o aquecimento central.

— Pelo quê?

— Somos muito mais fortes do que eles. Mas nós os mimamos demais, e, como resultado, eles não têm muita determinação. — Ray começou a falar com um tom confiante, e Jeanie percebeu que aquele não era um discurso vazio. — Eu cresci em Portsmouth. Meu pai trabalhava na marinha mercante e tínhamos uma casa pequena, fria, e uma lareira que precisava de lenha a todo instante.

— Aquelas com plástico laranja em cima da grelha? — interrompeu Jeanie. — Eu me lembro. Eram melhores do que aquelas a gás medonhas que tínhamos em casa. Ou congelavam o ambiente ou o transformavam numa floresta tropical.

Ray deu uma boa risada.

— Exatamente. Nada desse aquecimento medíocre. De manhã, eu costumava segurar minha roupa em frente à lareira porque ela congelava durante a noite. O que esse grupo sabe sobre isso? — Ele apontou com desprezo para os adolescentes estrangeiros. — A culpa é nossa.

— Ah, sim, e não tínhamos o que comer além dos restos dos vizinhos e apenas um par de sapatos para 12 pessoas. — Jeanie deu um empurrão em Ray, com ar brincalhão. — É um mundo em mudança, não é?

— Mas, falando sério, olhe para pessoas como seu genro. — Ray estava inspirado. — Ele obviamente pensa que é um deus, e imagino que essa arrogância não venha de uma autoconfiança real, mas de muito mimo e tolerância com seus erros.

Jeanie franziu o cenho.

— Por favor, não vamos falar sobre ele.

Ray segurou o braço dela e puxou-a para perto de si.

— Está bem. Eu paro de falar se você me der um beijo.

O beijo foi longo e muito terno. Por um momento, Jeanie esqueceu que estava em um espaço público. Seu desejo era que aquele momento durasse para sempre e apagasse a decisão dolorosa que havia tomado.

Quando eles se separaram, Jeanie suspirou.

— Ray, isso não pode dar certo.

Jeanie fez menção de se levantar.

Ray levantou-se com ela, sacudindo o blazer para tirar a grama que tinha grudado nele.

— A decisão vai ser sua — disse ele, estendendo as mãos e segurando-lhe o rosto ao fitá-la. Por um instante, ela permitiu que seu corpo inteiro vivesse o prazer daquele toque suave enquanto a dor da perda pairava sobre eles como um predador. Ela se inclinou para pegar a bolsa e a pasta com documentos.

— É melhor eu ir.

— Você pode nos deixar um pouco sozinhos? — perguntou George a James, que concordou e se afastou em direção ao Peugeot para se apoiar na porta aberta, com o celular prateado ao ouvido.

George pegou a mão de Jeanie e a conduziu ao maravilhoso quarto do primeiro andar, a "suíte principal" no linguajar dos corretores.

— Olha essa vista. — A casa ficava no topo de um vale, diante das montanhas Blackdown. A luz do sol coloria a paisagem e as flores cor-de-rosa e brancas da macieira no pomar. Ovelhas passeavam nos campos. Era quase uma caricatura do idílio pastoril. — Imagina acordarmos e vermos isso.

— É lindo — concordou Jeanie, sem vida.

— Não é grande demais, mas tem muitos quartos para toda a família — comentou George. — James explicou que, se resolvermos os contratos logo, poderemos mudar até o fim do verão. Não há impedimento: o proprietário morreu há mais de um ano, e os parentes estão ansiosos para dividir os bens. — George abraçou Jeanie em um gesto nada característico. — Não vê Ellie correndo pelo jardim? — Ele olhou por cima do ombro de Jeanie e apontou. — Olha, tem até um balanço no velho carvalho. — Sua alegria era ao mesmo tempo emocionante e ameaçadora. Jeanie sabia que já estava presa naquela armadilha. Se não dissesse ou fizesse alguma coisa, essa seria sua casa pelo resto da vida. O que Ray dissera? Que não havia plano que pudesse resolver tudo?

— Qual é a cidade mais próxima?

— Segundo James, Honiton e Chard. É isolado, concordo, mas a vila é simpática, e o mar não fica longe.

Jeanie tentou se imaginar ali. Aos 18 anos, deixara sua casa e se mudara para Londres a fim de se preparar para a profissão de enfermeira. Seu primeiro lar fora a casa das enfermeiras ao lado da Russell Square, uma construção austera e sombria, mas situada no que, para ela, era o centro do universo. Já fazia 42 anos. Ela observou o marido, que conversava seriamente com o jovem corretor bajulador. Sua certeza fazia parecer que ele planejava essa mudança havia anos.

Na volta para casa pela A303, George conversava, animado, e não deixava de olhar para Jeanie com um sorriso encorajador. Ela se sentiu tão pressionada que quis gritar.

— Podemos colocar a casa à venda agora, mas, se demorar um pouco até conseguirmos um comprador, não tem importância. Logo que a nova casa passar para nossas mãos, poderemos reformá-la aos poucos para ficar ao nosso gosto. E, mesmo como está, é perfeitamente habitável, concorda?

Como Jeanie não respondeu, ele continuou:

— Você está muito calada, minha velha. Sei que não estava entusiasmada com a ideia, mas deve ter mudado de opinião depois de ver a casa, não é?

Ela continuou sem dizer nada.

— Vamos, Jeanie, fale. Qual é o problema? É o local? Ou o tamanho? Fale comigo. — Ele riu. — Devo dizer que fazer 60 anos deixou você com um humor muito estranho.

Jeanie estava irritada demais para responder, mas conhecia o marido. Ele continuaria implicando com ela enquanto não respondesse.

— Eu já disse o que penso, George. Não tenho nada a acrescentar.

Assim como se espera um amante, Jeanie esperava todas as noites o momento em que George subiria para seu quarto e ela poderia estar em segurança. E então chorava com soluços intensos, mas quase silenciosos, abafados pelo edredom que a deixava ofegante, precisando respirar. As lágrimas não eram apenas por Ray. Ele era a causa inicial, mas elas pareciam se transformar em uma tristeza muito maior, incluindo a infância reprimida, a doença e a morte de seu irmão, a mentira que vivera com o marido desde que ele abandonara sua cama, o homem em que George se transformara. "Lágrimas deveriam livrá-la do sofrimento", pensou. Mas essas não agiam dessa forma; elas apenas se intensificavam e se transformavam em algo cruel, quase violento, até Jeanie se sentir prestes a se quebrar. Ainda assim, todas as noites acontecia a mesma coisa: ela chorava, inclusive ansiava por isso, e não conseguia parar até eventualmente mergulhar no sono de tão exausta.

— Mãe, você está com uma aparência horrível — observou Chanty quando Jeanie entrava em seu carro.

Ao mesmo tempo, Ellie estendeu a mão, no banco de trás, para alcançar a avó.

— Gin vem também. Olha, bolsa e *garda*-chuva. — Ela mostrou a bolsa rosa-shocking para Jeanie, na qual estava enfiado o guarda-chuva verde com dinossauros. Jeanie beijou-lhe a mãozinha.

— Devo ir atrás com Ellie para mantê-la quieta?

Chanty balançou a cabeça; seu rabo de cavalo louro acompanhou o movimento.

— Ela vai ficar bem. Quero que ela durma, se conseguir. Do contrário, vai ser um pesadelo.

Segurando o volante, Chanty esperou que a mãe colocasse o cinto de segurança.

Naquele domingo, elas estavam a caminho da casa de tia Norma para um chá. Ela sempre preparava um chá especial, com pãozinho branco sem casca, manteiga e uma esplêndida bandeja de madeira de três andares repleta de biscoitos no compartimento de cima, docinhos decorados no do meio e um grande bolo redondo de frutas no de baixo, para serem comidos com a mão, claro. Ah, sim, tia Norma tinha horror a garfos para bolo e dizia que eram uma "horrível invenção da Europa continental". Elas tomavam um chá preto chinês, feito com as folhas, e não saquinhos, em xícaras e pires de fina porcelana. Tia Norma sempre confiava a Ellie sua própria xícara, com uma pequena quantidade de chá — uma confiança que, para surpresa de Chanty e de Jeanie, a menina nunca traíra, sem derramar uma gota sequer no tapete claro.

— Mãe? — Chanty olhou para Jeanie várias vezes enquanto o carro passava por Wimbledon Common. — Tem certeza de que está bem? Parece muito cansada.

— Eu estou bem.

— Ainda está preocupada com o homem do parque?

— Eu... Talvez seja melhor não entrarmos nesse assunto.

A expressão de Chanty era tensa.

— Tive que perguntar, mãe. Tratava-se de Ellie. Você teria feito o mesmo se fosse comigo.

— Não é isso. Eu estou bem, de verdade, querida.

— Fala, mãe, por favor. Sinto muito por ter duvidado de você. Não foi você. Foi o que Alex contou sobre Ellie.

Jeanie pousou uma das mãos no braço da filha.

— Eu já disse que não é isso.

— O que é então? Papai diz que você está muito diferente. Ele está preocupado; acha que você está doente. Por favor, me conta. É a mudança? Eu soube que você adorou a casa.

— É uma casa bonita, mas isso não significa que eu queira morar nela. Eu preferia não ter essa conversa agora, se for possível. Vou ficar bem.

Mas a filha não desistiu com facilidade. Ela desviou o carro para o acostamento numa das ruas atrás de Wimbledon Village e parou.

— Desculpe, mãe, mas não vamos à casa da tia Norma até você me contar qual é o problema. — Chanty olhou para trás, viu que Ellie dormia, cruzou os braços e esperou.

Jeanie estava cansada demais para discutir.

— Está bem. Acho que é a mudança. Não quero ir e desistir da minha loja. Não quero desistir da minha vida. — Quando Chanty começou a listar suas objeções, ela ergueu a mão. — Não me fale das vantagens de Somerset. Não sou uma idiota e sei enxergar por mim mesma, mas ultimamente percebo que ninguém me ouve. Você e seu pai não parecem confiar em mim, na minha capacidade de pensar e decidir. Veja o incidente do parque, ou falta de incidente, pode-se dizer assim. Você sugeriu que eu estava caduca o bastante para não me lembrar dos meus próprios atos. E não acreditou em mim quando contei a verdade. E seu pai simplesmente me coagiu com relação a essa mudança. Eu avisei que não queria morar no campo. Sugeri que comprássemos uma casa para os fins de semana, já que ele queria passar mais tempo fora de Londres. Deus sabe que temos condições financeiras para isso. Mas ele não me ouviu e simplesmente foi adiante. E não parece ouvir quando digo que não quero me mudar. Na verdade, nos últimos anos, desde que se aposentou, ele se tornou cada vez mais ditatorial. George não era assim; ele era uma pessoa fácil de lidar. Talvez você devesse se preocupar com ele, não comigo. Meu problema é simples. Não quero vender minha loja. E não quero apodrecer no campo com ele. — Sua voz era dissonante e estridente. Ela apertava as mãos unidas sobre o colo, sem olhar para a filha. — Tenho 60 anos, não 160, e não fiz nada para merecer essa falta de respeito.

Fez-se silêncio.

— Ah, mãe...

— Por favor, não venha com... — Jeanie sabia que a pena de Chanty seria a última gota. O que ainda a mantinha firme era pura força de vontade. — Vou ficar bem, já disse. Vou superar isso. — Por mais que tentasse evitar, as lágrimas quase brotavam de seus olhos. — Tem sido um período difícil.

— Em parte, isso é culpa minha — disse Chanty, aflita. — Mas você e papai estão bem, não estão? Vocês estão se dando bem?

Era a primeira vez que Chanty perguntava isso a Jeanie, que teve um desejo repentino de contar a verdade à filha. *Não, não estamos bem há anos. Seu pai está escondendo alguma coisa. Conheci um homem e quero fugir com ele... O homem do parque.*

Sem obter resposta, Chanty continuou.

— Meu pai... Você sabe o que ele pensa de você. Aquele discurso que ele fez na sua festa de aniversário foi simplesmente divino, não achou?

Jeanie percebeu a tática pouco sutil, mas concordou mesmo assim.

— Você deve falar com ele, mãe. Diga como está se sentindo. Se você realmente não quer se mudar, tenho certeza de que ele não vai obrigá-la. E, como você diz, vocês poderiam comprar uma casa no campo por algum tempo e ver como se sentem.

— Vou ficar bem — repetiu Jeanie pelo que parecia ser a centésima vez e tentou se animar para que a filha acreditasse nela. Na verdade, nada mudara, exceto Chanty estar mais tranquila quanto aos seus piores temores.

— Está bem. Mas você vai conversar com ele. Promete?

Jeanie sorriu e prometeu. Chanty ligou o carro.

Na manhã de terça-feira, na loja, Jeanie levou um susto ao erguer os olhos e ver Dylan. Ele estava com uma mulher que devia ter 20 e muitos anos. Tinha o rosto pálido, embora bonito, e aparência ansiosa, segurando com firmeza o capuz da blusa de moletom listrada de Dylan, puxando-o sempre que ele dava um passo. O menino sorriu para Jeanie.

— Olá, Dylan. Como vai?

A mulher fitou-a com curiosidade.

— Nós nos encontramos no parquinho às vezes — explicou Jeanie. — Com minha neta, Ellie. — Certa de que a moça era filha de Ray, Jeanie tinha dificuldade em acalmar o coração.

— Ah, sim, papai contou. E Dylan já falou sobre Ellie. — Com uma expressão de quem pede desculpas, ela continuou: — Nem sempre com gentileza.

Jeanie riu e se surpreendeu por conseguir soar tão normal.

— Acho que Ellie é obcecada pelo seu filho.

Dylan sorriu.

— Ellie quer brincar o tempo todo, mas não pode porque é pequena.

— Sim, mas você deve ser gentil sempre. Você sabe disso — murmurou a mulher com firmeza para ele. — Aliás, eu me chamo Natalie.

— Jeanie. — Elas se cumprimentaram com um aceno de cabeça. — Como está seu pai?

— Ah, ele está bem. Muito ocupado com o clube de *aikido*. — Ela olhou para Jeanie. — Ainda vai ao parque? Dylan não tem mencionado vocês.

Jeanie fingiu estar ocupada com o caixa.

— Não ao Waterlow... Minha filha prefere que eu leve Ellie ao Priory. Ela acha que os brinquedos são mais estimulantes.

Aquilo soou tão ridículo que Jeanie se perguntou se Natalie não cairia na gargalhada, mas ela apenas meneou a cabeça, séria.

— Entendo o pensamento dela. A nova área de Waterlow é ótima, mas não para crianças da idade da sua neta. Priory é um pouco longe para nós, que moramos ao norte.

— Vovô anda na ponte de troncos — interrompeu Dylan, buscando a confirmação de Jeanie.

— Anda mesmo, e muito bem. — Ela viu o orgulho nos olhos do menino diante das suas palavras.

Natalie procurava algo nas prateleiras.

— Você tem leite de arroz?

— Leite de arroz, de aveia, de soja... — Jeanie mostrou a prateleira.

— Soja faz mal. Dá câncer — anunciou Natalie com sua voz alegre, sem se dirigir a ninguém em especial. — A não ser que seja fermentada, mas o leite não é. Essas peras estão lindas — comentou, apontando para uma cesta. Selecionou duas com cuidado e depositou-as no balcão.

— Comi uma pera no café da manhã. Elas estão deliciosas. — Jeanie se perguntou se Natalie sabia sobre ela e Ray, mas concluiu que não, lembrando-se da expressão de pouca curiosidade quando ela cumprimentou Dylan. Tinha certeza de que Ray não a enviara, embora no fundo desejasse que sim.

— Ray ainda leva Dylan as quintas-feiras? — perguntou Jeanie, e logo mordeu a língua.

— Quando pode, mas, como a babá terminou o tratamento no hospital, ele às vezes vai em outros dias. Você tem pão de espelta?

Jeanie pegou o pão na vitrine, embrulhou em um saco de papel e juntou-o às outras compras de Natalie. A jovem tinha pouca semelhança física com o pai, mas Jeanie viu o mesmo jeito de mover a boca, indicando talvez controle ou determinação a fazer a coisa certa.

— Cumprimente seu pai por mim — disse Jeanie, já sem conseguir suportar a lembrança, embora não intencional, que essa moça e seu filho traziam, mas querendo falar sobre Ray até que o inferno congelasse. Fazia duas semanas e quatro dias que se afastara dele no parque St. James, e, cumprindo sua palavra, ele a deixara livre para decidir se entraria em contato ou não.

Jeanie estava envolvida em uma batalha diária de resistência e resignação. Levantava-se quase mais cedo que George, sempre exausta, e usava todos os meios à sua disposição para evitar pensar em Ray, entrar em contato com ele ou comparar o que sentia por George com a intensidade de sua ligação passageira com o avô de Dylan. Todos os dias, falhava no primeiro e no último item, mas tinha êxito em sua determinação de não procurá-lo. Não lhe parecia uma vitória menos importante, mas a comparação evidenciava o quanto estava intensamente enfurecida com George pelo presente e pelo passado...

— Por que você simplesmente não o deixa? — perguntou Rita, perdendo a paciência com a amiga. — Isso está fazendo mal a você.

Elas estavam sentadas na varanda de Jeanie com duas grandes taças de Sauvignon; a única luz vinha da cozinha, que ficava atrás delas, e de uma vela que tremeluzia ao vento na beirada mais distante da mesa em frente a elas. Jeanie usava um moletom azul-marinho, e Rita estava embrulhada em um xale roxo, feito à mão, que morava no sofá da cozinha, deixando à vista apenas o rosto forte e quadrado e um braço, cuja mão segurava a taça acima das dobras do tecido. Pela primeira vez, ela estava concentrada demais no problema da amiga para sugerir que entrassem.

— Deixar George?

— Sim, George. Quem mais? — Rita balançou a cabeça. — Você fala como se a ideia fosse ridícula.

— E é mesmo. Como eu poderia deixá-lo? Passei toda a minha vida adulta com ele.

— E esse é um bom motivo para continuar?

Elas se fitaram em silêncio, ambas cientes de que não era a primeira vez que tinham essa conversa desagradável.

— Se você dissesse "não posso deixá-lo porque o amo", isso sim seria um motivo válido.

— Mas eu o amo — disse Jeanie baixinho, mas convicta.

Ela ouviu o suspiro exasperado da amiga.

— Sim, mas ele ama você? Bill não sonharia em pensar em uma mudança sem que eu... Sem que nós dois estivéssemos de acordo e felizes com ela. Você precisa dizer isso a ele, Jeanie.

— Sobre Ray?

— Não, imbecil. Diga que não vai; eu repito: *não vai*. Não que "não quer ir", e sim que *não vai* se mudar para o campo.

— Mas talvez seja uma mudança para melhor, Rita.

Ela jogou os óculos na mesa de madeira.

— Ah, pelo amor de Deus, ouça o que está dizendo!

Jeanie sobressaltou-se.

— Shhh, fala baixo. — Ela desviou o olhar para a cozinha.

— Ele saiu, Jeanie, não pode ouvir.

— Ele pode voltar cedo. — George tinha ido a um jantar para celebrar a aposentadoria de um ex-colega de trabalho. Jeanie havia estranhado o fato de ele querer estar com as pessoas que o tinham descartado do mercado de trabalho precocemente, mas George insistira em ir.

— Então que ouça. Na minha opinião, seria ótimo se isso acontecesse, já que é evidente que você não vai contar a ele.

— Por favor, Rita, não seja cruel. Eu não suporto isso.

O rosto de Rita suavizou-se. Ela se inclinou para a amiga.

— Desculpe, querida, mas não consigo vê-la tão depressiva. Isso é muito importante. Se George vender a casa e você for com ele para o campo, acabou. Você terá feito sua cama. Este é o momento para se opor. Apenas diga a ele, por favor. Ou então eu mesma direi.

Jeanie ficou apavorada diante da ameaça de Rita.

— Prometa que não vai fazer isso. Vou falar com ele. Mas sei que ele não vai me ouvir. Ele e Chanty acreditam que não tenho capacidade para saber o que quero e já se convenceram de que, quando eu chegar lá, tudo vai ser uma perfeição bucólica.

Rita não disse nada. Apenas olhou para a amiga, como se não tivesse nada a acrescentar.

— Sabe de uma coisa? Se eu simplesmente concordar e me afastar da tentação, talvez até goste. Talvez eu esqueça essa loucura... Talvez eu esqueça Ray.

— E é isso o que você quer?

Jeanie deu de ombros.

— Talvez sim... A outra opção parece extrema demais, ridícula demais.

— Qual é a outra opção? Falando sério, que alternativas você está criando na sua cabeça?

Jeanie respirou fundo.

— Ora, deixar George e fugir com um homem que mal conheço... Não que ele tenha pedido isso... Abrir mão de minha família e anos do que tem sido um bom casamento. Não é um casamento perfeito — acrescentou, em resposta às sobrancelhas erguidas de Rita —, mas sou feliz, estou satisfeita... Você viu.

Rita concordou.

— Mas as coisas mudam, Jeanie. Não esqueça que talvez você ainda tenha mais trinta anos de vida com George.

Ambas riram.

— Colocado dessa forma...

— Qual é a piada? — perguntou George.

As duas pularam quando ele, em um elegante terno escuro com uma gravata azul-marinho, esgueirou a cabeça por uma fresta nas janelas francesas.

— Ah, nós imaginávamos como seria abandonar nossos maridos e fugir com um garotão — respondeu Rita de um jeito relaxado, enquanto Jeanie tentava acalmar as batidas do coração, feliz por estar escurecendo.

— Isso seria engraçado — disse George, com uma risada. — Querem um drinque?

Rita bocejou e tirou o xale.

— Obrigada, George, mas eu tenho que ir.

— Agora me sinto culpado por interromper vocês — retrucou George. — Por favor, fique. Tome mais um drinque. Quem sabe um conhaque? Tenho um bom armanhaque.

— Não, eu preciso mesmo ir. — Quando se inclinou para se despedir de Jeanie com um beijo, Rita sussurrou ao seu ouvido: — Fale com ele. Agora.

— Estou um pouco embriagado — declarou George, sem que fosse necessário, ao fechar a porta. Ele abriu um sorriso frouxo para Jeanie e apontou para a garrafa de conhaque que havia tirado do armário. — Vamos, tome uma taça.

Jeanie sabia que seria impossível conversar com o marido nesse estado, mas de repente quis estar com ele, divertir-se com ele, talvez para testar o que ainda restava de seu casamento.

— Está bem. Só um drinque.

13

Hoje? No mesmo lugar?, dizia a mensagem de texto de Ray em resposta a Jeanie.

Ela sucumbira à tentação. George tinha saído naquela manhã para um fim de semana de golfe em Gleneagles. Era uma viagem anual que seu parceiro no esporte, Danny, organizava com seis outros homens. Eles voariam para Edimburgo, onde uma van os levaria para o hotel. Lá, passariam os próximos dois dias em um torneio particular muito competitivo. O vencedor tinha a honra dúbia de pagar o jantar para todos na noite de domingo. George não voltaria para casa até segunda-feira.

Na manhã de sexta-feira, após despedir-se do marido, que tinha a pesada bolsa de golfe no ombro, Jeanie trabalhou em um estado de torpor. Disse a si mesma que não podia e que não iria falar com Ray, mas sabia que não conseguiria resistir. A mensagem que enviara quando estava no café Nero, na hora do almoço, com as mãos tão trêmulas que ela mal conseguia ler as palavras, dizia apenas *Você quer me encontrar?*. Depois, ela esperou.

Nada. Examinou o celular para se certificar de que estava funcionando. Estava. Nada. Seu coração estava acelerado; ela não conseguia comer. O celular continuava em silêncio. Por volta das três horas da tarde, já tentava se convencer da possibilidade de Ray não querer mais vê-la e de que tudo aquilo, que mal começara, tinha terminado. Mas no fundo não acreditava nisso.

Quando a mensagem finalmente chegou, ela não viu. Margot tinha voltado, procurando obter informações sobre ácido hialurônico e querendo saber se ele melhoraria as erupções em sua pele. Quando Jeanie voltou ao caixa e viu a mensagem, achou que ia desmaiar.

— Más notícias, querida? — perguntou Margot gentilmente ao ver sua expressão.

Era cedo; o restaurante grego estava praticamente vazio. Jeanie tinha saído de casa tarde propositalmente, para não ter tempo demais para pensar, e atravessara o parque apressada, inspirando o ar suave do início da noite. Sentia-se livre e feliz diante do que estava fazendo; seus passos eram leves, como se voasse.

Ray a aguardava encostado na parede do restaurante, obviamente também ansioso.

— Oi.

— Olá.

Ambos ficaram em silêncio, tímidos, até que Jeanie se aproximou, sentiu a suavidade da camisa de Ray e inspirou o cheiro agradável de sua pele. Ele a abraçou. Sem fugir ao hábito, Jeanie olhou ao redor.

— Ninguém está olhando — sussurrou Ray. Jeanie se afastou ainda assim. — Um drinque? — perguntou ele, abrindo a porta do restaurante.

Eles pediram o vinho tinto da casa. Jeanie fingiu examinar o cardápio, mas as descrições dos pratos dançavam, indistintas.

— Não consigo decidir. Não sei o que quero comer.

Ray dirigiu-se ao garçom.

— Pode trazer uma tigela grande de batatas chips, por favor?

— Só isso? — O rapaz não podia ter mais de 16 anos e parecia preocupado, como se pudesse ser culpado pelo pedido estranho dos clientes.

— Por enquanto — acrescentou Ray para acalmá-lo ao devolver os cardápios.

Jeanie suspirou, aliviada.

— É exatamente do que eu preciso. — Ela tomou um bom gole de vinho. — Eu não devia estar aqui, mas George viajou esse fim de semana.

Ray ergueu as sobrancelhas e sorriu.

— Prometi a mim mesma que não faria isso, mas... aqui estou — acrescentou ela.

— Não vamos pensar em por que, como ou o quê. Vamos simplesmente ter esta noite, ter o agora. — Ray fitou-a com seus olhos claros e sorridentes. Jeanie apenas assentiu com a cabeça.

As batatas chips chegaram quentes, salgadas e deliciosas.

A pedido de Jeanie, Ray contou-lhe sobre sua família e sua infância.

— Meu pai não era um bêbado ou um irresponsável, mas passava a maior parte do tempo no mar, e minha mãe não suportou isso. Estava sempre preocupada, e creio que nós, meninos, não facilitávamos a vida dela. Jimmy sempre arranjava problemas, mas, por outro lado, ela nunca nos disciplinou.

— Você os vê muito?

— Todos já morreram.

— Até o seu irmão?

Ray confirmou.

— Ele morreu há dois anos, com problemas no fígado provocados pela bebida. Tinha só 61 anos. — Ele fez uma pausa. Jeanie viu a expressão que conhecia tão bem: a de uma pessoa contando uma história sem querer se emocionar. — Eu o vi uma vez depois que saiu de casa. Durante algum tempo, ele foi para o mar como meu pai, mas não suportou. Sucumbiu à bebida e a sabe Deus o que mais. Durante muitos anos, eu sequer soube onde ele estava. Depois nos reencontramos, há cerca de cinco anos. Ele viu um artigo no jornal sobre o clube de *aikido* e me procurou. Abandonou a bebida e se acertou na vida, mas já era tarde. Seu fígado já estava destruído. Ele voltou para Portsmouth, e eu o visitava nos finais de semana. Foi uma pena não termos nos reencontrado antes. — Jeanie permaneceu em silêncio. — Famílias, não é? Já falamos disso.

— Pelo menos você voltou a se aproximar dele.

— Eu sei. Mesmo assim, foi uma vida perdida. Jimmy sempre foi uma pessoa muito ativa, com muita energia. Nunca vou saber o que deu errado.

— Talvez ele tenha se divertido ao longo da vida.

Ray sorriu.

— Ah, tenho certeza de que sim.

Ele terminou o último gole do copo.

— Para onde vamos agora?

Jeanie não pensava mais; o vinho estava fazendo isso por ela.

— Você mora perto? — perguntou ela.

Ray não afastou o olhar.

— A uns 200 metros daqui.

— Sério?

— Pelo menos na última vez em que vi minha casa.

Ambos estavam tomados pelo momento.

— Hum... Você podia ir comigo até lá — continuou ele.

— É, eu podia... — Jeanie conteve a respiração, ansiosa.

— Você não parece segura.

— E não estou.

— Quem sabe não é melhor fazermos uma caminhada por Hampstead Heath?

Jeanie riu.

— Não, Ray, vamos para a sua casa.

O apartamento ficava no andar superior de um prédio no estilo dos anos 1930, em uma rua lateral que levava a Hampstead Heath. A parte externa do prédio tinha um ar de degradação. A pintura da portaria era arranhada e suja, e o elevador parecia instável. No entanto, o apartamento de Ray era claro e tinha uma atmosfera calma, acentuada pelo esparso mobiliário de madeira clara e pelas gravuras japonesas. Jeanie foi atraída para a janela, que se estendia por toda a largura da sala, e ficou ali por um momento, observando os tons verdes de Hampstead Heath, que se suavizavam ao anoitecer. "Este é o apartamento de um homem que busca a paz", pensou. Ray havia tirado os sapatos ao entrar e andava pelo ambiente de tábua corrida, acendendo abajures e procurando as taças e o vinho. Jeanie abaixou-se para tirar as sandálias, relutando em afastar os olhos daquela vista, como se ao fazê-lo estivesse se comprometendo com Ray irrevogavelmente. Quando finalmente se virou, ele colocara uma garrafa de vinho tinto e duas taças sobre a mesa baixa ao lado do sofá e corria os dedos pela imaculada estante de CDs.

— Chet Baker? — perguntou.

Jeanie balançou a cabeça.

— Não conheço.

— Você vai gostar muito... se gosta de jazz.

— Vamos ver.

O trompete melancólico de Baker encheu o ambiente com seu ritmo suave e sensual, e Jeanie recostou-se no sofá e fechou os olhos. O lugar, o homem, a música, o momento: tudo combinava, recolhendo-a numa calma tão intensa que fez seu ser inteiro cantar de prazer. Jeanie percebeu que sorria.

Ray serviu-lhe o vinho, mas ela não tocou na taça.

— Você está bem? — Ele se sentou no sofá ao lado dela.

— Muito — respondeu Jeanie, vendo que Ray começava a relaxar e que também sorria.

Durante algum tempo não falaram nada, sentados lado a lado no sofá, apenas ouvindo a música.

— Eu queria trazer você aqui desde o começo, para ficarmos a sós. — Jeanie estendeu a mão e ele a segurou. — Não com más intenções — explicou ele, sorrindo —, mas para estarmos sozinhos, sem nos preocuparmos com todo mundo.

— É perfeito — murmurou Jeanie.

O desejo unia-os em uma certeza não dita, mas eles não tinham pressa; o prazer do toque, do cheiro e de simplesmente estarem próximos lhes bastava.

— Ray... — Jeanie queria dizer tudo, explicar, contar o que ele provocava nela, os sentimentos que despertava, mas as palavras não vinham. Ela encontrou o olhar dele, não mais refreado pelo mundo externo, e permitiu-se finalmente irromper por aquele espaço intenso, que ela vislumbrara, mas não ousara entrar, um espaço onde eles estavam juntos. Jeanie sentiu os lábios dele nos seus e finalmente liberou o desejo tolhido por tanto tempo, deixando-o fluir por seu corpo até mal poder respirar.

Jeanie não sabe quanto tempo eles ficaram ali. Aquele era um lugar diferente, sem limites, sem tempo.

— Jeanie?

Ela percebeu que Ray parecia preocupado e aflito e endireitou-se na almofada do sofá.

— O que é?

Ele a aninhou em seu corpo, acomodando o rosto dela junto ao seu ombro. Ainda envolvida pelo torpor do beijo, ela esperou que ele falasse.

— Jeanie, eu a quero muito, e o que temos é muito especial. Não é apenas sexo, pelo menos para mim.

Ela sorriu para ele.

— Essa fala não deveria ser minha?

O rosto de Ray desanuviou-se e, quando ele riu, Jeanie sentiu a risada ressoando no peito dele.

— Sim, mas não devemos nos precipitar — continuou Ray, encarando-a. — Isso é... grandioso. É a única palavra em que consigo pensar.

— Você não teve outro relacionamento depois de Jess?

— Nada além de sexo ocasional. — Jeanie ouviu Ray suspirar. — Tenho medo, Jeanie.

Ela pegou sua taça de vinho, sem entender, e temeu que Ray a comparasse com seu antigo amor.

— Então o que aconteceu com a ideia de aproveitar o momento? — brincou ela. Ele riu.

— É que gosto de estar com você assim, mesmo que seja apenas comendo batatas chips ou brincando com Dylan e Ellie. Se fizermos amor, entraremos em outro nível de relação.

Ela esperou que ele continuasse.

— Está preocupado que não seja bom comigo? — Jeanie finalmente perguntou ao ver que ele permanecia em silêncio. — Sei que não tenho praticado muito na última década.

Ray parecia horrorizado.

— Deus do céu, não... mas... — Ele pareceu desistir, desesperançado. — Não estou conseguindo explicar muito bem, não é?

— O que é, Ray? Por favor, diga. — A hesitação dele lembrou-lhe George. "Seria ela?", perguntou-se. "Ela teria alguma coisa que levava os homens a não querer fazer amor?"

Ray levantou-se e começou a caminhar em frente à mesa de centro, para lá e para cá.

— O que tenho a dizer é muito simples. — Ele parou, as mãos nos quadris, e manteve o olhar em Jeanie. — Tenho medo de estar me apaixonando por você. Se fizermos sexo, serei irremediavelmente fisgado. Tenho medo que depois você volte para o seu marido.

Jeanie teve que sorrir, mais por alívio do que por qualquer outra coisa. Então ele a desejava.

— Essas últimas semanas foram muito difíceis, você não quis me ver. — Quando Jeanie começou a objetar, ele ergueu as mãos. — Entendo perfeitamente o motivo do seu afastamento. Não pense que a culpo. Mas nada mudou, Jeanie. Nós ainda estamos no mesmo ponto em que estávamos há três semanas atrás.

De repente, Jeanie percebeu que aquilo não girava apenas em torno dela.

— Fale sobre Jess — pediu ela, e logo viu a expressão sofrida e surpresa nos olhos de Ray.

Ele se recostou no sofá e colocou as mãos sob as coxas, em um gesto que parecia infantil.

— Não foi Jess em si, mas perdê-la — disse Ray, olhando para Jeanie com ansiedade. — Tem certeza de que quer ouvir?

Jeanie assentiu.

— Eu a amava muito. O que posso dizer? Ela era jovem, e isso às vezes causava problemas. Levávamos uma vida normal. Eu tinha uma gráfica bem-sucedida com um amigo, Mike, que produzia basicamente brochuras e outros produtos similares para empresas de navios de Portsmouth. Ela trabalhava para uma empresa de tecnologia da informação para RH... Seja lá o que isso significa.

— No nosso tempo, chamava-se Departamento Pessoal.

— De qualquer modo, Jess era boa no que fazia e era explorada. Eu achava que o cansaço que ela sentia se devia ao trabalho exagerado e reclamei muito dos seus horários, mas, na verdade, o cansaço não tinha relação com o trabalho; ela estava com aquele maldito câncer. Se eu a tivesse levado a um médico, talvez ela se salvasse.

Ray falava como se isso fosse uma história, um conto com um final infeliz. Seu relato ainda era inflamado, mas havia algo mecânico, como se ele já tivesse repetido as mesmas frases muitas e muitas vezes. Jeanie não sabia se ele as repetira para outras pessoas ou para si mesmo, mas tinha certeza de que ele não precisava ouvir que não fora culpado pela morte de Jess.

— Ela era muito jovem, Jeanie. Tinha apenas 32 anos. É cedo demais para morrer.

— De fato, é cedo demais — concordou Jeanie. Ela observou o rosto de Ray se contrair, gasto e curtido pela vida, e não pelo sol e pelo frio.

— Mas não contei tudo isso para você sentir pena de mim. O ponto principal é que não lidei bem com a morte e a perda de Jess. Na verdade, desmoronei. Comecei a beber muito e a negligenciar a empresa. Mike suportou por algum tempo, mas teve que me desligar de lá ou tudo iria por água abaixo. E, graças ao dinheiro que ele me deu para sair, embora não fosse muito, pude viver sem trabalhar durante algum tempo, bebendo diariamente até ficar bêbado. Eu me afundei.

— É compreensível.

— Sim, se durasse um ou dois meses. Mas isso se prolongou por dois anos, para ser preciso. Às vezes, eu passava dias sem sair de casa, exceto para comprar mais uísque. Eu provavelmente estava a poucos meses de arruinar meu fígado, como Jimmy, a poucos meses de me matar.

Ray estendeu o braço para pegar a mão de Jeanie mais uma vez. Ele brincou com a mão dela, virando-a e acariciando os dedos um a um, com a mente no passado.

— E o que aconteceu? Como se recuperou?

Ele riu.

— Você vai achar que sou louco, mas, no meu entender, fui salvo pelo universo.

Jeanie surpreendeu-se.

— Estamos falando de Deus?

— Prefiro chamar de universo. "Deus" sempre passa a ideia de religião, e isso não funciona para mim. Chame do que preferir. Foi algo que aconteceu acidentalmente. Eu estava bebendo do começo ao fim do dia, sem me barbear, abatido, provavelmente parecendo um desses moradores de rua que evitamos em Archway todos os dias. Um dia, precisei ir ao caixa eletrônico. Eu morava atrás do estaleiro e segui pela praia, um pouco tonto. Não me senti bem, então me sentei num banco, ao lado de um homem de aparência saudável, mas muito velho; devia ter cerca de 80 anos. Ele não afastava os olhos de mim.

"Perguntei, com agressividade, o que ele estava olhando, mas ele pareceu não se ofender e respondeu, calmo: 'Estou olhando para um homem que não aguenta mais.' A provocação me irritou, e perguntei o que ele tinha a ver com isso, e ele respondeu: 'Tenho tudo a ver com alguém tão derrotado.'

"Creio que era a primeira vez em muito tempo que alguém se dirigia a mim, exceto pela garota do caixa do supermercado, que dizia o preço da bebida que eu estava comprando, e aquilo me chamou a atenção. Eu não tinha ninguém; meus pais estavam mortos havia muitos anos, meu irmão desaparecera e provavelmente encontrava-se num estado semelhante ao meu, e meus amigos tinham se afastado. Eu admiti a verdade: 'Estou acabado, mas ninguém pode fazer nada.' E ele respondeu: 'É verdade; ninguém pode, exceto você.' Eu ri, mas não foi uma boa risada. Mesmo no meu estado de torpor, ela soou cruel e cínica. Eu respondi: 'Certo. É verdade. Ninguém além de mim, e eu não tenho qualquer interesse nisso.' O homem fez um aceno de cabeça e disse: 'Dá para ver.' E eu rebati: 'Não me venha com discursos sobre como eu tenho tanto para dar e como a vida é preciosa.' E o homem: 'Eu sequer sonharia em fazer isso. Mas quero lhe dizer uma coisa.'

"Eu estava convencido de que nada importava, mas me lembro de ficar curioso com o que ele queria dizer. Ele percebeu meu interesse e pareceu medir as palavras para passar a mensagem direito. Talvez soubesse que não haveria uma segunda oportunidade. E começou a falar: 'Passei a minha vida buscando um sentido. Como você, passei por uma fase em que nada importava, exceto ter pena. De mim mesmo, não dos outros. Quando já estava no fundo do poço, e acredito que perto da morte, um amigo sugeriu que eu o acompanhasse até a escola de *aikido* onde ele tinha aulas. Rejeitei, com desprezo. Artes marciais? Eu? Eu mal conseguia sair da cama. Mas ele insistiu, apareceu na minha casa e praticamente me arrastou. Eu fui forçado a ir até lá. Era sustentado pelos outros e mal conseguia ficar de pé sem me apoiar; o tremor nas mãos era tão intenso que eu tinha certeza de que as pessoas percebiam e criticavam. Mas fiquei porque quis. Desde então, essa é a base da minha vida, tanto do ponto de vista físico quanto emocional.'

"Ele se levantou, e me lembro de sentir certo pânico ao pensar que ele estava me abandonando. Antes de ir embora, ele disse: 'Eu nunca ousaria dizer a você o que fazer, nem mesmo sugerir. Só contei o que aconteceu comigo.'

"Depois dessas palavras, ele se foi; era um homem alto, de porte altivo, nem curvado, nem entrevado, como se esperaria na idade dele. Eu queria desesperadamente conversar com aquele desconhecido. Tinha esquecido o quanto o contato humano era importante para mim, mas meu orgulho idiota me impediu de chamá-lo. No dia seguinte, no outro e por uma semana inteira fui ao mesmo banco e esperei por ele, mas não o vi. Passou-se um mês até eu começar a procurar a escola de *aikido* local, com certa esperança de encontrar o velho. Ele não estava lá, mas isso não importou; como ele, nunca olhei para trás."

Jeanie podia ver os olhos de Ray encherem-se de lágrimas.

— Ele salvou a minha vida, Jeanie. Soa como um clichê, mas foi o que ele fez. — Ray sorriu. — É isso que chamo de universo. Quando volto a pensar nele, quase tenho a impressão de que não era real, apenas uma aparição.

— Talvez não importe.

— Mas contei minha história a você por razões egoístas. Tenho pavor de perdas, do que isso pode me causar. É por isso que estou tentando me refrear com você. — Ray deu um sorriso melancólico. — Não está funcionando, claro, mas estou tentando.

Quando Jeanie olhou para o relógio, passava das três horas da madrugada.

— De novo. — Ela começou a entrar em pânico, como se a hora fosse importante, de algum modo perigosa.

— Se quiser, pode dormir aqui.

— Não, é melhor não. — De repente, ela quis estar sozinha, saborear a noite, ter um momento para si mesma. Tudo estava muito intenso.

— Eu acompanho você.

Eles saíram na noite fria de maio, subiram a Swain's Lane, passaram pelo cemitério e entraram em Highgate Hill.

— Nós moramos tão perto — murmurou Jeanie quando se aproximaram de sua casa. — Mas não passe daqui.

Ray deu uma gargalhada.

— Vizinhos fofoqueiros?

— Muito.

— Se George está viajando, podemos nos encontrar amanhã?

— Vou passar o dia na loja. Os domingos são movimentados — explicou Jeanie, lamentando.

— E tenho que ficar com Dylan à noite.

Ray puxou-a para a sombra provida por uma parede ao lado da igreja e beijou-a suavemente. Embora quisesse ficar um pouco sozinha, Jeanie abraçou-se a ele, desejando jamais abandonar aqueles braços protetores.

Ela dormiu apenas algumas horas e acordou cedo, esquecendo-se por um instante de que George não apareceria com uma xícara de chá e um sorriso alegre nem abriria as cortinas. Sentia-se como se habitasse outro mundo, de sensualidade e paixão, e como se fosse outra pessoa. Ao contrário da Jeanie normalmente prática, que pulava da cama a cada manhã com o toque de corneta do marido, que nunca ficava de camisola nem postergava o banho ou a arrumação da cama e que sempre tomava o café da manhã na mesa antes das oito horas, ela se sentia estranhamente centrada e sã, como se aquela outra mulher fosse uma impostora que ocupava seu lugar havia muitos anos. Recusou-se a sair da cama e aninhou-se sob o edredom macio, ainda imersa nas carícias de Ray.

— Vou ficar mais uma hora — disse a si mesma, desanimada ao pensar no caos em que estaria a loja.

Logo ouviu o telefone tocar sobre a mesa de cabeceira.

— Jeanie? — Era George.

— Oi, como vai tudo por aí?

— Acordei você? Claro que não, já passa das nove. — George parecia alegre.

— Não, estou saindo para a loja — mentiu ela. — Desculpe, eu estava distraída com meus pensamentos.

— Tudo bem... Ontem tivemos um dia maravilhoso. O tempo estava perfeito. Ventava um pouco, mas isso é normal em Gleneagles. E quer saber? Eu venci! Roger e eu vencemos.

Não é fantástico? Danny ficou muito desapontado, mas é bem-feito para ele. Ele não pode roubar com este grupo; todos o conhecem bem. Telefonei ontem à noite, mas você não atendeu.

Estava claro que George esperava uma explicação, obrigando Jeanie a buscar loucamente uma que fosse plausível. Não podia usar Rita, pois ela e Bill tinham viajado por duas semanas para Antígua, onde ficariam no flat que eles têm em regime de *time-share*, e George sabia disso.

— Jola e eu saímos para tomar um drinque. O dia foi muito difícil, e precisávamos disso. — Era verdade, pelo menos em parte.

— E a que horas você voltou? Já devia passar das onze quando liguei.

— Não faço ideia. Já era tarde quando saímos da loja. — Jeanie estava cansada demais para pensar se essa mentira seria suficiente para satisfazer o marido. Fez-se silêncio.

— Ah, está bem. É que você costuma avisar quando vai sair.

— Já expliquei que decidimos na hora.

— Não estou reclamando. Só fiquei um pouco preocupado.

Jeanie recusou-se a responder à mentira de George.

— De qualquer modo — prosseguiu George, em um tom mais animado —, vamos sair agora. O céu está nublado, mas, segundo a previsão do tempo, não vai chover até a noite, e espero que estejam certos.

— Os jogadores de golfe não encaram tempestades?

Ela ouviu a risada de George.

— Sim, sempre. Mas este aqui prefere não fazer isso. Tchau, minha velha. Tenha um bom dia.

— Você também.

Talvez por não estar sentada em frente ao marido, vendo-o comer sua torrada com geleia e ajeitar os óculos no nariz, Jeanie sentia que a noite anterior parecia muito distante, separada da realidade de seu casamento. Nada no dia que se seguiu lhe pareceu real; ela se sentia envolta em uma névoa de cansaço e euforia que não deixava lugar para culpa.

14

O negócio estava fechado, e os contratos relativos à nova casa, assinados. George o fizera em tempo recorde, impulsionado por algo que Jeanie não sabia o que era. Tudo para garantir a casa.

— Precisamos colocar essa aqui à venda — George fitou-a rapidamente por cima da xícara de café. — O mais cedo possível.

Jeanie assentiu.

— Já escolheu o corretor?

— Acho que vamos entregar à Savills. Eles não têm filial em Highgate, mas há uma em Hampstead. Precisamos de alguém em quem possamos confiar, e eu nunca ouvi qualquer reclamação sobre eles.

— Você decide. — Jeanie mordeu uma ponta da torrada integral e a mastigou devagar. Há semanas não tinha apetite, mas sempre levara a boa alimentação a sério e esforçou-se para comer.

George retornara triunfante. O fim de semana na Escócia parecia tê-lo estimulado, dando-lhe uma energia que não tinha havia anos. “Será que vencer é tão importante assim?”, Jeanie se perguntou. Desde que ele voltou, Jeanie fazia tudo mecanicamente, por inércia, sem se irritar com o marido. A presença dele, que ultimamente era motivo de raiva para ela, não mais a perturbava. Na verdade, ela estava estranhamente em paz. Mas também não prestava muita atenção ao marido.

— Está me ouvindo? — Jeanie ouviu George perguntar, impaciente.

Ela sorriu.

— Desculpe, o que você disse?

— Às vezes eu acho que você vive em outro planeta. Eu disse que vou marcar uma reunião esta semana.

— Tudo bem... Você está cuidando disso, não é?

— Sim, mas seria bom você se interessar um pouco.

George estava irritado, o que não era característico dele.

— Bem, não estou muito interessada em vender esta casa, como você sabe.

George revirou os olhos.

— Não me venha com isso, Jeanie, por favor. Já conversamos sobre esse assunto, não? — Jeanie não se preocupou em responder, mas George insistiu:

— Você não vai causar problemas, vai?

Jeanie olhou para ele, surpresa.

— Problemas? Como assim?

— Com os corretores ou os possíveis compradores... sendo negativa. É muito fácil criar a atmosfera errada.

— Certamente não vou comprar flores frescas e torrar grãos de café para eles, se é o que você quer dizer, mas não vou impedi-lo, se você achar que isso pode ajudar.

— Jeanie, por favor. O que há com você? Não consigo entendê-la ultimamente. No início, você não estava entusiasmada com a mudança, mas sei que adorou a casa. Precisa continuar sendo tão do contra?

— Não vale a pena conversar com você, George, porque você nunca ouve uma palavra que eu falo. Nem leva minha opinião em consideração. — A raiva que sentia não transpareceu em suas palavras; Jeanie soou simplesmente cansada.

George levantou-se, aproximou-se e acariciou as costas dela, sem êxito.

— Isso não é verdade e você sabe. É claro que me importo com sua opinião, mas você muda muito, e nunca sei onde estou pisando.

Ela quis perguntar em que momento ela se animara com o projeto, mas sabia que não adiantaria. Chanty havia insistido que o pai não se mudaria se Jeanie não quisesse, e ela conversara com ele, como a filha sugerira, no dia em que ele voltara do golfe. Sentados à mesa da cozinha, dissera a ele, em palavras quase monossilábicas, que não queria se mudar para o campo. Explicara sua posição com calma e considerara a opinião dele, sugerindo que comprassem uma casa de fim de semana por enquanto. George respondera com o mantra usual: "Você vai gostar quando chegar lá. Muitas vezes você não sabe o que é melhor para você (mas *eu* sei)." Ele falara de modo menos inflamado, mas a essência era clara. Foi como se ela não tivesse dito nada.

Jeanie levantou-se.

— Não mencione a loja para a Savills.

— Claro que não. A loja é sua. — George deve ter visto a expressão de perigo nos olhos dela, pois seu tom foi conciliatório. — Mas o que vai *fazer* com ela, Jeanie? Não pode administrá-la em Somerset. — O tom intimidador retornara à sua voz, e Jeanie não pôde mais suportar. Sem dizer uma palavra, deixou a mesa e a cozinha.

Deitada na cama, inerte, ela estava longe até mesmo da possibilidade de chorar.

As palavras de Rita ecoaram em sua mente. Por que ela simplesmente não abandonava George? Pela primeira vez, Jeanie encarava a possibilidade, em vez de afastá-la como fizera todas as vezes em que Rita a confrontara. Mas sua mente negou-se a levar adiante a sugestão, e Jeanie descobriu que era literalmente incapaz de se colocar nesse cenário. Não devido a alguma questão em particular, embora pudesse ver o pai levantando-se do túmulo em protesto ao ouvir a palavra "divórcio". Era algo menos definido, mais um pressentimento amorfo e opressivo de perda, como sentira diante da morte de Will. E todas as células de seu corpo resistiam a essa dor.

As quintas-feiras já não eram as mesmas. Jeanie continuava evitando o parquinho de Waterlow — não por medo de Alex e Chanty, já que Ray lhe informara que muito raramente levava Dylan ao parque às quintas-feiras, mas porque o lugar lhe trazia à mente os dias em que estavam juntos, dias em que tudo era simples e emocionante, dias em que não sabiam o que poderia acontecer. Mas nessa quinta-feira Alex pedira a Jeanie para encontrá-lo cedo nesse parquinho e ficar com Ellie. Ele a pegava na creche em Dartmouth Park, onde ela agora passava três manhãs por semana, e ele precisaria estar em West End antes das duas da tarde.

O tempo tinha mudado de novo; o dia estava quente e ensolarado — um dia perfeito de início de verão. Naquela manhã, Jeanie e Jola tinham fechado a loja para fazer um levantamento do estoque; Jeanie já sabia, havia algum tempo, que o estoque antigo estava sendo perdido na pressa de colocarem mercadorias novas nas prateleiras, mas a loja andava movimentada demais para elas conseguirem monitorar as entregas adequadamente. É claro que o levantamento tomara mais tempo do que previram e ela estava atrasada. Sabia que Alex estaria impaciente, querendo ir embora, e esperava que não a recebesse mal e com reclamações. Desde o incidente com Ray, ele a tratava bem, tomando cuidado para não contrariá-la. Mas ela não o perdoara e encurtava as conversas.

Jeanie chegou ao pé da colina onde fica o antigo parquinho, mas não conseguiu ver Ellie nem Alex. Procurou perto dos patos, mas não havia sinal deles. Examinou o celular e viu que Alex lhe enviara uma mensagem, que ela não ouvira devido ao barulho do tráfego em Highgate Hill. Eles estavam no parquinho novo.

Com muito calor devido à caminhada, Jeanie começou a subir a colina devagar, mas, ao fazer a curva, viu-se diante da mais extraordinária cena. O parquinho estava repleto, com uma multidão de crianças espalhada por todo o lugar, na sua maioria bebês e crianças com menos de 5 anos, pois as mais velhas ainda estavam na escola. No centro do parquinho, estavam Alex e Ray, frente a frente, discutindo aos berros. Os outros pais e babás fingiam que nada estava acontecendo, mas Jeanie pôde perceber, pelo silêncio, que ouviam cada palavra. Seu primeiro pensamento foi que Alex descobrira sobre ela e Ray e estava tomando satisfações. Seu sangue gelou.

— Você é um idiota. — O tom de voz de Ray era frio e controlado. — Isso não tem a ver comigo ou com você, seu imbecil egoísta, isso tem a ver com a vida da sua filha.

"Ah, Deus, não, não isso", pensou Jeanie. "Por favor, que não seja isso."

O rosto de Alex, com as feições de quem fora um menino, estava tomado pela raiva; seus braços estavam plantados com firmeza nos quadris magricelas, e ele se inclinava em direção a Ray como se estivesse a ponto de atacá-lo. Jeanie olhou ao redor, à procura de Ellie, e encontrou-a caída, estranhamente quieta, próxima aos pés do pai. Também viu Dylan atrás do avô, com os olhos arregalados e preocupados.

— Não se meta. Você não tem nada com isso. Ela é minha filha, e você não tem o direito de falar comigo sobre ela, ainda mais dizer como devo agir como pai. Cai fora! Sai daqui e nos deixe em paz.

Fez-se um silêncio chocante no parquinho, e até as crianças os observavam, curiosas para ver o que iria acontecer.

— Meu Deus do céu, por que vocês estão brigando? — perguntou Jeanie ao se aproximar.

— Esse maldito homem está se metendo na maneira como cuido da minha filha. — Alex bufava de raiva e baixou a voz. — Diga a esse *seu* amigo para cair fora e cuidar da vida dele. — Ele passou a mão na testa suada.

— Olá, Jeanie. — Ray parecia tentar se conter.

— Alguém pode fazer o favor de me dizer o motivo dessa discussão?

— Ellie caiu do tronco. Eu estava perto e ouvi. Ela bateu com a lateral da cabeça na madeira e foi uma batida horrível. Ela caiu como uma pedra e se levantou cerca de um minuto depois, mas parecia entorpecida e nem chorou.

— Ellie está perfeitamente bem. Olha para ela! Você acha que eu colocaria em risco a segurança da minha filha? Ela está bem. Tem um galo na cabeça, mas é só. — Alex estendeu os braços para incluir todas as outras crianças no parquinho e continuou: — Como acontece com a maior parte das crianças todos os dias.

Ray virou-se para Jeanie com uma expressão preocupada.

— Você não ouviu. Foi uma batida de verdade; ela caiu de forma estranha. Eu não sei se teve alguma concussão, mas, de qualquer modo, ela deve ir ao pronto-socorro para ser examinada. Eu sei reconhecer uma queda perigosa. Faz parte do meu trabalho.

Alex desviou o olhar, muito irritado.

— Ah, pelo amor de Deus, dá um tempo! Não vou levar minha filha ao pronto-socorro por causa de um galinho. Eles vão achar que enlouqueci. Diga a ele, Jean, como ele soa patético.

Jeanie estava inclinada, examinando a neta. Ellie sorriu para ela, fraca e cansada.

— Oi, Gin... Caí do *tonco* que balança e fez dodói *qui*. — Ellie esfregou a mão na têmpora, onde já havia uma leve mancha roxa. — Papai bobo grita com *Way*.

Jeanie ajoelhou-se para dar um beijo na neta.

— Está se sentindo bem agora, querida? — Ela acariciou a cabecinha loura, com o coração palpitando diante da ideia de que algum mal pudesse ocorrer a Ellie.

— Dodói no *baço*. Olha, Gin...

— Mas agora você está bem, não é? — perguntou Alex, tranquilizando-a, enquanto a pegava no colo e examinava a mancha rocha. — Você só bateu com a cabeça, tolinha.

Jeanie inspirou fundo e se perguntou como poderia trazer Alex para seu lado.

— Os sinais podem demorar a aparecer, Alex. Se ela bateu a cabeça com força, deveria ser examinada por alguém. Garanto que eles não vão pensar que você é louco. Lembre-se de que fui enfermeira, e sempre ficávamos mais felizes quando era alarme falso do que quando chegava uma criança com algum dano cerebral ou pior.

Alex a fitou duramente.

— Isso é ridículo. Eu tenho uma reunião com um possível comprador no centro da cidade, e pode ser importante. Você está me dizendo que devo ir àquele pronto-socorro imundo e esperar por umas quatro horas para ouvir que minha filha está muito bem e que foi tudo uma perda de tempo? Isso não vai acontecer mesmo. — Ele olhava para Jeanie com raiva. — Você não devia ouvir esse homem. Eu não esperaria isso de você.

Jeanie pensou rápido.

— Está bem. Vá para a sua reunião, Alex. Tem razão. Se ficar aqui, vai se atrasar.

— Finalmente um pouco de bom senso. — Jeanie viu o olhar presunçoso que ele lançou para Ray, que continuou em silêncio quando Alex entregou Ellie à avó e pendurou sua bolsa no ombro, visivelmente aliviado.

— Vejo você depois, querida. — Ele beijou o nariz da filha, tentando fazê-la sorrir, mas Ellie limitou-se a fitá-lo em silêncio. Jeanie percebeu um lampejo de dúvida no rosto de Alex, mas o genro estava tão tomado pelo triunfo sobre Ray que não podia voltar atrás agora.

Eles viram Alex se afastar.

— Espere — disse Jeanie a Ray, que estava prestes a falar. Alex olhou para trás, inseguro, mas não acenou. Assim que ele sumiu, Jeanie virou-se para Ray. — Agora, vamos.

— Vamos, Dylan. — Ray conduziu o neto, descendo o morro em direção ao portão leste, seguindo os passos de Jeanie.

— Para onde vamos, vovô?

— Para o hospital. Vamos ver se Ellie não machucou muito a cabeça. — Ele se virou para Jeanie. — Quer que eu a carregue?

Jeanie balançou a cabeça.

— Estou bem.

Antes que eles chegassem ao meio da colina, Ellie dormiu no ombro de Jeanie.

— Acorda, meu anjo — pediu ela, sacudindo-a com delicadeza. — Não dorme agora... Vamos, Ell... — Jeanie esfregou o rosto da neta, falando com ela o tempo todo. — Vamos cantar? Anda, vamos cantar! *Brilha, brilha, estrelinha...*

Jeanie olhou para Ray.

— Ela não pode dormir — disse a ele. — Precisamos mantê-la acordada.

— Passe-a para mim. Isso deve fazer com que ela acorde. — Ele a pegou no colo, mas ela não pareceu notar a mudança. Logo, Ellie ficou repentinamente muito branca e vomitou na camisa de Ray.

— Ah, Ray, sinto muito. Isso não é um bom sinal. — Jeanie sentia um aperto no peito. "Permita que ela esteja bem. Por favor, permita que ela esteja bem", pediu ela a um universo invisível. — Rápido! Precisamos chegar ao hospital o mais breve possível.

Jeanie pegou Ellie quando eles chegaram ao portão do hospital Whittington. Ela correu para a recepcionista e contou o que havia acontecido.

— Ela vomitou e está muito sonolenta — acrescentou. — Sou enfermeira. Por favor, consiga alguém que a veja imediatamente.

Para Jeanie, o tempo parou. Não havia nada no mundo além de observar esse rostinho tão amado, de notar qualquer mudança, por menor que fosse, na sua expressão ou na sua cor ou qualquer reação; nada exceto o mantra constante que se tornou o centro de todos os seus pensamentos, seu apelo a qualquer poder universal que ajudasse Ellie. Em poucos segundos, um jovem médico surgiu e encaminhou-os para um cubículo.

— Vou ficar aqui com Dylan. E tentar limpar isso — disse Ray, afastando do peito a parte da camisa em que Ellie vomitara.

Jeanie assentiu, embora preferisse que ele a acompanhasse. A responsabilidade pela criança doente parecia demais para ela.

As coisas aconteceram com rapidez. O médico examinou Ellie e chamou outro médico, obviamente mais experiente e possivelmente um dos diretores. Ele enfiou uma agulha com um tubo no bracinho de Ellie e prendeu-o com esparadrapo. Ela permanecia deitada; seus olhos não tinham foco, e a mão repousava entre as de Jeanie.

— Parece que ela teve um edema no cérebro, mas queremos examinar o que está acontecendo. — O diretor era um homem alto, de cabelo avermelhado e cerca de 40 anos, com um rosto pálido e cansado. Ele olhou para Jeanie. — Quando isso aconteceu?

— Deve ter sido uns quarenta minutos atrás. Eu não estava presente. Ela vai fazer uma tomografia?

— Vai. — O médico a fitou nos olhos, obviamente tentando decidir o quanto ela podia ser informada.

— Eu fui enfermeira.

— Ah... Precisaremos fazer uma tomografia computadorizada para examinar se houve hemorragia. Foi uma sorte chegarem tão rápido. Se houver algum problema, teremos tempo para resolver. Você é mãe dela?

— Avó.

— Certo. A enfermeira virá em um instante. Eu as verei mais tarde.

Jeanie pediu para a enfermeira chamar Ray.

— Vão levá-la para uma tomografia — contou a ele. — Não espere, por favor. Leve Dylan para casa. Depois eu telefono.

— Eu vou, mas volto. — Não era uma pergunta, e Jeanie não discutiu. — Eles precisam saber... Alex e sua filha. — Com a camisa molhada lavada por ele, no local em que Ellie tinha vomitado, Ray não afastou os olhos da menina na maca.

Jeanie concordou, tendo esquecido tudo durante o pânico.

Apesar de haver vários avisos de proibição quanto ao uso de celulares, Jeanie ligou para a filha. Não houve resposta. Ela deixou uma mensagem para que Chanty fosse para o hospital imediatamente, mas não pareceu suficiente. Telefonou para George, mas ele também não atendeu, e ela deixou uma mensagem: "George, Ellie sofreu uma queda e está sendo examinada em Whittington. Não posso usar o celular. Por favor, ligue para Chanty e Alex e peça que eles venham para cá imediatamente."

Jeanie quis acrescentar que a neta estava bem, para tranquilizá-lo, mas ainda não havia evidências nesse sentido. Ela sabia quando um médico estava preocupado.

— Tenho boas notícias. — O médico de cabelo avermelhado, que se chamava Rob, parecia aliviado. — A tomografia mostrou que há um edema. Obviamente foi uma pancada forte, mas não houve hemorragia.

Jeanie respirou fundo pela primeira vez desde o parquinho. Ellie ainda parecia muito pálida; tinha os olhos abertos, mas sem focá-los.

— Ela terá de ficar internada por 24 horas para observação. A enfermeira vai organizar tudo. Mas creio que ela vai ficar bem... Não é, Ellie? — Ele acariciou o braço da menina com uma ternura surpreendente. "Ele deve ter uma filha", pensou Jeanie. — Vamos mantê-la levemente sedada.

Ellie olhou para Jeanie.

— Gin, cadê mamãe?

Jeanie examinou o relógio. Tinham se passado quase duas horas desde o acidente, mas ninguém havia aparecido.

— Ela está vindo para cá, bonequinha. Vou telefonar de novo.

Determinada a não deixar a menina nem por um instante, Jeanie desconsiderou as regras e ligou para o celular de Chanty mais uma vez. Ninguém atendeu. Onde ela está? Onde estão todos? Jeanie viu que George havia tentado telefonar quatro vezes, mas não se preocupou em ouvir as mensagens. Telefonou para ele de novo. Desta vez, ele respondeu, com a voz ofegante e assustada.

— Estou em frente ao hospital. Onde você está?

— Ainda na emergência, mas ela está bem, George. Quando você chegar aqui, eu conto.

— Vovô. — Ellie sorriu para George enquanto Jeanie o colocava a par dos acontecimentos.

— Conseguiu falar com Chanty e Alex?

— Finalmente sim. Ela não atendia o celular, então telefonei para o Canal 4. Eles são tão imbecis que não conseguiam encontrá-la no prédio. Eu quase fui até lá. Obviamente, Chanty ficou muito nervosa quando falei com ela. Ela teve uma reunião em Canary Wharf, e o celular estava no modo silencioso. Agora ela deve estar no metrô a caminho daqui. Deixei uma mensagem para Alex, mas sem dúvida Chanty vai falar com ele. — George trocou o peso do corpo de um pé para o outro. — Não gosto de hospitais — afirmou ele.

— Quem gosta?

— Você deve gostar. Trabalhou em um durante anos.

Jeanie riu.

— Nós gostamos do trabalho, não do lugar. Você não precisa ficar. Ela foi sedada e agora deve dormir. — Ellie começava a relaxar a mãozinha que segurava a da avó e a cerrar as pálpebras.

— Você vai ficar?

— Enquanto Chanty não chega, sim.

George parecia indeciso.

— Tem certeza de que não me quer aqui?

Jeanie balançou a cabeça.

— Pode ir, sim. Dou notícias se alguma coisa mudar.

George inclinou-se para beijar a cabeça de Jeanie e se encaminhou para a porta.

— Telefone.

Eles transferiram Ellie para o setor infantil. Ela dormia, com o rostinho bonito e sereno sobre o lençol branco. Jeanie recostou-se na cadeira ao lado da cama e fechou os olhos, ansiando pela chegada da filha.

— Jeanie? — Ray estava diante dela e tinha a mesma expressão tensa e ansiosa de George. — Como ela está?

— Ah, Ray, ela está bem. Segundo o médico, teve um edema, mas felizmente não houve hemorragia. Ela vai ficar internada até amanhã.

Ray sorriu, aliviado.

— Graças a Deus! Você está bem?

— Não exatamente. Mas se Ellie está, nada mais importa.

— Claro. Onde estão os pais?

Ouviram-se passos rápidos na entrada do quarto.

— Mãe, o que aconteceu? — Chanty entrou correndo, passando por Jeanie e Ray, lutando para abaixar a grade lateral da cama a fim de acariciar o cabelo da filha adormecida e beijar-lhe o rosto com uma ferocidade passional. — Meu Deus... Ela está bem? — Chanty virou-se para a mãe, ignorando Ray. — Quero que conte tudo o que aconteceu.

Jeanie a fez se sentar.

— Foi uma queda no parquinho. Ela bateu com a cabeça.

— O que ela estava fazendo? — Sua voz tinha um tom acusatório. Jeanie percebeu que Chanty estava tensa demais para se controlar.

— Eu não estava presente. Ela estava com Alex. Mas Ray assistiu.

Chanty encarou Ray, compreendendo tudo.

— Você é o homem... O homem do parquinho — gaguejou ela com um olhar quase hostil. Ray apenas assentiu. — Mas onde está Alex? Tentei telefonar mil vezes, mas ele não atendeu.

— Ele foi ao centro da cidade para um encontro com um comprador importante.

Chanty levou algum tempo para processar a informação.

— Ele abandonou Ellie?

Jeanie lançou um olhar de advertência para Ray.

— Quando ele saiu, Ellie estava bem.

Chanty acenou a cabeça.

— Mas depois ficou doente?

— Nós... Eu achei melhor que ela fosse examinada. Pancadas na cabeça são perigosas. Quando surgem os sintomas, pode ser tarde demais.

— Eu já vou — murmurou Ray. Jeanie assentiu com a cabeça. Estava claro que a presença dele não era bem-vinda pela filha.

— Graças a Deus você a trouxe, mãe. Se alguma coisa acontecesse a ela... — Chanty nunca chorava com facilidade. Quando menina, era forte e autossuficiente. Sempre soube o que queria e geralmente conseguia, mas agora chorava abertamente.

— Eu sei, mas ela vai ficar bem, querida.

— O que aquele homem estava fazendo aqui? — perguntou Chanty, irritada, enxugando as lágrimas.

— Ray, o nome dele é Ray. Já disse que ele estava no parquinho quando tudo aconteceu e queria se certificar de que Ellie estava bem.

— Então esse é o homem... Pensei que você não se encontrasse mais com ele.

Jeanie fez um esforço enorme para se manter equilibrada, dividida entre o desejo infantil de prejudicar o genro contando a Chanty o que ocorrera e o desejo mais maduro de ajudar a filha em seu sofrimento. A maturidade venceu.

— Eu não estava lá, Chanty. Alex me pediu para encontrá-lo no parquinho cedo e ficar com Ell. Ele a pegou na creche. Ray estava lá por acaso. Foi uma coincidência. — Ela fez uma pausa. — Ele tem esse direito.

Chanty acenou a cabeça, concordando, e examinou o relógio.

— Onde *ele* está?

Eram seis horas da tarde quando Alex finalmente chegou. Ele ficou surpreso ao ver a filha. Ellie estava acordada e, embora ainda sonolenta, parecia mais alerta do que antes.

— Papai... — Ela estendeu os braços para receber o abraço dele.

Alex olhou para Jeanie.

— O que aconteceu?

— Ela não estava bem, Alex. Parecia tonta. Achei melhor que a examinassem. Depois, no caminho para cá, ela vomitou. — Jeanie não disse mais nada.

Chanty explicou ao marido o que Jeanie lhe informara.

— Então ela vai ficar bem? Totalmente bem? — perguntou ele. Jeanie viu seu rosto estremecer e ficar branco.

— Sente-se... Você está abalado — disse ela, puxando mais uma cadeira.

Alex desmoronou na cadeira e debruçou sobre a cama de Ellie, escondendo a cabeça nos braços. Jeanie percebeu que ele chorava.

— Eu devia ter ouvido aquele homem. Ele me avisou, mas eu não quis acreditar.

Jeanie notou o olhar surpreso da filha.

— Você quer dizer Ray? — perguntou Chanty.

Alex ergueu a cabeça e, pela primeira vez desde que o conhecera, Jeanie viu vulnerabilidade em grandes olhos azuis. Caíra a máscara pesada de sua eterna obsessão consigo mesmo, que normalmente o levava a evitar qualquer vínculo verdadeiro com o resto do mundo, a não ser que estivessem falando sobre ele.

— Sim, Ray. Ele viu a queda e me preveniu. Disse que entendia disso. E eu mandei ele cair fora.

— Por que não me contou, mãe? — Chanty parecia um pouco envergonhada, talvez por se lembrar de sua grosseria ao desconfiar de Ray.

Jeanie limitou-se a dar de ombros.

Durante algum tempo, Alex permaneceu ali. Chanty o observava; sua expressão endurecia à medida que processava a informação.

— Então você sabia que Ellie tinha caído e que poderia ser perigoso e simplesmente foi embora? — Seu tom de voz era duro e piorava devido às suas emoções.

Jeanie assistiu ao genro endireitar-se na cadeira para enfrentar as consequências.

— Para mim, Ell estava bem, Chant. Ela não chorou e parecia bem — disse Alex em tom de súplica.

— Mas você não esperou para ter certeza.

— Eu estava atrasado para encontrar Al Dimitry. Ele só estaria na cidade por um dia, a caminho de Cannes, e meu agente tinha mostrado meu trabalho a ele pela internet.

— Desculpe — começou Chanty, interrompendo-o friamente —, mas, acredite se quiser, não estou ligando a mínima para a porcaria do seu trabalho agora. Você abandonou nossa filha quando era evidente que ela poderia precisar de ajuda médica.

— Não era evidente. Juro que não. — Alex fitou Jeanie com olhos suplicantes. — Você estava lá e disse que eu podia ir embora.

— Não cabe à minha mãe dizer o que você deve fazer. Além do mais, você nunca ouviu o que ela disse. Mãe, por favor, conte exatamente o que aconteceu.

— Ray é especialista em artes marciais e vê quedas o tempo todo. Por isso ele sabe distinguir uma queda perigosa de uma inofensiva — começou Jeanie, relutante. — Ele viu a queda de Ellie, achou que tinha sido uma batida séria e avisou a Alex. Mas, para ser sincera, ninguém sabia se era um problema ou não. E as pessoas frequentemente se enganam.

— E morrem em consequência disso? — perguntou Chanty em tom repreensivo.

— Sim, às vezes.

Alex sentiu-se atacado de novo.

— Sei que errei. — Ele estendeu a mão para a filha e acariciou o rosto dela com o polegar. — Ela não é a criança mais linda do mundo? E eu não cuidei dela. Ela poderia ter morrido, e eu seria o responsável.

Seu melodrama não convencia Jeanie, mas ela notou que Chanty amolecia, como sempre, diante das manipulações do marido. E talvez — Jeanie concedeu-lhe o benefício da dúvida — ele estivesse mesmo abalado com o acontecido.

— Ellie não morreu, Alex. Ela vai ficar bem. — Jeanie falou, prática, interrompendo a performance exagerada. — Tenho certeza de que você teria agido de forma diferente se visse que ela não estava bem.

— Mas a questão não é essa, é? — comentou Chanty, ríspida, sem ter perdoado o marido. — Você a abandonou.

— A maioria das pessoas teria pensado o mesmo que Alex — insistiu Jeanie. — Ninguém gosta de criar caso quando não há uma evidência clara.

— Então temos que agradecer a Ray... — disse Chanty, demonstrando não gostar dessa opção.

Alex se mexeu na cadeira e, por fim, levantou-se. Ele parecia pronto para falar, lançando olhares ansiosos para Jeanie e Chanty.

— Hum... Quanto a Ray...

Chanty estreitou os olhos.

— Quanto a Ray o quê?

Alex respirou fundo e endireitou os ombros, como se estivesse pronto para enfrentar um pelotão de fuzilamento.

— Alex?

Ele ainda hesitava.

— Bem, sabe o que Ellie disse? Sobre Ray? Não era verdade. Ela nunca disse aquilo.

Alex deixou a cabeça cair para a frente, como se quisesse se proteger de ataques imaginários. E Jeanie pensou, por um instante horrível, que Chanty *ia* mesmo atacá-lo. Ela se continha, petrificada, sentada na cadeira do hospital, a cabeça também baixa, mas não de medo, e as mãos apertadas sobre o colo, como se estivesse se preparando para o ataque.

Alex, embora estivesse no fundo do poço, continuou a cavar:

— Ellie não parava de falar sobre ele. Dizia que ele conseguia se equilibrar na ponte de troncos sem se segurar e que todos aplaudiam, que ele era excelente jogando bola e com todas as outras brincadeiras, que cantava músicas e que comprou um suco de maçã para ela. E isso me irritou. Eu não queria nenhum homem fazendo com a minha filha coisas que eu não consigo fazer.

Jeanie ficou chocada. Embora já soubesse que Alex havia mentido, quase teve pena dele diante dessa história patética. "Imagine o inferno que é ter esse ego", pensou.

O assombro sobrepujou a raiva de Chanty. Ela continuou sentada, imóvel, sem falar, o que era mais amedrontador do que qualquer ataque ao marido.

— Chanty, eu sinto muito. Sei que foi uma tolice.

— Tolice? — Chanty voltou a si. — Tolice? Você acha que é uma tolice acusar um homem de molestar Ellie porque está com *ciúmes* dele? — Era difícil para ela não gritar, mas seu rosto, normalmente bonito, estava totalmente vermelho.

— Eu não disse exatamente molestar — reagiu Alex, com petulância. — Eu só disse...

Chanty o interrompeu de novo.

— Nós sabemos o que você disse, Alex. E sabemos o que você quis sugerir.

— Eu não tinha intenção; na verdade, eu não disse exatamente o que você está pensando. Eu só queria que você soubesse da existência dele, que ele estava brincando com Ellie. Mas, quando contei, você reagiu de forma exagerada e aquilo cresceu, e eu mais ou menos fiz parecer maior do que era. Fugiu do meu controle antes que eu pudesse explicar.

— Então a culpa é minha? — Chanty elevou a voz, mas pareceu perder a força e fez um gesto de desprezo. — Simplesmente vá embora. Não consigo olhar para você.

Alex hesitou, mas não por muito tempo. Jeanie observou-o sair do quarto, constrangido.

— Não consigo falar sobre isso agora, mãe — murmurou Chanty.

Durante algum tempo, ficaram em silêncio. Ambas fixaram os olhos na criança que dormia e que, apesar de ser o centro de toda essa desavença, felizmente ignorava o conflito ao seu redor.

— Onde está o papai? — perguntou Chanty, com a voz muito triste e desapontada.

— Ele esteve aqui mais cedo, quando ainda estávamos na emergência. Sugeri que ele fosse para casa.

— Como assim?

— Ele odeia hospitais. E, quando chegou, Ellie estava bem... Quero dizer, quase bem. Vou telefonar para ele. — Jeanie não conseguiu evitar o tom defensivo, quase culpado, e disse a si mesma que não se livrara de George por causa de Ray.

Por um instante, o olhar de Chanty pousou em seu rosto, e Jeanie, para seu horror, viu nos olhos da filha que ela começava a entender.

— Como estão as coisas por aqui? — perguntou a irmã Deehan, que deve ter presenciado a briga, levando em consideração sua atitude educadamente desaprovadora. — A menina precisa de descanso e tranquilidade. — Ela se voltou para Chanty. — Pode ficar durante a noite, se quiser.

— Quer que eu volte mais tarde e assuma? — perguntou Jeanie a Chanty baixinho, quando se afastaram para permitir que uma jovem enfermeira se aproximasse de Ellie para as observações de rotina. Chanty hesitou.

— Não, mãe, pode ir. Eu vou dormir aqui. Vou ficar bem. Por quanto tempo você acha que Ell ficará internada?

— Ela ainda parece um pouco entorpecida. Eles querem que ela fique quieta até o edema ceder. Segundo o médico, umas 24 horas. Vamos ver como ela acorda amanhã, querida.

Chanty suspirou, quase chorando de novo.

— Ah, mãe, se você não estivesse lá... — Jeanie a abraçou. - Sei que parece que não dou a você o merecido valor, mas dou, de verdade. Sinto muito ter duvidado de você.

— Eu entendo seus motivos.

Jeanie queria falar mais, mas Chanty não precisava ser relembrada das falhas do marido, e uma briga entre os pais não ajudaria a neta. Mas ela se perguntou como a filha podia suportar uma pessoa tão autocentrada. Não se pode confiar em alguém tão egoísta, a não ser que os interesses sejam comuns. Ela refletiu sobre como George sempre fora estável e percebeu que não dava valor a isso.

George preparara o jantar. Ele tinha apenas um prato em seu repertório — espaguete à bolonhesa —, mas era bom nisso, e, como era de esperar, meticuloso em sua organização e apresentação: tudo bem calculado e bem arrumado, com a mesa posta, o vinho desarrolhado e a salada aguardando apenas o molho. Esta noite, Jeanie sentiu-se agradecida.

— Um pesadelo, hein? — disse ele, mexendo o molho meticulosamente. — Foi uma sorte você estar lá.

Jeanie se perguntou se o nome de Ray seria mencionado por Chanty ou Alex. Nunca, nem mesmo no início, contara a George sobre tê-lo conhecido no parquinho com Ellie.

— Sirva o vinho — disse ele, indicando a garrafa — e sente-se. Você deve estar exausta.

— Eu estava apavorada, George. Só pedia que ela ficasse bem. — Quando se sentou, Jeanie teve a impressão de que nunca mais teria forças para se levantar. Ela estendeu o braço para pegar o vinho e encheu metade das taças (George sempre insistia que o vinho tinto devia ter espaço para respirar). Quando o tanino rico e frutado bateu na garganta, foi como uma mágica. Jeanie sentiu seu corpo quase suspirar de alívio.

George olhou para ela.

— Está fazendo pedidos ao Deus em que você não acredita?

Jeanie sorriu.

— Está bem. Mas você teria feito o mesmo. É um instinto natural.

— Sim, mas Ele teria me ouvido. Eu frequento a igreja. — Ele deu um sorriso forçado, um pouco presunçoso, e ambos riram.

— Não muito.

A risada transformou-se em mais risadas, e, no fim, lágrimas corriam pelo rosto de Jeanie enquanto ela ofegava, esforçando-se para ter algum ar, segurando junto à boca o guardanapo que George dispusera ao lado dos talheres com muito zelo. Toda a tensão do dia esvaiu-se na alegria compartilhada.

Quando se deitou, só conseguia ver a neta sobre o lençol do hospital, com os olhos castanhos arregalados e desnorteados em seu rosto pequenino. Nada poderia ser mais importante do que a segurança e a felicidade de Ellie.

15

Ray telefonou na manhã seguinte, quando Jeanie descia a colina em direção ao hospital.

— Como ela está?

— Falei com Chanty uma hora atrás. Pelo que entendi, está bem. Estou indo para o hospital agora, para dar um descanso a ela. Minha filha disse que Ellie não tem muito apetite e está muito sonolenta, mas isso é esperado quando há traumas na cabeça. Chanty parecia muito mais aliviada.

— Graças a Deus... Aliás, adorei imaginar você como enfermeira. — Jeanie pôde ouvir uma risada travessa.

— Por causa das meias de seda preta? Naquela época, eram *mesmo* feitas de seda — disse Jeanie, rindo.

— Ei, não me excite. Você deve ter levado os pacientes à loucura.

— Obrigada pelo voto de confiança, mas a maioria deles tinha menos de 10 anos. Lembra-se de que contei que trabalhava na Great Ormond Street?

— Ainda assim...

— Ray — Jeanie interrompeu a brincadeira —, acho que Chanty sabe, ou ao menos desconfia, de nós.

— Por quê? O que ela disse?

— Nada, mas Alex finalmente confessou que você não é um molestador de crianças. Ele aparentemente se "confundiu". E mencionou que você tinha avisado sobre Ellie e que ele se recusou a ouvir. Foi um verdadeiro show.

Jeanie ouviu Ray assobiar.

— Caramba! Como sua filha reagiu?

— Você pode imaginar.

— Ao menos ele finalmente contou a verdade.

— De qualquer modo, seu nome foi mencionado por todos, e houve um instante em que ela me encarou e não disse nada.

— Talvez seja paranoia. Não foi um dia fácil. — Jeanie o ouviu suspirar. — Jeanie, não diga mais do que o necessário se ela a provocar. Você sabe que a máxima "nunca se desculpe, nunca se explique" já se provou eficaz e confiável. Ninguém tem provas. E nós não fizemos o principal... Ainda.

— Não posso mentir para minha filha, Ray — explicou Jeanie, ignorando a última frase dele.

— Você já mentiu.

A franqueza da afirmação dele, embora verdadeira, surpreendeu Jeanie.

— E se ela perguntar?

— Com tudo o que aconteceu, ela dificilmente vai querer descobrir que nós... estamos nos vendo.

A frase de Ray minguou, e Jeanie entendeu o motivo. Não havia uma boa maneira para descrever a relação entre eles sem recorrer a rótulos desconfortáveis sobre seus momentos juntos, tais como "caso", "infidelidade", "traição", "apaixonados"... E, claro, "amor". Nenhuma dessas palavras — e ao mesmo tempo todas elas — podia ser aplicada.

— Como terminou a conversa com Alex? — perguntou Ray, incitando-a a contar.

— Chanty o mandou embora, furiosa. Foi uma estupidez ele contar sobre você naquela hora, porque ela já estava a ponto de perdoá-lo por não ter cuidado de Ellie. Mas ele sabe como manipulá-la. — Jeanie fez uma pausa quando um ônibus passou. — Ele parece se sentir muito culpado. De qualquer modo, tenho certeza de que ela vai perdoá-lo; ela sempre o perdoa, por pior que seja o erro dele.

— E perdoará você também?

Fez-se silêncio.

— Eu não tenho o talento de Alex.

Jeanie partilhava o temor de Ray de que uma revelação pudesse significar o fim.

— Chanty não tem nada a ver com isso, mas infelizmente ela não verá a questão dessa forma.

— Não deixe de me contar as novidades.

— Farei isso.

Eles continuaram ao telefone, sem dizer nada.

— Jeanie? — Ray não disse mais nada. Não precisava.

— Tchau, Ray.

Chanty tinha uma aparência cansada, muito pior que Ellie, que parecia estar quase recuperada. Seu rosto estava muito corado, e Jeanie concluiu que isso devia ser consequência da atmosfera quente e fechada do quarto e do edema em si.

— Conseguiu dormir um pouco?

Chanty balançou a cabeça, sem energia.

— Sem chance. Mas eu não teria dormido ainda que estivesse no Ritz.

— Eu trouxe um cappuccino.

Chanty tomou o café como se fosse água encontrada no deserto.

— Ah, obrigada, mãe. Você não sabe como está bom.

— Por que não vai tomar um banho e dormir? Eu fico com Ellie. — Jeanie inclinou-se para beijar a neta. — Bom dia, bonequinha. — Virando-se para a filha, continuou: — Os médicos já decidiram alguma coisa?

— Eles vêm por volta das onze horas, segundo a enfermeira Julie. Talvez seja melhor eu ficar. — Chanty olhou para a filha com adoração e medo. Jeanie sabia que ela tinha passado pela pior experiência que qualquer mãe poderia enfrentar. — Você nos deu um belo susto, sabia? — disse ela carinhosamente, afastando o cabelo que caía sobre a testa da filha. Ellie afastou a mão, ignorando-as, pois estava ocupada construindo uma torre de Lego. — Você acha que ela se importa se eu sair um pouco?

Jeanie assumiu uma expressão de dúvida.

— Tenta. Você sempre pode voltar.

O dia passou lentamente. Jeanie cedeu ao pedido de Ellie para repetir pela quarta vez a história que estava lendo, tentando torná-la levemente diferente para não enlouquecer: "Suich, suach, fez o rabo do jacaré quando ele passou pela porta; snip, snap, fizeram os dentes. As crianças estavam com medo? Pode apostar que sim..."

— De novo — pediu Ellie, empurrando o livro no rosto de Jeanie.

— Desta vez, você vai me contar a história — sugeriu Jeanie, esperançosa.

Ellie pensou na possibilidade.

— Hum, difícil. Conta você, Gin. É *bunito* você.

— É bonito quando eu conto? Está bem, mais uma vez.

— *Bigada*, Gin. — Ellie sorriu, triunfante, sabendo que tinha vencido e sem se importar com nada mais.

Na ronda daquela manhã, os médicos declararam que ela estaria em condições de ter alta no final do dia, desde que fosse mantida em repouso total em casa. Mas já eram quase cinco da tarde e Ellie ainda esperava a alta do médico.

— Tudo pronto? — George apareceu, balançando as chaves do carro e acenando para a neta num cumprimento alegre. — Tive que parar em uma vaga proibida, para entregas ou algo assim, portanto é melhor irmos.

— Precisamos esperar. Ela ainda não recebeu alta oficialmente. — Chanty franziu a testa e olhou para o relógio do quarto pela milionésima vez. — Onde está o médico?

— Então vou estacionar em outro lugar. — George caminhou até a porta. — Telefonem. Vou esperar no carro, em uma das ruas laterais. Ele não deve demorar, não é?

— Acho que na verdade é "ela", uma pediatra — disse Jeanie, distraída. Nem Chanty nem George pareceram ouvi-la, e ela se perguntou se tinha mesmo falado alguma coisa. Sua mente andava esgotada com a possibilidade de seu segredo ser descoberto. Será que Chanty mencionaria Ray na frente de George para testá-la?

Naquela noite, Jeanie se olhou no espelho e percebeu que seu rosto estava tenso, com os traços marcados e as rugas acentuadas. Seus olhos estavam caídos por causa do cansaço. Tinha a sensação de que sua vida começava a desmoronar. Na volta do hospital, após deixar Chanty e Ellie em casa, George vira a filha tratar mal o marido e não aprovara sua atitude.

— Sei que Chanty está sob grande pressão, mas não precisava tratar tão mal o pobre Alex. Afinal, ele está passando pela mesma pressão.

Chanty havia repreendido cruelmente o marido por ele ter aberto a porta e tentado pegar Ellie, que estava no seu colo.

— Ela está irritada porque ele foi a uma reunião depois do tombo de Ell.

George olhou para Jeanie enquanto buscava uma vaga para estacionar o carro.

— Não era você quem estava com Ellie quando ela caiu?

— Não, eu cheguei pouco depois. Outra pessoa explicou a Alex que era bom Ellie ser examinada por ter batido a cabeça, mas ele ignorou o conselho e foi embora para sua reunião.

— Agora posso entender por que Chanty estava tão zangada. Quando aquele rapaz vai aprender?

Jeanie enfureceu-se com a inesgotável tolerância de George.

— Ele não é um rapaz, é um homem de 42 anos.

— Está bem, não precisa se exaltar. No fim das contas, não houve nenhum dano, certo?

O telefone de Jeanie tocou no instante em que George dava ré para entrar na vaga. Ela não estava de óculos e não pôde ver o número, mas tinha certeza de que era Ray.

George tinha desligado o motor e a observava.

— Pode ser Chanty — disse ele ao notar que ela não atendia.

— Não é. Não reconheci o número e não estou com humor para conversar agora.

— Quer que eu atenda e diga que você está ocupada? — ofereceu George, estendendo a mão para pegar o celular.

Jeanie apressou-se em jogar o aparelho na bolsa.

— Não! Obrigada.

George deu de ombros, mas, quando saiu do carro, Jeanie concluiu que, de agora em diante, teria que ficar atenta em todas as conversas com a família para evitar que Ray fosse mencionado.

Jeanie escovou o cabelo, passou creme no rosto, no pescoço e em volta dos olhos e examinou a pele com muita atenção. Logo, com um suspiro, afastou o olhar do espelho que a lembrava de sua idade. Disse a si mesma que devia estar louca por acreditar que alguém, ainda mais um homem atraente como Ray, podia achar sexy uma bruxa velha como ela. "Só não permita que ele pergunte se pode ser meu 'amigo'", suplicou na escuridão.

Rita finalmente havia retornado das duas semanas em Antígua. No reduzido maiô vermelho, seu corpo tinha um bronzeado invejável. Jeanie, contudo, expunha o corpo pela primeira vez naquele ano. Vestira o maiô preto esportivo com certa dificuldade, terrivelmente consciente da brancura de sua pele e das celulites. Durante o verão, Rita levava a amiga para nadar nos lagos de Hampstead tantas vezes quanto o clima permitisse. Ela insistia que o lago reservado para mulheres era o melhor, ainda mais rodeado pela vegetação agreste de Hampstead Heath e com os patos chapinhando felizes em meio aos nadadores. Parecia mesmo um recanto isolado, diferente dos demais lagos. Jeanie teve a sensação de pertencer a um clube privado, apesar de a entrada ser quase livre — uma elite cujos membros eram mulheres de caráter, fortes, competentes e honestas.

Era mais um dia quente. Jeanie sabia que a água estaria gelada. Depois do choque inicial, porém, seria deliciosamente fresca, e sem o cloro pegajoso de uma piscina.

Rita caminhava à frente dela.

— Anda, sua covarde — gritou ela quando Jeanie hesitou, com os dedos dos pés na escada de madeira que balançava dentro da água, segurando com firmeza o corrimão de metal gelado. As outras nadadoras se viraram para ver, e, sem escolha, Jeanie foi obrigada a mergulhar.

— Uau! — exclamou ela, e logo começou a nadar crawl para agitar a circulação sanguínea.

Após algum tempo, elas começaram a nadar lado a lado, até a outra margem do lago, na companhia de um casal de patos silvestres.

— Pobrezinha. — Jeanie acabara de contar a Rita sobre Ellie. — Deve ter sido horrível.

Quando ela terminou de contar o restante dos dramas daquele dia, ambas estavam cansadas de nadar.

— Não posso deixar você sozinha por um instante! É só eu viajar por duas semanas e a sua vida desmorona — reclamou a amiga depois que se secaram e partiam em busca de um sorvete.

O café próximo ao lago estava lotado, como sempre, com uma multidão de crianças e cachorros.

— Vamos caminhar em vez de sentar aqui — decidiu Jeanie. — Vou comprar os sorvetes. Uma ou duas bolas?

— Duas, claro. Vamos mandar a força de vontade para o espaço.

Enquanto circundava as mesas, Jeanie avistou um homem de costas na fila, e percebeu que era Ray. Ele estava com Dylan e outro menino; as duas crianças, obviamente inquietas, se apoiavam no balcão de bandejas, até o amigo de Dylan, sem querer, jogar ao chão uma bandeja que, felizmente, só tinha um sanduíche de atum e milho em um recipiente de plástico.

— Muito bem... Esperem por mim lá fora — disse Ray. — Mas não se afastem; fiquem perto das mesas. — Ray mostrou o caminho, e eles, obedientes, fizeram o que ele pediu. Quando ele se virou para verificar se estavam bem, viu Jeanie e saiu da fila.

— Estou com minha amiga Rita — informou ela, olhando, nervosa, ao redor.

— E você não quer que eu a conheça? — O sorriso receptivo murchou.

— Não. Quero dizer, sim, eu adoraria que você a conhecesse, mas...

Ray aguardou, obviamente magoado.

— Você disse que ela sabe sobre mim.

— É, mas seria estranho. — Jeanie não sabia por que não queria que Rita conhecesse Ray.

— Está bem. Você é quem sabe. — Ele passou a mão pela cabeça. — É melhor eu pegar uma bebida para os meninos antes que eles provoquem alguma catástrofe — disse ele com um sorriso forçado.

— É só que... — "Só que o quê?", ela se perguntou.

Enquanto Jeanie refletia, Ray se foi, sem sequer comprar as bebidas, conduzindo os meninos para longe do café em uma marcha apressada. Jeanie viu Dylan protestar diante da decisão do avô.

— E os sorvetes? Você demorou um século! — disse Rita, surgindo ao lado de Jeanie.

— Aquele era Ray.

— Onde? Quem? Para que lado ele foi? — Rita o procurava, ansiosa. — Por que não nos apresentou, querida?

— Não sei... Eu... Espere aqui. — Jeanie correu na direção que Ray havia tomado. Não demorou muito a vê-los, caminhando rumo ao lago.

— Ray! Ray! Dylan!

Os três se viraram. Dylan abriu um amplo sorriso, mas Ray, não.

— Olá. — Ela estava sem ar, tanto por causa da ansiedade quanto pela corrida.

— Oi, Gin — cumprimentou Dylan, adotando o nome pelo qual Ellie a chamava.

— Esse é Ben. — Ray apresentou o menino de cabelo claro. — É um amigo de Dylan.

Ray e Jeanie se olharam por tanto tempo que os meninos perderam o interesse neles e seguiram adiante.

— Por favor — continuou ela —, venha conhecer Rita.

— Você não parecia tão entusiasmada antes — comentou Ray, sem expressão definida.

— Eu não queria que você fosse escrutinado — explicou Jeanie.

— E que achassem que não sirvo para você?

Jeanie baixou os olhos.

— Eu não quis dizer isso; não é uma questão de julgamento. E, mesmo que fosse, acho que você é o homem mais maravilhoso do mundo. Como pode pensar que me envergonharia? — Suas palavras já estavam no ar quando ela percebeu o que dissera.

— Jeanie... — Ray não tentou tocá-la, mas ela queria desesperadamente segurar a mão dele. — Se você não se sente confortável, tudo bem.

Jeanie o encarou.

— O que temos é sagrado. Eu não queria que ninguém mais, ninguém que pertence à minha outra vida, fizesse parte disso, de você.

Ray concordou, mas Jeanie viu que ele não havia entendido

— Rita é uma grande amiga, mas ela é humana, e, à sua maneira, acha que tudo é motivado por sexo.

Ray deu uma risada.

— Você não está falando coisa com coisa.

Jeanie riu de um jeito hesitante.

— Você não entende. Você seria visto como meu amante. Todos o olhariam com olhos escrutinadores e o observariam nos mínimos detalhes. Não é assim que deve ser.

— Está bem. Isso está ficando intenso demais. — Ray olhou ao redor em busca do neto. — É melhor eu ir embora. Eles estão se distanciando demais. — Ele a fitou por mais um tempo. — Eu disse que não poderia haver nenhum plano bom. — E, quando se virou, encostou no braço nu de Jeanie.

— Tchau. — Jeanie esperou Ray se afastar e voltou para o café, onde a amiga esperava, impaciente, sentada no muro.

Rita apenas ergueu as sobrancelhas.

— Acabei de fazer uma asneira. Ray achou que tenho vergonha dele.

— E tem?

— Claro que não!

Foi a vez de Rita se ofender.

— Então o problema é comigo? Não sou legal o bastante?

— Ah, com certeza — respondeu Jeanie, com a voz cansada.

— De qualquer modo, vi vocês daqui enquanto conversavam. Ele é fofo.

— Fofo? — Jeanie estava muito longe, pensando em Ray.

— É uma gíria moderna que designa o quanto alguém pode ser atraente do ponto de vista sexual, geralmente usada pela juventude idiota quando fala com seus amigos igualmente idiotas — explicou Rita.

— Está bem. — Jeanie cobriu o rosto com as mãos. — Ah, Rita, eu estraguei tudo. Ele ficou sentido. O que posso fazer? Devo telefonar?

Rita levantou-se, pegou o braço de Jeanie e começou a conduzi-la pelo caminho asfaltado.

— Não faço ideia, querida. Vocês estão se comportando como adolescentes. Lavo as minhas mãos.

Fazia uma semana que Ellie voltara do hospital. Estava cheia de energia e sem qualquer sequela da batida na cabeça, exceto por uma pequena mancha roxa na têmpora, que já se amarelava. Jeanie a visitara muitas vezes e encontrara Alex e Chanty. Segundo a tradição da família Lawson, nada mais foi dito sobre o assunto. É verdade que Alex andava calado, e Chanty, um pouco alegre demais para a paz de espírito da mãe. Ela não permitia intervalos de silêncio nas conversas, como se temesse o que poderia surgir para preenchê-los. Jeanie sabia que Chanty ruminava alguma coisa em sua mente, mas também que ela tinha muito em que pensar. O telefonema que Jeanie temera desde aquele dia no hospital aconteceu quando ela fazia um chá na cozinha da loja.

— Alex se ofereceu para ficar com Ellie. Quer jantar comigo hoje? — Ela fez uma pausa. — Sem o papai.

— Eu adoraria. — Jeanie sentiu a respiração acelerar. — O que devo dizer a George? Ele vai querer me acompanhar.

— Diga que é noite das mulheres. Ele vai entender. — Sua voz não trazia hostilidade, mas era nitidamente tensa.

Alguém ao fundo chamou Chanty, e ela passou a falar como uma profissional.

— Preciso ir, mãe. Podemos nos encontrar às oito no restaurante francês da colina?

— Claro, já estou animada — respondeu Jeanie, embora nenhuma resposta pudesse estar mais distante da verdade. Sabia que Chanty estava abalada pelos últimos acontecimentos e tinha consciência de que traria à filha ainda mais sofrimento, mas isso não parecia suficiente para impedi-la de ver Ray.

O incidente com Rita no parque abalara a harmonia perfeita que ela achava que sempre existiria entre ela e Ray. Jeanie sabia que fora consequência da situação em que se encontravam, mas ver a expressão sofrida de Ray quando ela se recusou a apresentá-lo à amiga fora como receber uma bofetada. Quando relembrava o acontecido, ela mesma não conseguia entender, não mais do que ele ou Rita, o motivo de sua recusa a apresentá-los. E, como Rita perdera a paciência, horas se passaram até ela estar a sós e telefonar para Ray.

Jeanie separou-se da amiga na base da colina e correra para casa, ansiosa para chegar ao santuário de seu banheiro trancado. Como a adolescente que Rita a acusara de ser, ali pôde chorar. Quando finalmente digitou o número de Ray, ainda tinha a voz engasgada pelo remorso.

— Tudo bem, Jeanie – assegurou-lhe ele, porém sua voz era fria. — Nós sabíamos que não seria fácil.

— Mas você sabe que eu não o faria sofrer por nada neste mundo

— Meu ego foi temporariamente ferido. Bem-feito para mim por ter um ego — brincou ele.

— Não era vergonha de você.

— Sim, eu sei.

— Odiei aborrecer você — murmurou Jeanie, sem conseguir evitar as lágrimas.

— Jeanie, por favor, não chore.

— Já conversamos sobre isso, mas o que somos afinal? — Ela riu. — Até Rita nos chamou de adolescentes.

— Sim, e, como qualquer caso adolescente, pode ser difícil e sem dúvida é intenso, mas eu não ficaria sem você.

— Nem eu.

O restaurante francês estava vazio, mas o pequeno jardim murado nos fundos estava lotado; o barulho das vozes e do tilintar dos copos e talheres era intenso. O céu estava carregado, mas ainda fazia calor. A umidade era grande, e os mosquitos pairavam sobre as velas das mesas. Chanty já estava ali, em uma mesa ao canto, debruçada sobre o BlackBerry, sempre trabalhando. Quando Jeanie chegou, ela sorriu para a mãe e guardou o telefone.

— Salva pelo gongo — disse ela, obviamente aliviada por ter uma desculpa para desligar.

Jeanie encontrou uma garrafa de vinho branco já aberta e um balde de gelo ao lado da mesa. O copo de Chanty estava quase vazio. A filha pegou a garrafa e serviu-as.

— Gostei do lugar — comentou Jeanie, experimentando uma sensação genuína de bem-estar ao sentar-se à luz fraca com a filha querida. Talvez Chanty sentisse o mesmo e não quisesse estragar o momento, pois não falaram durante algum tempo.

— Como está Ellie?

— Mãe, você esteve com ela ontem — brincou Chanty, sabendo perfeitamente que a mãe poderia conversar sobre a neta até o fim da noite e ainda assim não seria o suficiente.

— Só estava perguntando. Sendo mais direta, como você está, querida? Essa semana deve ter sido difícil. — Jeanie não especificou a qual dos pesos sobre os ombros de Chanty se referia.

— Não estou propriamente bem — respondeu ela, com sua habitual franqueza. — É difícil esquecer o que Alex fez.

Jeanie aguardou.

— Eu sei que você sempre o considerou um idiota e deixou isso claro, portanto não quero ouvir um discurso sobre os defeitos dele — prosseguiu Chanty. — Não sou burra, mãe. Tenho plena consciência de que às vezes ele é egoísta. — Jeanie achou que valia a pena dizer que aquela descrição estava muito aquém da realidade, mas seguiu as instruções de Chanty e não disse nada. — Mas o que ele disse poderia ter consequências permanentes na vida de Ray... A síndrome de "onde há fumaça, há fogo". E me pergunto se Alex teria contado a verdade se Ellie não tivesse ficado doente.

— Tenho certeza de que ele nunca teria permitido que você envolvesse as autoridades — afirmou Jeanie.

Chanty encarou a mãe.

— Tem mesmo?

— Hum... tenho. Ele é egoísta, mas não é uma pessoa ruim, embora, para mim, o egoísmo seja uma espécie de mal. Ele ficou ressentido quando seu ego foi ameaçado por outro homem e agiu com infantilidade. Mas nunca permitiria que aquilo fosse além.

Chanty riu com ironia.

— Você apoia e condena Alex ao mesmo tempo, mãe. Muito inteligente.

— Não estou tentando ser inteligente, mas, querida, você não se apaixonou por esse homem por ele ser abnegado e altruísta.

— Não. Eu sempre soube exatamente como ele é. Por isso costumo perdoá-lo, porque não tenho nenhuma expectativa fantasiosa.

Jeanie achou aquilo triste. Por que Chanty escolhera um homem assim? Alex era muito diferente do pai dela.

Chanty viu a expressão da mãe.

— Parece terrível, não é?

Jeanie concordou.

— Alex não foi uma segunda opção, mãe. Eu o amo, mas também o compreendo, é isso o que quero dizer. Ele tem defeitos e teve uma infância horrível. O pai foi embora quando ele tinha 4 anos. Eles não se viram até Alex completar 16 anos, quando se encontraram para um café numa lanchonete na A3, e foi só. O pai morava em Guernsey e era dono de um negócio de táxis bem-sucedido, mas o medo que tinha da ex-mulher era tanto que ele fez Alex prometer que nunca contaria sobre o encontro. Alex gostou dele e queria manter contato, mas o pai nunca mais o procurou nem atendeu seus telefonemas. — Chanty respirou fundo. — A mãe dele era obsessiva e controladora, um verdadeiro monstro. Alex conta que ela o monitorava em tudo, que, ao mesmo tempo que era carinhosa, batia nele e satisfazia a todos os seus caprichos. Desde pequeno, a mãe fazia com que ele se sentisse responsável por ela e, se estava triste ou irritada, dava a entender que a culpa era dele. Pela manhã, ele tinha que ajudá-la a escolher as roupas que usaria e depois elogiá-la. Um horror... Ela chegou ao ponto de fingir que ele tinha um problema cardíaco para mantê-lo em casa e evitar que ele praticasse algum esporte ou participasse de qualquer atividade física.

— Isso explica muita coisa. Não é para menos que ele seja tão cauteloso comigo, uma figura materna. Por que não me contou isso? Eu poderia ter sido mais compreensiva.

— Ele também não me contou até eu conseguir que ele começasse uma terapia. Foi minha condição para ele voltar depois que Ellie nasceu. O triste é que Alex não achava isso estranho até então. Ele sabia que a mãe era pegajosa e possessiva, e ela me odeia, como você pode imaginar, mas essa foi a realidade em que ele cresceu. Ele tem me contado histórias inacreditáveis.

Por um instante, Jeanie se perguntou se as confissões do genro eram mesmo verdadeiras, mas Chanty, como sempre, estava um passo à sua frente.

— Não, mãe, ele não inventou essas coisas. Conversei com a tia dele, com quem ele foi morar quando a mãe adoeceu. A essa altura, ele já tinha 14 anos, e ela percebeu o que estava acontecendo. O médico examinou o coração dele e a mentira foi descoberta. Mas já era tarde demais... O estrago estava feito.

— Mas ele ainda vê a mãe. Eu me lembro que vocês a visitaram no último Natal.

— É verdade. É a única ocasião em que ele a vê: uma visita de uma hora na véspera do Natal. Ele entra em depressão uma semana antes e é terrível comigo, muito tenso e irritado. Como você sabe, ela agora bebe, por isso nós vamos cedo. Ela entra numa onda de culpa, diz que era a "melhor mãe do mundo". A visita é sempre um pesadelo; ela não consegue nem lembrar o nome de Ellie. Acho que já contei que no ano passado ela revelou que o pai de Alex era gay.

Jeanie confirmou, rindo.

— Eu me lembro. Talvez vocês nunca venham a saber se ele era mesmo gay ou não.

— Exatamente. Alex não acreditou porque ela sempre o envenenou contra o pai.

— E a terapia?

Chanty balançou a cabeça.

— Ele fez duas sessões, mas se recusou a continuar, dizendo que o tratamento poderia ter consequências ruins para o trabalho.

— Aquela velha história. Embora talvez ele tenha razão. O talento de um artista em parte é uma habilidade aprendida, mas depende muito de suas emoções. — Jeanie acariciou a mão da filha. — Por que não se casou com um neurocirurgião, querida?

— Você acredita na sanidade mental dessas pessoas? Alguém cuja zona de conforto é fazer buracos no crânio das pessoas e ficar fuçando a parte do corpo que nos faz funcionar? Quem *ousaria* acreditar nisso?

— É, talvez não. Que tal um paisagista então? Ou quem sabe um marceneiro? Há evidências de que eles são confiáveis.

O garçom estava ao lado da mesa, com seu bloco, sorrindo pacientemente enquanto elas tentavam controlar o riso. Chanty pediu frango, e Jeanie, o salmão com lentilhas.

— Falando sério, talvez você precise de ajuda profissional.

— Do tipo terapia de casal? — Chanty balançou a cabeça. — Sem chance.

— Não, eu quis dizer para conseguir que Alex volte para a terapia. Porque você tem razão. O que ele fez foi muito sério; ele agiu sem mais nem menos, por capricho. E precisa de ajuda.

Jeanie viu o cansaço nos olhos da filha.

— Você tem razão — concordou Chanty, suspirando. — Eu sempre acho que vou conseguir torná-lo uma pessoa melhor e que, se o amar o bastante, ele vai ficar bem. — Ela olhou para a mãe em busca de confirmação.

— Amá-lo é bom, mas isso não vai fazer com que ele mude, Chanty. Nunca faz. Ele precisa fazer isso sozinho.

— E você acredita que ele pode conseguir?

Jeanie deu de ombros.

— Ele tem muito a perder se não conseguir.

Somente quando o chá de hortelã chegou à mesa, Chanty colocou as mãos abertas sobre a toalha de linho branco, em um gesto tão igual ao do pai que ficou claro que o assunto era grave. Ambas já estavam um pouco altas, e Jeanie sentiu-se tranquila diante do que a filha estava prestes a dizer.

— Foi ótimo, mãe. Obrigada por me ouvir. Só mais uma coisa...

Jeanie não fugiu do olhar da filha.

— Claro.

— Diga que você não está tendo um caso com Ray.

Relembrando a situação, Jeanie soube que poderia ter mentido. Afinal, o que é um caso? Ela não dormira com Ray. Chanty estava tão preocupada com a própria vida que, na verdade, não queria ouvir a resposta para aquela pergunta quase casual. Ela mal estava ouvindo quando perguntou. Mas Jeanie corou. A consciência de seus sentimentos por Ray era tão forte, tão à flor da pele, que era quase como se ele estivesse ali, ao seu lado. Por um momento, ela hesitou. Foi inevitável. E, nessa hora, viu a expressão de Chanty se transformar de distraída para chocada. E soube que era tarde demais para mentir.

— Mãe? — A palavra foi como o tiro de uma pistola.

Jeanie não sabia como responder.

— Meu Deus, você está! Você está tendo um caso.

— Não estou tendo um caso — conseguiu dizer por fim, mas sabia que não estava convencendo.

— Não acredito em você. — O rosto da filha parecia fixado naquele primeiro instante de choque.

— Não vou dizer que não sinto nada por ele.

"Como era difícil", pensou, embora tivesse imaginado a cena um milhão de vezes.

— Mãe, é muito simples. Você está tendo um relacionamento sexual com Ray? — Chanty estava debruçada sobre a mesa, com os olhos azuis arregalados e penetrantes.

— Não fiz sexo com ele, se é isso o que você quer saber.

Aquilo pareceu aliviar a preocupação de Chanty por um instante.

— Ah, graças a Deus. — Ela pensou um pouco. — Não foi isso que eu perguntei.

Jeanie sabia, mas não estava preparada, mesmo em prol da sinceridade, para detalhar a intimidade preciosa que se desenvolvera entre ela e Ray.

— Não. Bem, não é só sexo. Não dá para explicar, mas não é. — Jeanie nunca havia imaginado que isso seria tão difícil. Como podia explicar que o prazer que sentia na companhia de Ray e as risadas que eles compartilhavam eram tão importantes quanto os beijos?

— Você não vai abandonar o papai, vai? Mãe, você não pode fazer isso.

— Não sei o que vou fazer — respondeu Jeanie, o que era a pura verdade.

Chanty limitou-se a fitá-la à luz da vela, e Jeanie observou como a filha era bonita, com as maçãs do rosto salientes e os olhos claros. Tão forte, tão honesta e sincera, mas cercada de gente depressiva e dissimulada. Até o sempre honesto George parecia ocultar algum segredo desagradável.

Chanty balançou a cabeça em desespero.

— Como assim você não sabe?

— Exatamente assim. É difícil. Eu tenho uma ligação muito forte com Ray. Nós...

— Pode parar por aí. Não quero ouvir mais nada. Você precisa terminar esse caso imediatamente. — Chanty esperou a mãe concordar, mas, como isso não aconteceu, continuou, aflita. — Mãe, papai não merece isso. Ele é o melhor marido que qualquer mulher poderia ter. Vocês se amam; eu sei que se amam. Pense nisso. Você nem conhece esse homem.

— Eu o conheço, sim.

— Como você pode conhecê-lo? Isso tem o quê? Uns meses no máximo? E você diz que nem fizeram sexo? Quão importante isso pode ser? Você passou a vida inteira casada com papai.

— Não é isso.

— O que é então? Não posso acreditar. Você tem 60 anos, mãe, não tem 16. Não pode estar pensando em abandonar um casamento maravilhoso por... o quê? Um pouco de... Chame do que quiser, mas só pode ser sexo. — A última palavra saiu como se estivesse presa na garganta. — É repugnante.

Jeanie viu a filha tremer de indignação. O jardim tinha se esvaziado; só havia uma mesa ocupada, do lado oposto, com quatro homens de cerca de 50 anos, provavelmente italianos, com rostos vermelhos brilhando à luz das velas e risadas barulhentas que abafavam a conversa acalorada entre mãe e filha.

— Papai sabe?

— Claro que não.

— E você acha que está tudo bem?

— Não, claro que não acho que está tudo bem. — Jeanie estava cansada e sentiu-se afundar numa estranha apatia. Não era justo esperar que Chanty entendesse ou aceitasse sua posição. Dizer a verdade à filha não aliviaria sua culpa e a faria trair George ainda mais.

— Mãe... — Chanty decidiu atacar por outro prisma, e Jeanie viu o esforço que ela fazia para substituir a raiva pela razão. — Não quero parecer engraçada, mas você está velha. Tem uma ótima aparência, claro, mas o fato é que, na sua idade, as pessoas são mais vulneráveis. Esse homem só está atrás de uma coisa. Se você seguir esse caminho e desistir do papai e do seu casamento, como vai estar daqui a dois anos? Rejeitada, velha e sozinha. Isso é horrível.

— De fato, é horrível. — Jeanie quis dizer que, se estivesse apenas atrás de sexo, Ray poderia ter escolhido entre centenas, talvez milhares de mulheres com metade da sua idade

— Não brinque, mãe.

Jeanie levou a repreensão a sério

— Desculpe, querida. Sinto muito deixá-la angustiada, acredite. Mas nunca imaginei que isso fosse acontecer.

Chanty reagiu, bufando com cinismo.

— Eu sei que parece um clichê — continuou Jeanie —, mas realmente lamento por você ter descoberto.

— Lamenta por eu ter descoberto mas não lamenta por ter acontecido?

— Não — respondeu Jeanie com firmeza.

— "Não?" Mãe! Como pode ser tão insensível? Você não é assim. Sempre foi uma pessoa honesta e íntegra. Sabe o quanto eu a admiro, mas... — Chanty soltou um longo e triste suspiro. — Você tem ideia do que isso pode causar ao papai? Não é para menos que você não queira se mudar para o campo.

— Isso não tem nada a ver com a mudança. Seu pai já tinha decidido.

Jeanie ficou em silêncio, e Chanty recomeçou.

— Você precisa terminar isso, mãe. Sabe disso, não é? Termine agora e papai não precisará saber. Não vou contar a ninguém, nem mesmo a Alex. Especialmente a Alex.

O tom de voz da filha dava a entender que ela estava oferecendo a Jeanie um passe livre para sair da prisão.

— Eu não posso — disse Jeanie simplesmente.

Chanty virou-se para o outro lado com os dentes trincados. Sua ira era compreensível. Ela e o pai eram muito próximos, e Jeanie sabia que se George fosse infiel, Chanty o trataria com a mesma ira e teria o mesmo desgosto.

— Então o que você *vai* fazer?

Jeanie inclinou a cabeça, sentindo-se como uma estudante rebelde.

— Chanty, eu já disse que não sei. Claro que sei o que devo fazer, mas não é tão simples assim.

— É perfeitamente simples. Eu explico. Você termina esse caso com Ray e vai para o campo com o papai. Fim de papo. — Ela pegou a bolsa no chão, muito irritada, sinalizando o fim da discussão. — E tem mais: se eu descobrir que você não terminou com ele, vou contar ao papai. Por mais que o faça sofrer, não posso vê-lo ser enganado. Como eu poderia encarar meu pai sabendo a verdade?

Jeanie sabia que Chanty faria exatamente aquilo e compreendia suas razões. A maioria dos filhos faria qualquer coisa em seu poder para manter os pais unidos, mas, nesse caso, Jeanie sabia que não era puramente por egoísmo nem para manter o *status quo*. Chanty estava convencida de que a mãe estava sendo enganada.

— Eu mesma vou contar a ele — afirmou Jeanie, serena, e imediatamente viu a preocupação nos olhos da filha.

— Não é preciso contar ao papai se você for terminar isso de uma vez por todas. Se nunca mais vir ou falar com esse homem. Se agir assim, não tem sentido contar ao papai. Seria cruel. — Chanty encarou a mãe com um olhar duro, esperando a afirmação que Jeanie não podia dar. Como ela poderia olhar nos olhos da filha e dizer que nunca mais falaria com Ray?

— Não me ameace, querida. Não vai adiantar.

E a filha teve que se satisfazer com isso.

16

Jeanie estava sentada em um banco, no centro da Pond Square, a apenas cem metros da porta de sua casa. O lugar estava calmo e escuro. Era meia-noite e meia; os restaurantes que margeavam um dos lados da praça estavam fechados ou fechando, os sacos de lixo na calçada, os garçons recolhendo os quadros com o cardápio do dia. Casais conversavam em voz baixa; um homem ao celular andava de um lado para outro em frente ao ponto de ônibus na esquina com a rua principal, claramente discordando da pessoa com quem falava. Fazia frio, mas já não trovejava. O coração de Jeanie parecia ter crescido em seu peito e adquirido duas vezes o tamanho normal, pois batia como um tambor enquanto ela tentava recuperar o fôlego.

— Sou eu — sussurrou ela ao celular.

— Onde você está?

— Na Pond Square, sentada em um banco.

— Venha para cá.

— Não posso. Ray, jantei com Chanty essa noite. Ela sabe. E ameaçou contar a George se eu continuar com você.

Jeanie ouviu a respiração suave do outro lado.

— E o que pretende fazer?

— Não tenho muita escolha. Vou contar a ele. Isso precisa vir de mim.

— Contar a ele o quê, Jeanie?

— Contar que me apaixonei por você. — Jeanie já não se preocupava com rótulos, nem com saber se era correspondida em seus sentimentos, nem com a reação de Ray. Somente contar a verdade importava naquele momento, contar a Ray a sua verdade, qualquer que fosse o resultado. Era como um exercício de limpeza, de purificação. Seu coração começou a se apaziguar enquanto ela aguardava a reação de Ray.

— Jeanie, tem certeza de que é uma boa ideia?

— Eu me apaixonar por você? Não, provavelmente não, mas foi o que aconteceu. — Ela mesma notou o tom despreocupado em sua risada.

— Não foi isso que eu quis dizer — disse Ray, às gargalhadas. — Eu me referia a você contar ao seu marido.

Jeanie percebeu que contar a Ray não bastava. Precisava que ele fizesse algum comentário sobre suas palavras.

— Que escolha eu tenho? — perguntou.

— Chanty faria isso mesmo?

— Ah, sim, você não conhece minha filha. Ela é patologicamente sincera.

— Como você acha que ele vai reagir?

— Nada bem, obviamente.

Apesar da discussão com Chanty, Jeanie não podia se imaginar contando a verdade a George.

— Pense bem, Jeanie. Que resultado você espera?

Jeanie desviou os pensamentos do marido e retornou à conversa.

— Resultado?

— Sim, o que você imagina que pode acontecer depois? Precisa pensar nisso.

Não havia "depois".

— Tenho certeza de que você pode persuadir sua filha a não contar.

— E depois o quê?

Ouviu-se um suspiro do outro lado da linha.

— Não posso dizer o que deve fazer, Jeanie.

— Quem dera que alguém pudesse.

— Não sei se isso ajuda — Jeanie o ouviu murmurar —, mas também estou apaixonado por você.

— Pode abrir um pouco mais a boca?

Jeanie estendeu o maxilar e sentiu uma dor subir pela lateral da face.

— Não consigo mais do que isso — informou o mais claramente possível com um chumaço de algodão na parte interna da bochecha e o maxilar estendido até o limite. Logo sentiu o conhecido odor da anestesia local.

— Agora uma leve picada. Não se mexa — murmurou o dentista antes de introduzir a agulha na parte posterior da gengiva de Jeanie. Doeu, mas ela não se importou. Havia 12 horas que Ray lhe fizera uma declaração de amor, e o dentista poderia arrancar todos os seus dentes, inclusive o implante, que ela mal se queixaria.

Jeanie não contara a George. Regozijava-se com as palavras de Ray e mantinha todas elas para si, distantes do furor que provocariam ao se tornarem públicas. Dera-se de presente esse dia.

— Morde. Muito bem. De novo. — O dentista fez o movimento de uma mordida para exemplificar. — O que sente?

— Não sinto nada.

O dentista mostrou-se paciente.

— Não sente que aquele dente está alto? Morde outra vez.

Jeanie mordeu.

— Está bom.

— Cuidado para não beber algo quente nas próximas duas horas — disse o dentista. — Para não se queimar — acrescentou ao ver o olhar de espanto de Jeanie.

Saindo do consultório, Jeanie foi para a loja. Jola teve pena dela.

— Cuidei dos dentes na Polônia. Dói muito! Se quer ir para casa, fico sozinha.

Ir para casa era a última coisa que Jeanie queria. George estaria no escritório, ocupado com os relógios, sem saber da arma apontada para seu coração. Agora, toda vez que o via, ou quando ele sorria ou a chamava de "minha velha", seu coração se contraía, envergonhado.

— Estou bem. Foi só uma obturação — assegurou Jeanie, batendo o dedo cautelosamente na bochecha para checar se a dormência diminuía.

— O homem veio e perguntou por você.

— Que homem?

— Ele veio com o menino pequeno, menino bonito. Você não estava aqui.

— Dylan... — disse Jeanie, sem pensar.

— Disse que você não demora, mas ele não espera. Pediu para telefonar.

— Não estou conseguindo falar direito.

— Venha mesmo assim — pediu Ray.

Depois de fechar a loja, Jeanie foi ao encontro dele no café do parque. O hábito de se preocupar com que alguém os visse juntos já não parecia relevante.

— Como nos velhos tempos — disse ele, balançando o saquinho de chá dentro da xícara.

— Podemos fugir? Poderíamos ir para o Rio ou para algum outro lugar que não tenha tratado de extradição. Eu poderia comprar uma lanchonete em frente à praia e servir salsichas inglesas e Marmite. Parece que as praias são lindas. Você poderia dar aulas de *aikido* aos brasileiros. Nós beberíamos rum, ou o que quer que eles bebam por lá, e seríamos felizes.

— Caipirinhas. Elas são de matar, mas você morre feliz. — Ray deu uma risada. — Então vamos!

Eles ficaram em silêncio.

— Não diga nada. — Ray cobriu os lábios de Jeanie com a mão, e ela a tomou entre as suas. — Eu queria ver você mais uma vez antes... — continuou ele, hesitante — antes da catástrofe.

— Você fala como se fosse o fim.

— George? — Jeanie o chamou ao pé da escada. Nenhuma resposta. Ela subiu ao segundo andar e bateu na porta do escritório.

— Entra.

Ele estava sentado em seu lugar; a superfície de madeira da mesa estava cheia de peças complicadas de mecanismos de relógios. O que ele consertava naquele momento tinha uma bonita caixa *art déco* em mármore liso acinzentado.

— Olá, querida, em que posso ajudá-la? — George afastou a lente de aumento, segurou-a na palma da mão, puxou os óculos que estavam no topo da cabeça e virou-se para cumprimentá-la.

— Você está bem? Parece preocupada.

— George, podemos conversar?

Ela o observou levantar-se e esticar os membros compridos, elevando as mãos acima da cabeça e bocejando. George examinou um entre os vinte e muitos mostradores de relógio à sua disposição.

— Uau, essa é a hora certa? Eu pretendia cuidar da magnólia no jardim esta tarde. — George segurou os ombros de Jeanie, girou-a delicadamente e levou-a em direção à porta. — Vamos pegar uma taça de vinho e sentar lá fora. Está um lindo fim de tarde.

A mão de Jeanie tremia quando ela pegou a taça de vinho branco gelado que George oferecia.

— Agora me diga o que você quer. — Ele tomou um gole sem pressa e se recostou na cadeira do jardim com uma expressão de puro prazer. — Espero que não seja mais uma das suas reclamações bobas sobre nossa ida para o campo — acrescentou com olhos travessos, tão iguais aos de Ellie.

Contrastando com ele, Jeanie estava empertigada na cadeira e segurava o vinho longe do corpo, como se fosse uma distração não desejada. O que estava prestes a falar era tão distante de qualquer coisa que jamais poderia se imaginar dizendo que quase chegou a rir, tão implausível era a situação.

— George, não é fácil contar isso a você, mas eu me apaixonei por outra pessoa.

Pronto, está dito.

Por um instante, Jeanie pensou que ele não ouvira ou que talvez ela não tivesse falado, afinal. O sol não havia caído do céu, e George continuava ali, sentado, como se nada tivesse acontecido. Passado algum tempo, ele olhou para ela.

— O que você disse?

Jeanie apoiou a taça na mesa, temendo que ela pudesse cair no chão de pedra da varanda. Parecia muito importante não deixar isso acontecer.

— Conheci um homem há poucos meses e ficamos muito próximos. — Mesmo aos seus ouvidos, pareceu uma fala acanhada, como se extraída de algum melodrama romântico banal.

George endireitou-se na cadeira.

— Jeanie, não seja ridícula. Você não pode amar outra pessoa. Isso é... Bem, é ridículo. — Quando ela o encarou, ele continuou. — É uma piada, não é?

Jeanie viu a raiva de George crescer.

— Antes fosse, George.

Ele se levantou, colocou a taça na mesa com violência e a encarou.

— Pare com isso imediatamente.

Jeanie baixou os olhos.

— Quem é ele?

— O nome dele é Ray Allan. Eu o conheci no parquinho com Ellie.

— Não acredito em você — afirmou George, inflexível e decidido. Ele começou a se afastar, atravessou as portas francesas e entrou na cozinha.

— George, volta. — Jeanie correu atrás dele. — Aonde você vai?

Ele continuou andando em direção ao corredor.

— Não pretendo ouvir essa baboseira — murmurou ele.

— George! — Jeanie o alcançou, segurou-lhe o braço e o girou para que ele se virasse para ela. Ele tentou se soltar, mas ela foi mais forte. — Temos que conversar sobre isso.

George então a fitou nos olhos, e ela enxergou seu sofrimento.

— Eu não quero conversar sobre isso.

Mas Jeanie tinha passado dez anos cedendo à negação autoritária do marido, e isso não aconteceria mais.

— Não, George. Nós *vamos* conversar sobre isso. Nós precisamos. — Ela começou a puxá-lo para a cozinha e sentou-o numa cadeira. Do outro lado da mesa, observou as pálpebras de George tremerem sobre o olhar vazio.

— Não há nada a dizer. — Ele não a fitava, e começou a folhear a revista de relógios para a frente e para trás. Era o único som que se ouvia na cozinha, além do tique-taque dos relógios. Jeanie pegou a revista e lançou-a no outro canto da mesa.

— Então vai fingir que nada aconteceu?

— O que quer que eu faça? Que me mate? Que dê um tiro nele? — George fez uma pausa e ergueu as sobrancelhas. — Ou até que atire em você?

— Por favor!

Ele levantou-se e observou-a por um instante.

— Jeanie, eu não sei o que está acontecendo nem quero saber. Tenho certeza de que você resolverá tudo. Enquanto isso não acontecer, não vejo sentido em conversarmos sobre esse assunto. — Com essas palavras, George se virou e a abandonou ali.

No meio do caminho em direção à porta, ele parou e olhou para Jeanie, obviamente pronto a fazer uma pergunta ou comentário. Mas, o que quer que fosse, não conseguiu. Em vez disso, fez dois meneios bruscos de cabeça e seguiu seu caminho.

Jeanie continuou sentada na mesa da cozinha, paralisada, enquanto anoitecia. Mais uma vez, George se recusara a acreditar nela, negara seus sentimentos e a deixara no limbo, sem ser ouvida. Mas ele a *ouvira*, e ela sabia disso, pois vira nele seu sofrimento. Contudo, era como se nada tivesse mudado.

O barulho do celular a despertou.

— Mãe, sou eu. Está sozinha?

— Estou. George está lá em cima.

— Você ainda não contou ao papai, não é? — Antes que Jeanie pudesse falar, Chanty continuou. — Porque acho que isso o faria sofrer demais. Eu estava sendo egoísta. Você me deixou aturdida, e eu quis revidar, quis chantageá-la para que terminasse com Ray. Mas isso não é justo com papai, certo? Eu tinha bebido um pouco e estava irritada diante de tudo que você contou. Não fala com ele, mãe, por favor. Não estou perdoando o que você e Ray estão fazendo, mas, se é um capricho passageiro, então continue com ele e não estrague o que tem com papai.

Jeanie sentiu a respiração entrecortada de Chanty, como se ela estivesse subindo uma escada. Ao fundo, ouviu o som de um elevador e a filha dando boa-noite a alguém.

— Eu já contei, querida.

— Ah, não, a culpa é minha. O que ele disse?

— Primeiro, ele não acreditou. Depois se recusou a conversar. Como sempre. Ele disse que sabia que eu resolveria. Chanty, *não* é culpa sua. Nada do que aconteceu é culpa sua.

— Então você está dizendo que papai não ficou transtornado?

— Ele ficou muito chateado, claro, mas não admitiu provavelmente nem para si mesmo.

— Não diga a ele que eu sei, está bem? Ele odiaria isso.

— Não vou dizer.

— Você está com uma voz horrível... Parece mal.

— Estou mesmo, mas isso é coisa minha. Eu queria que ele conversasse, nem que fosse para dizer que me odeia.

— Espero que ele não a odeie. É melhor eu desligar. Estou no metrô. Falo com você mais tarde. Tchau, mãe. Manda um beijo para o papai.

Jeanie aguardou, com a esperança de ver George novamente. Depois entendeu que ele tinha razão: não havia nada para conversar. O que esperava que ele dissesse? Fazer perguntas estranhas sobre detalhes — como, por que e onde — não era seu estilo. Ela então foi para a cama, apesar de ainda não passar das dez da noite, e tentou ler um romance que Rita havia lhe emprestado. Era um épico passado na Índia, mas havia personagens demais para sua mente cansada. Voltava a todo instante ao início, e logo desistiu, desligou a luz e caiu em um sono exausto.

No meio da noite, um som estranho a acordou. Era quase semelhante a um miado, uma espécie de choro reprimido, e vinha do outro lado da cama. Ela ficou paralisada; sua mente girava diante das possibilidades. Muito lentamente, ela tirou a mão esquerda de baixo do edredom e encontrou o interruptor do abajur. Quando acendeu a luz, viu que ali, deitado e enroscado em posição fetal do outro lado da cama, perto da beirada, estava seu marido.

— George? — Horrorizada, Jeanie estendeu a mão e o tocou, mas ele parecia catatônico, com o corpo rígido firmemente enroscado; seu choro quase mecânico sequer parecia consciente. Ele estava indiferente ao seu toque, com as mãos apertadas junto ao peito e os olhos cerrados no rosto branco e tenso. Com o coração acelerado, ela reagiu sem pânico, como seu treinamento lhe ensinara muito tempo atrás, rapidamente embrulhando-o em seu edredom e puxando o corpo encolhido para o meio da cama. — George, querido... — Jeanie aproximou-se dele, aninhando-o nos braços e balançando-o como se fosse uma criança. — Está tudo bem. Vamos, abra os olhos... Abra os olhos, George.

Ela gentilmente afastou o cabelo dele da testa suada, como costumava fazer com Ellie, acariciando-lhe o rosto e o corpo com firmeza e repetindo sem parar qualquer palavra que pudesse tirá-lo daquele estado. Com o tempo, ele começou a se mexer e o choramingo parou, mas, quando tentou desenroscar-se da posição em que estava, começou a tremer descontroladamente.

Ao abrir os olhos, seu olhar era vazio e incompreensível.

— Jeanie, me ajuda... Estou com muito frio... O que está acontecendo comigo?

— Você vai ficar bem. Você entrou em estado de choque. — Jeanie começou a movê-lo lentamente para que ficasse apoiado nos travesseiros, e embrulhou-o ainda mais no edredom. — Está sentindo alguma dor?

— Não, nenhuma. Por que estou tremendo? Não consigo me controlar. Estou com medo, Jeanie.

Após algum tempo, o tremor arrefeceu, e a cor voltou ao rosto de George.

— Como eu vim parar aqui? — continuou ele. Sua voz era fraca, e a respiração, intensa.

— Não sei. Um barulho me acordou e vi que era você. Você não parecia consciente. Deve ter entrado em estado de choque.

— Choque? — George olhou para Jeanie, confuso. — Por que eu entraria em estado de choque?

Jeanie começou a se preocupar. "Por favor", pensou, "não me obrigue a repetir tudo". Ela não respondeu e se limitou a abraçá-lo. Ele pareceu adormecer um pouco, com a cabeça afundada no peito. De repente, ali, sem os óculos, ele pareceu velho, indefeso e vulnerável.

Com o coração cheio de culpa, Jeanie esperou que ele acordasse. Fazia alguns meses que seus sentimentos por Ray tinham transformado tudo o que George dizia ou fazia em algo sem importância e irreal. No entanto, agora, em seus braços, ele estava intensamente presente, e seu rosto era quase tão familiar para ela quanto o seu próprio.

Jeanie deixou o marido em sua cama e desceu para preparar um chá. Fazia meia hora que ele acordara e, apesar da aparência de cansaço e fraqueza, já estava fisicamente recuperado. Ela tinha ido ao quarto dele para buscar seus óculos ainda dobrados ao lado da cama desfeita, perguntando-se que processos mentais o levaram a se deitar, choramingando, ao seu lado. Jeanie nunca vira George chorar, nem uma vez sequer nos 35 anos de relacionamento.

"Jeanie, precisamos conversar" foram as primeiras palavras de George ao acordar, como se ele tivesse adormecido no meio de uma conversa e quisesse retomá-la do ponto em que a interrompera.

Jeanie tinha consciência de que, ocupando-se com o chá, estava atrasando o inevitável, mas dormira pouco naquela noite e não se sentia forte o bastante para ouvir o que George tinha a dizer.

Jeanie sentou-se à mesa da cozinha para reunir forças. Eram seis e vinte de uma radiante manhã de verão, que, em outras circunstâncias, ela teria apreciado. Finalmente, voltou para o quarto.

— Obrigado. — George aceitou o chá numa atitude quase formal. — Jeanie, eu preciso contar uma coisa a você.

— George, desculpe, eu me sinto responsável pelo que aconteceu. Você ficou em um estado horrível e sei que foi minha culpa, mas vamos deixar isso para outra hora, quando você estiver mais forte para conversar.

Ele balançou a cabeça com firmeza.

— Isso não pode esperar. Não é sobre você. Por favor, quero que me ouça, do contrário a coragem pode me abandonar.

Jeanie o fitou sem entender, mas a expressão de George se manteve impassível enquanto ele aguardava que ela sentasse.

— Não é culpa sua. Eu a decepcionei muito porque fui um covarde. — Ele estava sentado e abraçava as pernas junto ao peito de modo infantil, uma posição em que ele nunca era visto. Por trás dos óculos, os olhos abatidos estavam sérios. Enquanto observava o rosto do marido, Jeanie percebeu que George nunca parecera jovem, mesmo quando rapaz. Controlado e responsável em tudo o que fazia, ele sempre parecia confinado em si mesmo, afastado de Jeanie e do mundo. Agora seu olhar era resoluto; não havia mais sinal de medo.

— Jeanie. — Seus olhos encontraram a expressão intrigada da esposa. — Não existe maneira fácil de contar isso, nem uma forma de tornar o que vou dizer mais palatável para você ou para mim. — Jeanie o observou respirar fundo e percebeu que ouvia as batidas fortes de seu próprio coração, como se ela compartilhasse esse medo ainda anônimo. — Eu sofri abusos na infância. Foi um amigo do meu pai, Stephen Acland, aquele que me levava para a casa dele nas férias escolares, quando eu não viajava para encontrar meu pai onde quer que estivesse servindo como diplomata. — As palavras ensaiadas saíram precipitadas.

Jeanie olhou fixo para ele.

— Você foi abusado sexualmente?

George confirmou com um gesto de cabeça.

— Mas você foi para a casa dele durante anos... — prosseguiu Jeanie.

— E ele abusou de mim durante anos. Dos 10 aos 14. — O rosto de George se contorceu, mostrando um ódio reprimido por muito tempo.

— Deus! Por que não me contou, George? Durante todos esses anos, você guardou esse segredo terrível e achou que não podia me contar? — Jeanie pensou por um instante. — Mas você dizia que ele era maravilhoso com você e que ele era muito inteligente, culto, engraçado...

George concordou novamente.

— Ah, ele era, sim. Ele me ensinou muita coisa. Jeanie, a culpa foi minha. Eu permiti. Quando ele me pedia, eu ia ao escritório depois do jantar. E ele me ensinava xadrez.

Jeanie bufou, irritada; seu coração pulava no peito.

— Ah! É esse nome que ele dava? O desgraçado. — Ela fulminou o marido com o olhar. — George, abuso é abuso, e a culpa é do criminoso. Isso é terrível! É terrível ter acontecido e é ainda pior você ter achado que não podia me contar. Que reação você imaginou que eu teria?

George deu de ombros.

— Eu tinha muita vergonha. Não queria que você pensasse que eu era gay. Eu não sou gay.

— Eu não disse que era.

— E achei que você me desprezaria e sentiria repugnância. Eu sempre achei que a culpa era minha e que você pensaria o mesmo. Eu não poderia contar aos meus pais; eles jamais teriam acreditado. Stephen tinha sido colega de papai na artilharia do Exército. Eles serviram juntos em Burma e no cerco de Malta. Stephen era um herói de guerra; ele recebeu a Ordem de Serviços Distintos por salvar três homens em um tanque em chamas no norte da África. Meu pai achou que ele seria um bom exemplo para mim.

— E a mulher dele?

— Tenho certeza de que Caroline não sabia. Os tempos eram outros, Jeanie. Hoje em dia, fala-se nisso o tempo todo, e basta você conversar com uma criança para ser acusado de abuso, mas as pessoas eram mais inocentes na década de 1950. Alguém como Caroline mal saberia do que se tratava, sequer suspeitaria de que o marido me sodomizava no escritório depois do jantar. A casa era grande, e ela nunca o incomodava no escritório. Com certeza enfiava-se na cama com creme no rosto e um bom romance da biblioteca Boots.

Jeanie sorriu.

— Eu tinha me esquecido da biblioteca Boots. — Ela balançou a cabeça. — Desculpe. Todo esse tempo... Quantos anos? Cinquenta? E você nunca contou a ninguém. Não sei o que dizer, exceto que lamento por você não ter me contado.

Ambos ficaram em silêncio por algum tempo.

— E então o que aconteceu? Quando terminou? Vocês se encontraram depois?

George esticou as pernas e piscou algumas vezes.

— Terminou quando papai morreu. Eu tinha 14 anos e já estava morando em Sherborne. Minha mãe voltou para a Inglaterra e foi morar na nossa casa em Dorset.

— Mas você ainda o encontrava? Se ele era tão amigo do seu pai...

— Eles se mudaram para a África do Sul. Talvez minha mãe tenha encontrado com eles em suas viagens, mas as pessoas não viajavam tanto de avião. De qualquer modo, como você sabe, minha mãe era a mulher mais antissocial do planeta. Todos diziam que era uma piada ela ter se casado com um embaixador.

Jeanie gostava de Imogen. Era uma mulher atraente no seu jeito calmo, suave e meio indefinido. Sua alegria era estar sozinha e cuidar de seu lindo jardim. Fazia quase 15 anos que ela morrera por complicações decorrentes de uma queda; George sofrera muito com a perda da mãe.

— Você chegou a contar a ela?

George deu uma risada triste.

— Você pode imaginar uma coisa dessas? De qualquer modo, mesmo que ela acreditasse, de que adiantaria? Ela ficaria arrasada.

— Acho que sim. Mas poderia ter me contado. Não confiava em mim?

George se aproximou dela e segurou sua mão.

— Não era uma questão de confiança. Eu achava que a perderia.

— Perderia? Você achou que eu deixaria de amá-lo por ter sido vítima de abusos? Isso é ridículo.

— Para você, pode parecer que sim, e talvez também me pareça uma estupidez agora, mas naquela época ainda era algo muito forte para mim. Eu pensava muito nisso, todos os dias da minha vida, e achava que você odiaria saber, que seria levada a pensar nessas coisas também, em mim e nele... Mas o principal era a vergonha que eu sentia. Aliás, ainda sinto.

Jeanie foi tomada por tamanha fúria que sua vontade era bater em alguma coisa. Ela se levantou e caminhou pelo quarto, sem saber o que fazer com suas emoções.

— Você era tão pequeno. Tinha apenas 10 anos. Como pôde lidar com tudo sozinho? Mal sabia o que estava acontecendo.

— Ele transformou aquilo em um jogo.

— Que patife depravado e doente! — Jeanie não conseguia lidar com a imagem de um menino no escritório, vulnerável, sem o conhecimento e o apoio necessários para rejeitar a manipulação daquele homem em busca de um prazer casual.

— Está vendo? — George a observava. — Não preferia não saber?

Jeanie aproximou-se da cama e o abraçou com força.

— A questão não é essa.

17

Deitada na banheira, Jeanie observava a água quente tocar seus seios. Uma imagem se repetia na sua cabeça. Vira uma fotografia de George mais ou menos nessa idade, usando o uniforme escolar: um menino alto, magro, desengonçado e tímido, engolido por um blazer que ele poderia usar durante anos. E George convivera com isso todos os dias, sozinho. Jeanie quis chorar por ele, por sua infância roubada, e por si mesma, pois os tentáculos do crime abominável de Stephen Acland terminaram por corroer seu casamento. George finalmente explicara o que tinha acontecido naquele dia, mais de dez anos atrás, quando ele a rejeitara e se isolara no quarto de hóspedes.

— Eu estava almoçando com Simon em Primrose Hill — contara ele. Jeanie pôde ver que até narrar a história era desgastante para George, mas também percebia seu desespero para tirar aquilo do peito. — E, de repente, ouvi uma voz em outra mesa. Logo soube que era Acland; ele tinha uma maneira de falar peculiar, muito rápida e fluente, sempre em um tom alto, como se soubesse que tinha algo interessante a dizer, e com traços de sua infância na África do Sul em algumas vogais. Era inconfundível. Devo ter ficado pálido, pois Simon perguntou se eu me sentia bem. Fingi que estava enjoado e fui ao banheiro. Acland me seguiu. Ele já devia ter seus 70 e poucos anos, mas para mim não tinha mudado. Eu realmente pensei que vomitaria. Ele me encontrou na porta do banheiro masculino e agiu como se nada jamais tivesse acontecido. Perguntou como eu estava e disse que era ótimo me ver depois de tanto tempo. Contou que Caroline tinha morrido no ano anterior e que sentia muito a falta dela. Não falei nada, não consegui. Depois, Simon, preocupado comigo, chegou, e Acland, descarado como sempre, contou a ele sobre o tempo maravilhoso que passamos juntos quando eu era menino e o quanto minhas visitas à sua casa foram importantes para ele. Ele disse: "Você e eu éramos amigos muito especiais, não é, George?" Ele usou essas palavras, Jeanie: "amigos especiais". Você acredita na coragem daquele homem? Na audácia dele? Quando ele me viu ali, encolhido e branco, percebeu que eu não tinha contado a ninguém e que jamais contaria.

Jeanie abraçara George, ainda vestido em seu pijama azul-marinho depois do que pareceu ser a noite mais longa da sua vida. Ela sabia que não havia o que pudesse fazer para apagar essas memórias.

— Você pensava nele, no que ele fazia com você, quando estávamos na cama? Foi esse o problema? — Jeanie tivera que perguntar.

George havia assumido uma expressão atormentada.

— Sim e não. Eu gostaria de poder dizer que não, de modo algum, mas não posso. Sei que é horrível até pensar nessa possibilidade. Com o passar dos anos, consegui afastar a lembrança para um canto da mente e aprendi a mais ou menos reprimi-la. Às vezes, a lembrança me assaltava, e eu me via de volta àquele lugar, como se ainda tivesse 10, 11 anos. Na maior parte do tempo, conseguia viver razoavelmente bem, mas vê-lo naquele dia me liquidou. Achei que poderia evitar esses pensamentos para sempre, mas, naquela noite, quando você e eu estávamos na cama, ele estava bem ali, entre nós, com aquele sorriso convencido. Entrei em pânico e fugi. Eu devia ter contado a você. Teria sido muito melhor para nós, mas simplesmente não consegui.

— Você deveria conversar com um advogado e processar o canalha. Deveria ao menos ver um terapeuta.

George tinha balançado a cabeça.

— Não, por favor, não. Não posso contar a ninguém, nunca. Por favor, não conte a Chanty. Eu não suportaria — implorara ele. — É tão repulsivo. O que ela pensaria de mim?

Jeanie havia estremecido diante da ideia. Sabia que Chanty sentiria apenas uma enorme compaixão horrorizada por ele, mas nenhuma filha deveria lidar com uma revelação dessas sobre o próprio pai.

— É claro que cabe a você decidir a quem contar. Mas deveria ir a um terapeuta. Contar para mim não vai mudar nada. Você precisa resolver isso com um especialista; do contrário, isso, *ele*, vai assombrá-lo pelo resto da vida. Por favor, George, chega de segredos.

— Tem certeza de que ele não inventou tudo isso para impedir que você o abandone? — Rita guardou a raquete de tênis na bolsa e fechou o zíper. Jeanie jogara como nunca, lançando a bola com uma força incrível, descarregando em cada jogada um pouco da raiva pelo que Acland fizera ao seu marido.

Ela encarou a amiga.

— Você não pode estar falando sério.

— Ora — Rita demonstrou indiferença —, não seria a primeira vez que alguém se lembra de algo em um momento conveniente.

— Ele não "se lembrou", Rita. Ele nunca esqueceu. E me contou que pensou nisso todos os dias da vida dele.

— Está bem. Perguntei por perguntar, querida. Não me entenda mal. Não estou dizendo que não é horrível, caso seja verdade. Nenhuma tortura é ruim o suficiente para um pedófilo. Mas George não é tolo, é? Embora tenha fingido que não, ele sabe que você estava pensando em deixá-lo quando contou sobre Ray.

— Não posso deixá-lo agora.

— Então, funcionou.

— Rita, por favor, não seja tão cínica. Você não viu. Ele ficou em um estado horroroso. Tenho certeza de que não inventou aquilo.

— Você não pode ficar com ele por pena.

Jeanie não soube o que responder. De repente, sua amiga segurou seus braços e olhou para seu rosto.

— Jean Lawson, esta... é... a sua... vida — disse ela.

— E isso significa...

— Sabe exatamente o que isso significa. — Rita a soltou, balançando a cabeça como se estivesse desconcertada. — Você está dizendo que escolheu George ao homem do parque?

— Talvez o que eu sinta por Ray seja tolice. Chanty disse que, se eu terminar meu casamento, acabarei sozinha... e velha.

Rita bufou, pegou seus pertences e acompanhou Jeanie para fora da quadra.

— É óbvio que ela vai dizer isso. É sua filha e não quer que os pais sofram. Mas isso não significa que ela esteja certa, querida.

— Eu sei, mas você não viu George. Dava pena de tão vulnerável. Se eu o deixar agora, não sei se ele sobreviverá. — Ela se lembrou da figura do marido, encolhido e trêmulo.

— Sobreviverá, sim — afirmou Rita com firmeza. — As pessoas sobrevivem... George também.

Jeanie olhou para a amiga.

— Por que você quer tanto que eu largue George?

— Não quero que você faça nada. Mas sei como ficou quando conheceu Ray. Você voltou a viver. Odeio perdas e sinto que você está desperdiçando sua vida com George. Ele não é um homem ruim, mas vive superficialmente. Você sempre o arrasta pela vida, Jeanie, e deve ser cansativo.

Ela se sentia mesmo opressivamente cansada. E, ao baixar a guarda, percebeu que queria deixar George. A ideia já não significava perda; ao contrário, abria uma perspectiva de liberdade, uma vontade de viver, como respirar o ar fresco da manhã por uma janela aberta. Algo mudara. Talvez o fardo do segredo de George a tenha prendido a ele, e agora, ironicamente, quando ele mais precisava, ela finalmente estava livre. O pensamento, contudo, foi passageiro. A responsabilidade a amarrava de forma obstinada ao presente.

— Entendo o que você quer dizer, Rita.

— Mas não vai se arriscar?

— Como eu poderia? Abandonar George agora confirmaria o pior medo dele, de que ele me causa nojo. Não posso sequer pensar em Ray.

Rita parou de atormentá-la. Ela parecia triste.

— Quando pretende contar a Ray?

— Não sei — respondeu Jeanie, balançando a cabeça. — Só falei com ele antes de conversar com George. Ele deve ter percebido que algo aconteceu.

— Pobre homem, foi derrotado.

Jeanie fitou a amiga severamente.

— Você ainda acha que George está me manipulando, não é?

— Ele não é novo nesse jogo, Jeanie. Não esqueça que ele ficou muito feliz em mudar completamente o casamento de vocês há dez anos, sem nenhuma explicação, mesmo vendo o quanto você estava infeliz. Ele podia ter contado tudo naquela ocasião, mas esperou até o momento em que você estava prestes a largá-lo. Cheira a egoísmo, não?

— Não acho que essas coisas sejam controláveis. George me contou quando conseguiu fazer isso.

Rita ergueu as sobrancelhas.

— Escute, querida, faça o que tiver que fazer. Sempre vou apoiá-la plenamente, mas por favor, *por favor,* pense duas vezes antes de voltar à sua vida.

— Vou chegar tarde esta noite — avisou Jeanie. — Vou sair com Rita.

George lançou-lhe um olhar severo.

— Você esteve com ela ontem.

— Ela tem entradas para a nova peça de Tom Stoppard.

Era verdade, mas Rita não levaria Jeanie.

— Melhor você do que eu — murmurou George, retornando às suas palavras cruzadas e balançando uma torrada na outra mão.

— Vou direto da loja. Devo chegar tarde; Rita gosta de sair depois para jantar.

Jeanie sabia que deveria contar a George que encontraria Ray, mas, desde a noite anterior, começara a vê-lo por outro prisma, como se fosse uma planta de estufa que necessitasse de cuidados constantes. Ele estava frágil demais para lidar com a verdade.

— Divirta-se — disse George sem olhar para ela. Quando chegou à porta, Jeanie ouviu seu nome. — Hoje virão duas pessoas para ver a casa. Segundo o corretor, há muito interesse. — Como Jeanie não fez qualquer comentário, ele continuou: — É maravilhoso, Jeanie. Vai ser um novo começo para nós. Eu sei que podemos conseguir, você e eu. Chegamos até aqui e não foi de todo ruim. — George sorriu com satisfação; ela sorriu de volta.

— Eu nunca disse que foi ruim — replicou Jeanie. Era como se o colapso nervoso duas noites antes nunca tivesse acontecido, e a dor que ela testemunhara em seu rosto tivesse sido apenas um pesadelo. Ele não havia feito qualquer referência àquilo desde então, mas Jeanie não podia acreditar que alguém, até mesmo George, pudesse enterrar uma confissão tão importante quanto aquela uma segunda vez.

— Você está tremendo — comentou Ray carinhosamente.

Jeanie não sabia como tinha chegado ao apartamento dele. Descera a colina muito angustiada. Por mais que dissesse a si mesma que aquilo era o certo a fazer, no fundo parecia inteiramente errado. Quando se falaram ao telefone e Jeanie lhe contara sobre o abuso, Ray tinha se mantido em silêncio. Talvez ele soubesse o que aquilo significava para Jeanie.

— Ray... — Ela pretendia ser prática e eficiente, contando a verdade e contendo seus sentimentos. Porém, quando ele a tomou nos braços, o sofrimento das últimas semanas desapareceu, e Jeanie se viu encantada pelo cheiro dele, pela sensação do rosto dele contra o seu, o puro prazer de seu abraço.

— Não diga nada — pediu Ray, quando ela se afastou e começou a explicar. — Eu sei o que você precisa dizer, mas, por favor, não quero ouvir essas palavras. Não quero me lembrar delas.

Jeanie também não tinha vontade de pronunciá-las.

— Vamos simplesmente ter esta noite para nós — murmurou ele.

Duas taças e uma garrafa de vinho esperavam sobre a mesa de centro; as notas melancólicas de Chet Baker inundavam o ambiente. Ray tomou a mão de Jeanie e levou-a deliberadamente em direção ao quarto.

O quarto estava banhado pela luz suave do fim do dia. Quando Jeanie se sentou na cama, Ray ajoelhou-se diante dela. Beijou-lhe os lábios delicadamente e deslizou as alças da roupa de Jeanie pelos ombros, pelos seios nus e pelo corpo. Seu toque era suave, quase não encostava na pele, mas tão sensual e intenso que Jeanie mal conseguia respirar.

— Tem certeza de que quer isso, Jeanie? — perguntou ele com os olhos cheios de desejo.

Trêmula, Jeanie fez que sim. Então ele lhe deu um beijo ardente e pleno de uma paixão por muito tempo reprimida, igualada somente à dela. Eles desabaram na cama, buscando um ao outro e dando e recebendo carícias com as quais Jeanie mal ousara sonhar. O amor que fizeram foi além de qualquer coisa que ela havia imaginado.

Chet Baker já silenciara há muito tempo quando voltaram a falar.

— Que horas são? — perguntou Jeanie.

Ray checou o relógio na mesa de cabeceira.

— Tarde.

— É melhor eu ir. — As palavras pareciam ser de outra pessoa. Jeanie ouviu Ray suspirar ao seu lado, mas estava inebriada de prazer, com uma sensação tão poderosa e inesperada que mal conseguia se concentrar.

— Nós fazemos um bom time. — Ele riu e beijou o topo da cabeça de Jeanie. Então, continuou, num jeito travesso: — E agora que já teve o que queria, você vai se livrar de mim.

Ray se levantou. Jeanie o observou ir à sala e escolher na estante o disco *Kind of Blue*, de Miles Davis. Seu corpo nu era forte e compacto, porém ele andava com a leveza e a graça de um dançarino.

— Eu sei quem é Miles Davis — insistiu ela quando ele voltou para a cama e beijou-a, caçoando de sua ignorância musical. O jazz era mais lírico, mais leve do que o trompete de Baker, e, enquanto faziam amor, Jeanie sentiu a alegria de Ray por ela ter dito que conhecia sua escolha.

— Esse jazz é fácil. Você ainda não viu nada... Espere até ouvir alguma coisa da minha coleção mais pesada.

Lágrimas brotaram nos olhos de Jeanie quando se lembrou do motivo de sua vinda. Ela se sentou na cama, cobrindo os seios com o edredom.

— Não posso abandonar meu marido, Ray... Por favor, entenda. Não tem nada a ver com você, ou com meus sentimentos por você. Essa noite foi inesquecível; para mim, foi única. — Jeanie o fitou, enxugando as lágrimas e agarrando a mão de Ray com força, como se estivesse se afogando. — Se ele não tivesse me contado sobre o abuso, se...

— Shh, Jeanie... Por favor, não fale sobre isso.

— Mas eu preciso ir. Já passa das onze.

Mesmo assim, os dois não pareciam sequer remotamente inclinados a sair dali. Por mais meia hora, continuaram entrelaçados, amorosos e sonolentos, até ela se obrigar a levantar.

Com um suspiro, Jeanie deixou a cama e começou a reunir as roupas espalhadas.

— Vou levá-la para casa.

Eles caminharam em silêncio, as mãos entrelaçadas com força. A noite estava fresca e nublada. No topo da colina, Ray inclinou-se e a beijou carinhosamente.

— Querido coração, pensar em você/ É a dor ao meu lado/ A sombra que esfria minha visão/ Tenho medo de perdê-la/ Tenho medo do meu medo[1] — murmurou ele. — Se mudar de ideia, sabe onde me encontrar. — Apesar do tom deliberadamente casual, Jeanie viu nos olhos dele a desolação da perda, tão claramente refletida nos seus.

A casa estava silenciosa, exceto pelo insistente tique-taque dos muitos relógios. Enquanto Jeanie subia a escada para seu quarto, o relógio comprido que ficava no corredor soou, marcando o quarto de hora. Ela já não tinha vontade de chorar; só queria dormir para sempre. Sem acender a luz, apenas tirou as roupas enquanto caminhava em direção à cama, deitou-se sobre o lençol macio e fresco e cobriu-se com o edredom para se sentir aconchegada. Mas, ao se virar, soltou um grito. Ali, ao seu lado, estava George, em sono profundo.

---

[1]Tradução livre de um poema de John Cornford: Dear heart, the thought of you.../ Is the pain at my side/ The shadow that chills my view/ I am afraid to lose you/ I am afraid of my fear. (*N. do E.*)

— Olá, Jeanie — murmurou ele, sonolento, acordado pelo grito.

— O que está fazendo aqui? — Jeanie já estava acordada e furiosa.

George sentou-se à meia-luz que entrava pelas cortinas abertas.

— Desculpe se assustei você. Achei que estava na hora de recomeçar. Acabar com essa tolice de quartos separados.

Jeanie ficou confusa.

— Sem falar comigo?

— Você é minha mulher. Eu não deveria precisar da sua permissão para dormir na sua cama — replicou ele, irritado.

— Para começar, você não deveria ter saído dela — replicou Jeanie. — George, estou cansada. Por favor, volte para o seu quarto. Amanhã conversamos.

Será que ele adivinhou o que ela tinha feito? Será que ele poderia sentir?

— Está bem, se você insiste. Achei que podia ser uma boa surpresa.

— Com certeza foi uma surpresa — murmurou Jeanie.

— Você chegou muito tarde — comentou George, encarando-a, vestindo as calças do pijama ao lado da cama.

— Eu avisei que chegaria tarde. Rita detesta comer antes de ir ao teatro.

— Mas já é quase uma da manhã. — Os olhos de George continuavam a perscrutá-la.

— Vá para a sua cama, George. — Jeanie virou as costas para ele. Estava muito perto de dizer onde estivera.

Quando ele fechou a porta, ela se encolheu sob o edredom, irritada, pois a presença do marido a afastara muito brutalmente de Ray. Sentiu que seu santuário fora violado. Jogar limpo não era o ponto forte de George.

Na manhã seguinte, Chanty apareceu inesperadamente na loja.

— Olá, querida, que surpresa boa! Onde está Ellie?

— Ela está bem; está na creche. É quarta-feira.

— É?

— Tudo bem com você? Está com uma aparência cansada.

— Estou bem. Saí com Rita ontem à noite e voltamos tarde.

— Sei... — Chanty riu. — Espero que tenham se divertido. — Ela olhou ao redor para ver se Jola estava ouvindo, e, apesar de perceber que Jeanie estava sozinha na loja, baixou a voz. — Como vão as coisas com papai?

— Bem — mentiu Jeanie, com a revelação de George ainda em sua mente. Sabia que não podia compartilhar um segredo que não era só seu e percebeu, chocada, que agora vivia em um mundo repleto de segredos. Chanty, contudo, parecia feliz em aceitar a resposta.

— Isso é bom. Mãe, Alex e eu pensamos em convidar você e papai para jantarem conosco hoje. Não vemos vocês há tempos.

— Seria ótimo, querida. Por que não está trabalhando? — Jeanie achou que a filha tinha uma aparência extraordinariamente feliz.

— Vou para o trabalho agora. Tive que fazer algumas coisas de manhã. — Chanty pareceu hesitar. Depois debruçou-se sobre o balcão e beijou o rosto da mãe. — Esta noite então? Venham em torno das sete para verem Ellie. Se o tempo continuar bom, vamos fazer um churrasco.

Quando Chanty se foi, Jeanie sentou-se no banco que ficava atrás do caixa. Tivera pouco tempo para pensar sobre a noite anterior, mas o prazer que sentira com Ray, tão surpreendente e tão mágico, ainda envolvia seu corpo cansado, mesmo enquanto trabalhava, como um véu suave entre ela e o mundo. Ray a fizera renascer, e cada centímetro de seu corpo a lembrava desse fato. Recusava-se a contemplar a possibilidade de nunca mais experimentar essa sensação. Naquela manhã, George continuara o mesmo, sem demonstrar nenhum remorso por ter invadido seu território e fazendo um interrogatório completo sobre cada detalhe da noite anterior. Quando saiu para o trabalho, estava cansada de suas mentiras.

Naquela noite, Ellie correu pela sala para receber Jeanie; ela logo foi parar no colo da avó, jogando os bracinhos em torno do pescoço dela para abraçá-la. Saíra do banho havia pouco tempo; o cabelo estava molhado, e o rosto, rosado e limpo. Ela apontou, orgulhosa, para a blusa do pijama.

— Gin, olha, diz "sou anjinho". — Ela riu e se aninhou no corpo da avó. — Mmmm... Tava *espeando* você.

— Sua blusa está certa: você é um anjinho. — Jeanie enterrou o rosto no cabelo cheiroso da neta.

— Ela estava louca para ver você. — Chanty sorriu e levou-as para o jardim. — Papai já chegou, e Alex está preparando o churrasco.

Jeanie levou Ellie para fora e acomodou-se em uma das cadeiras no deque de madeira. George perambulava por ali, tenso e inquieto, com uma taça de vinho na mão.

— Recebemos uma oferta.

— Boa?

— Para meu espanto, ofereceram o preço que pedimos. É o quinto casal a ver a casa. Mas, segundo o corretor, havia mais duas pessoas interessadas, e eles entraram em pânico.

— Isso é fantástico. Não me surpreende... A casa é linda. — Alex evitou o olhar de Jeanie e dirigiu-se a George. — E então? Você aceitou?

George confirmou com um aceno de cabeça, mas não parecia tão exultante quanto Jeanie imaginara.

— Você não parece estar muito feliz — observou ela.

George a fitou, inexpressivo.

— Estou muito satisfeito, sim. Achei que seria muito mais difícil. Telefonei para contar, mas seu telefone estava desligado.

Jeanie observou Alex remexer os pedaços de frango sem muito resultado. Era evidente que o carvão ainda não estava quente, mas ele não pareceu perceber. Definitivamente, o clima estava estranho; todos, inclusive Chanty, pareciam um pouco distraídos. Jeanie montou um quebra-cabeça com Ellie na mesa do jardim. A neta conhecia o jogo e, triunfante, colocou as peças no lugar com a rapidez que suas mãozinhas permitiam. Depois de colocar a filha na cama, Chanty trouxe da cozinha uma bandeja com uma garrafa de champanha. Jeanie notou quando ela sorriu para o marido.

— Estamos comemorando a casa? — perguntou George.

Nem Chanty nem Alex responderam até o champanha ser servido.

— Temos uma notícia para dar a vocês — disse ela. Jeanie notou que ela mal conseguia se conter. Alex interrompera a atividade de churrasqueiro e estava ao seu lado, um pouco encabulado, como sempre ficava diante de uma ocasião familiar. — Estou grávida.

O cansaço de Jeanie imediatamente desapareceu.

— Isso é maravilhoso! Que fantástico, querida. Para quando é?

— Já estou com dez semanas. É para logo depois do Natal.

Jeanie abraçou a filha e deu tapinhas nas costas do genro.

— Dez semanas? E você não nos contou nada?

— Só foi confirmado esta manhã. Acho que tudo que aconteceu com Ellie me distraiu, e só me dei conta de que havia alguma coisa diferente quando comecei a enjoar. — Chanty beijou o rosto do marido. — Foi Alex quem percebeu.

— Mas logo agora... — resmungou Jeanie. — Vamos estar tão longe quando o bebê nascer.

— Você pode ficar aqui quando vier. Vai dar certo, mãe. Vou precisar muito da sua ajuda com Ellie.

— Ela já sabe?

Chanty balançou a cabeça.

— Segundo os livros, é melhor deixar para mais tarde. As crianças nessa idade não têm noção de tempo.

Jeanie sorriu.

— Ela não vai gostar!

A conversa continuou, principalmente entre elas duas, e ninguém notou que George estava no canto do jardim, calado, com ar tristonho e mais uma taça de vinho na mão. Quando Alex anunciou que o frango e as linguiças estavam prontos, todos se sentaram à mesa, mas George não saiu do lugar.

— Venha, papai. Vamos comer — chamou Chanty.

George olhou ao redor, mas não fez qualquer movimento para se juntar aos demais.

— George? — Jeanie se aproximou. — Você está bem?

— Não estou muito bem, minha velha. — Jeanie percebeu o esforço que ele fazia para falar.

— Está se sentindo mal?

George olhou para ela.

— Devo dizer que não me sinto ótimo. — Ele acenou com a taça para a filha e o genro. — Notícia maravilhosa! Vocês vão me dar mais um neto... Por que não...

Chanty ficou desapontada.

— Papai, você está bêbado.

George deu uma risada e concordou.

— Parece que sim... Desculpe, mas não tive uma semana fácil...

— George, acho melhor eu levar você para casa. Vamos, levante-se.

Jeanie fez um gesto para Alex ajudá-la, mas George não queria ir embora e puxou o braço que a esposa segurava.

— Deixa eu falar... Estou contando a eles sobre minha semana.

— Pare, George, você não está falando coisa com coisa.

— O que estou dizendo faz muito sentido... Eles devem saber como foi minha semana... Porque minha mulher está fazendo sexo com outro homem... E eu contei a ela... Sobre o Sr. Acland... E agora ela sabe... E foi uma semana infernal para todos nós.

Fez-se um silêncio mortal.

— Quem é o Sr. Acland? — perguntou Chanty com um olhar acusador para Jeanie, quando George caiu no silêncio, quase largando a taça.

— É uma longa história. É melhor deixar para outra hora, querida — murmurou Jeanie, fazendo um sinal para Alex pegar o outro braço de George.

— Sr. Acland... Stephen Acland Esquire... Um extraordinário sodomita, brincava comigo... Jogava xadrez. — George apontou para Jeanie. — Ela já sabe... Que semana... Que... Desculpe...

George então começou a chorar; era um choro fraco, lamuriento, aflitivo.

— Mãe, do que ele está falando? O que está acontecendo?

Jeanie desistiu de carregar o marido.

— Seria melhor que ele mesmo explicasse, mas como não está em condições...

O frango e as saladas ficaram intocados sobre a mesa enquanto ela contava a história toda e observava as expressões de perplexidade e repulsa que gradativamente endureciam, transformando-se em raiva.

— Um herói de guerra — murmurou Alex entre dentes cerrados.

Chanty estava arrasada.

— É terrível, mãe. Não posso acreditar que ele nunca contou a ninguém. Pobre papai... Como lidar com algo assim?

George se levantou subitamente.

— Vocês falaram alguma coisa sobre comida? — Fitando-os sem focalizar os olhos, George oscilava. Então caiu, deslizando suavemente no deque de madeira, derramando o restante do vinho e derrubando os óculos no chão.

Chanty começou a chorar.

— Nunca vi papai assim. O que ele passou é simplesmente terrível. Ajude-o Alex. Leve-o para dentro.

Alex levou Jeanie e George para casa e ajudou-a a despir o marido e deitá-lo na cama. Ele estava quase inconsciente, murmurando de vez em quando um monte de sílabas desconexas.

— Ele vai ficar bem? — Alex cobriu o sogro com uma delicadeza surpreendente e olhou para Jeanie. — Não seria melhor ele caminhar e tomar um café forte? — Ele sorriu, desculpando-se. — Medicina não é o meu forte.

— Acho melhor ele dormir. Não deve ser uma reação à bebida; ele não bebeu tanto assim. A maior parte é resultado do choque por ele não conseguir lidar com o problema do abuso. Já tentei convencê-lo a fazer terapia, mas ele se recusa.

— Deve ser horrível se confrontar com o passado dessa forma. Ele vai acordar com uma ressaca daquelas.

Eles deixaram George descansar e voltaram para o andar térreo da casa.

— Muito obrigada pela ajuda, Alex.

— Você está bem? Isso não pode ser fácil para você.

Pela primeira vez, Jeanie sentiu uma simpatia verdadeira pelo genro.

— Digamos que as coisas já foram melhores. — Ela deu uns tapinhas no braço de Alex. — Cuide bem de Chanty. Ah! Alex, a gravidez foi uma grande notícia.

O rosto dele se iluminou.

— Não é? Nunca pensei que queria ter um filho, que dirá dois... Mas estou muito animado.

18

Jeanie sofria por Ray. Tinha a impressão de que ele era mais essencial em sua vida do que a necessidade de respirar, mas uma quantidade imensa de questões entediantes, porém inevitáveis, tomaram conta de sua vida. Então, ela o levava consigo para onde quer que fosse, recusando-se a acreditar que nunca mais sentiria seu toque nem viveria a suave intensidade de seu amor. E, embora pegasse o celular uma centena de vezes por dia para lhe telefonar, resistia, pois o que poderia oferecer a ele se persistia obstinada no seu dever de esposa?

A verdade era que George entrara em uma depressão profunda e precisava dela. Desde a noite na casa de Chanty, ele não reagia ao mundo e mostrava-se indiferente a qualquer estímulo, limitando-se a arrastar os pés pela casa como um velho. Não mudava de roupa, a não ser que Jeanie tirasse as peças sujas. Fechava-se o dia inteiro com seus relógios, mas quando Jeanie checava se estava bem, via-o sentado diante das mesmas peças, que estavam ali desde o dia em que ela lhe contara sobre Ray.

— Você precisa se consultar com Andrew. Você não está bem — sugeria-lhe todos os dias.

— Não preciso de um médico. Só estou um pouco deprimido. Quando nos mudarmos para Somerset, vou ficar bem. Só não estou conseguindo me animar — respondia George invariavelmente.

A casa nova parecia ser sua resposta para tudo. Jeanie tomara a iniciativa e telefonara para o médico. Andrew Hall os atendia havia mais de vinte anos. Era um homem simples, bem-humorado, com impressionantes orelhas deformadas, adquiridas no seu tempo de jogador de rúgbi.

— Jean, você sabe que não posso fazer nada se ele não quiser se ajudar — dissera Andrew.

— Mas depressão é assim, não é? Ele não percebe o quanto está doente.

— Sabe se aconteceu alguma coisa que desencadeou essa situação?

— Ele mesmo terá que contar, mas, sim, aconteceu.

— Compreendo. Consiga que ele venha ao consultório e verei o que posso fazer. Mas, a não ser que represente um perigo para si mesmo ou para os outros, nada pode ser feito sem o consentimento dele. Na sua opinião, ele apresentou tendências suicidas?

Jeanie analisou a pergunta do médico por um instante.

— Não, acho que não. Mas como posso ter certeza? Deus, o que devo fazer? Estou completamente perdida. — Jeanie conteve as lágrimas, mas o médico a conhecia muito bem.

— Acha melhor eu aparecer aí? Será que ele se abriria comigo em uma conversa casual?

George recebeu Andrew com um sorriso cansado.

— O que veio fazer aqui? Minha velha foi atrás de você, não foi? — perguntou ele com um olhar esperto para Jeanie.

Andrew deu uma gargalhada.

— Claro que sim. É o dever dela, e, pela sua aparência, vejo que foi bom.

George ergueu os braços em sinal de frustração.

— Sei que Jeanie se preocupa, mas, sinceramente, estou bem. Só um pouco cansado. É sempre bom ver você, Andrew, mas, por favor, prefiro que cuide de alguém que esteja de fato doente.

Andrew sinalizou para Jeanie deixá-los a sós. Quando conversou com ela mais tarde, estava preocupado.

— Você tem razão. Ele está mesmo mal, mas não quis falar de modo algum. Conversou sobre suas limitações e sobre Somerset, mas não gostou de ouvir que está com péssima aparência. Desculpe, Jean, mas só resta a você ficar atenta; se ele piorar, me avise imediatamente. Essas coisas tendem a se resolver sem tratamento; elas passam com o tempo, mas pode demorar. Não desista dele.

Assim, Jeanie resignou-se a aguardar e observar. E, embora não visse sinais de piora em George, não lhe agradava deixá-lo sozinho por longos períodos. Assim, decidiu contratar alguém para ajudar Jola na loja mais cedo do que planejava. Sua intenção era fazer isso quando se mudassem — antes do problema de George, eles tinham acertado que Jeanie passaria três dias por semana em Londres enquanto a loja não fosse vendida.

Conforme agosto se aproximava, os dias — que, segundo diziam, estavam mais quentes do que nunca — foram preenchidos com pequenas etiquetas redondas e coloridas. Vermelhas para Somerset, azuis para o depósito (a casa nova era menor e não tinha um sótão onde armazenar o vasto estoque de mobílias vitorianas de tio Raymond, que

George se recusava a vender) e amarelas para o Exército de Salvação, que gentilmente providenciou uma van e um grupo de ajudantes ansiosos para levar tudo o que não se adequasse às outras categorias. Quanto mais olhava para a quantidade de coisas por fazer, mais Jeanie se desesperava. Contando os objetos de tio Raymond, fazia mais de oitenta anos que não se jogava fora os itens que não interessavam mais na casa. George poderia ajudar muito, pois, com sua obsessiva e metódica atenção aos detalhes, ele até gostaria dessa tarefa. Mas não ajudou em nada, e houve dias em que Jeanie teve uma vontade enorme de encontrar uma lata de lixo gigante e simplesmente esvaziar nela a casa toda.

— Como está o papai? — sussurrou Chanty na cozinha, olhando ao redor para ver se ele estava por perto. Jeanie percebera que ultimamente a filha parecia falar em sussurros.

— Não se preocupe, ele está no quarto. Não pode ouvir. — Jeanie encheu a chaleira. — E, mesmo se estivesse sentado aqui, à mesa da cozinha, provavelmente não reagiria.

Chanty estava horrorizada.

— O que pretende fazer, mãe?

— Não posso fazer nada — suspirou Jeanie. — Conversei com o Dr. Hall, mas, segundo ele, a não ser que George se torne "um perigo para si mesmo ou para os outros", como ele mesmo disse, não se pode fazer nada sem que ele peça ajuda.

— Isso faz papai parecer um lunático. O que o Dr. Hall quis dizer?

— Suicídio, Chanty. Pessoas depressivas são obviamente vulneráveis. Mas seu pai não é suicida — apressou-se em dizer ao ver a expressão da filha. — De modo algum, querida. — Jeanie não estava mentindo. Achava mesmo que dizia a verdade.

— Como você pode saber? — Chanty elevou a voz, em pânico.

Jeanie entregou-lhe uma xícara de chá e empurrou a caixa de leite que estava sobre a mesa para perto da filha. Lembrou-se de que Chanty estava grávida e mais sensível do que o normal.

— Não posso ter certeza, mas ele parece estar contando os dias até nos mudarmos para o campo. Fala sobre isso o tempo todo. Ele acredita que tudo vai ficar bem quando chegarmos em Somerset, e torço para que tenha razão.

Mas Chanty era uma pessoa de ação e ficou desconcertada diante da postura de Jeanie.

— E se não for assim, mãe? Você precisa fazer alguma coisa agora, e não esperar que aconteça. Suponha que ele decida... — Chanty não conseguiu dizer a palavra. Ela se levantou e começou a caminhar pela cozinha. — Como está quente! Esse tempo infernal podia mudar. — Ela se virou para a mãe. — Talvez seja melhor você deixar a loja e seus dias com Ellie e ficar aqui com ele, mãe. — Sua expressão era de súplica e desespero. — A loja vai ser vendida de qualquer maneira. Sei que seria difícil para você, mas há tanta coisa em jogo.

— Querida, por favor, acalme-se. É compreensível que seu pai esteja deprimido, dadas as circunstâncias. — Jeanie observou o olhar acusatório de Chanty. — Pode me culpar o quanto quiser, mas temos que lidar com o que está acontecendo. Suba, converse com ele e veja você mesma. Estou cuidando dele o melhor que posso, mas seu pai não quer minha atenção o dia inteiro e me manda embora.

Chanty olhou para a porta e para seu relógio. Jeanie percebeu que a filha relutava.

— Ele não morde. Isso vai acalmá-lo. — Jeanie sorriu, compreensiva, e Chanty retribuiu o sorriso.

— Desculpe, mãe, por criticá-la. É que papai sempre foi forte e calmo. Nada jamais o desequilibrou. Detesto vê-lo assim.

— Eu também, mas preciso acreditar que ele vai melhorar.

Ao chegar à porta, Chanty hesitou.

— Aquele homem, Ray... Você ainda se encontra com ele?

Jeanie balançou a cabeça e recebeu um sinal de aprovação da filha. Isso a enfureceu. Quis contar à filha a verdade sobre seus sentimentos, contar o quanto estava cansada de colocar a família acima de si mesma. "Mas essa foi a minha escolha", lembrou-se enquanto recolhia a xícara vazia de Chanty. Seu pai sempre dissera a ela e a seu irmão, Will, que não valia a pena fazer algo sem vontade, e Jeanie sabia que ele tinha razão. Preocupava-se porque se colocara entre uma situação difícil e outra pior ainda. Não conseguia cuidar de George nem abandoná-lo.

— Comer banana, Gin? — Ellie tinha visto a banana que Jeanie guardara no carrinho de bebê.

— Mais tarde, no parque.

Fazia muito calor e quase não dava para sair, mas Jeanie decidira levar Ellie à piscina pública. Ultimamente, procurava Ray sempre que ia a algum lugar, especialmente ao parque ou a Hampstead Heath. Ansiava por vê-lo tanto quanto temia se deparar com ele. Nada mudara, mas até a dor de vê-lo sem que o relacionamento deles tivesse futuro parecia melhor do que essa ânsia terrível e vazia.

— Não... Agora... Banana agora.

Ellie começou a resmungar; Jeanie desistiu e entregou à neta um pedaço da fruta. As saídas com Ellie eram preciosas para ela. Sentia de maneira ridícula que a criança tinha uma participação no seu namoro com Ray e que aprovava o relacionamento. A ideia de desistir das visitas à neta para se enterrar com George — que não se importava com sua presença ou sequer a percebia — era inimaginável. Mas sentia culpa ao abandoná-lo e sempre voltava para casa com certa apreensão.

Jeanie se inclinou para cobrir a cabeça de Ellie de novo com o chapéu vermelho que ela arrancara.

— Não, não *quelo*. — A criança tirou o chapéu novamente e jogou-o no chão.

— É preciso, querida. O sol está muito quente. Você vai ficar doente.

— Não... Nããããooo... Não *quelo*... Nããããoo. — Ellie lutava e se retorcia enquanto Jeanie tentava amarrar as fitas do chapéu sob o queixo, em um protesto que cresceu e se transformou rapidamente em uma grande explosão de raiva. O chapéu estava no lugar, mas Ellie ainda o puxava enquanto gritava, o rostinho vermelho e suado e os grandes olhos castanhos cheios de raiva.

— Não vamos ao parque. Vamos para a casa de Gin. — Jeanie tomou uma decisão rápida, sem condições de enfrentar essa batalha durante toda a tarde. Pelo menos a casa estaria fresca. Ela repetiu a frase para a menina algumas vezes até ela ouvir em meio aos gritos.

— Casa de Gin... Casa de Gin ver vovô. — O ataque parou. O único resquício era uma ocasional respiração ofegante sob o chapéu, agora esquecido.

Logo que chegaram em casa, Jeanie deu a Ellie um pouco de água e mais um pedaço da banana.

— Vamos brincar de colar.

— Colar? Eeee, colar! — Ellie bateu palmas, feliz, e se encaminhou para o armário onde sua caixa ficava guardada.

George reunira uma grande coleção de coisas para Ellie colar, de rolos de papel higiênico a papel-alumínio, fósforos usados e flores mortas. "Guarda isso", pedia ele quando via Jeanie pronta para jogar alguma coisa no lixo. — Cadê vovô?

Jeanie chamou George mas não obteve resposta. Ela colocou a menina à mesa, com o bastão de cola e papel, e subiu até o escritório. George dormia na cadeira, com a cabeça caída para o lado e as mãos unidas sobre o estômago.

— George, George, Ellie está aqui.

George deu um pulo e olhou para ela sem compreender.

— Vamos descer. Ela está perguntando por você.

Ele se levantou em silêncio.

— Devo ter cochilado.

Ellie pulou da mesa quando viu o avô.

— Vovô, ajuda colar. Olha... Colei pena.

Jeanie observou George pegar a menina no colo e acolhê-la em um abraço apertado. Em seguida, ele se sentou ao lado da neta, pegou diferentes itens na caixa e entregou-os a ela. "Ellie cura todos nós", pensou Jeanie ao ver que o marido ouvia em silêncio o fluxo de perguntas insistentes da menina. O semblante de George, há pouco tão inexpressivo, suavizara-se e revivera por causa da neta.

Jeanie escreveu um aviso formal ao inquilino do andar superior da loja, um estudante do último período da escola de artes Byam Shaw, para que ele entregasse o apartamento dentro de duas semanas. Jeanie quis ter a garantia de que ele sairia, pois planejava pintar o lugar para morar ali nos dias em que viesse a Londres para trabalhar na loja. Antes da doença, George insistira quase que diariamente que ela procurasse os corretores e pusesse a loja à venda. Porém, embora aquilo estivesse em sua mente, ela não tinha feito nada a respeito. Agora, ainda que cheia de culpa, aproveitava a falta de interesse de George para adiar a venda. Dissera a si mesma que era demais lidar com isso no momento, mas a verdade era que a loja a mantinha sã, além de ser sua única desculpa para sair de Somerset todas as semanas.

— Saio para almoço agora? — perguntou Jola à porta do escritório.

— Claro — respondeu Jeanie. — Já está na hora?

— Quer que espere você ir a casa e ver Sr. Lawson?

Ela balançou a cabeça.

— Não precisa. Tenho certeza de que ele está bem. Posso ir quando você voltar.

Jola foi muito filosófica quanto à doença de George.

— Ele vai recuperar. Não dura para sempre. Mamãe também teve depressão. Três vezes. Agora, toma pílulas e é muito feliz.

— Mas George se recusa a ir ao médico — contou Jeanie.

Jola balançou a cabeça.

— Diz a ele que não é bom. As pílulas são boas; ele deve ir a médico. Se ele não vai sozinho, você leva.

Jeanie assumiu o caixa, pressionada por uma inquietação e uma distração que já eram habituais. Faltavam apenas dez dias para a mudança, que parecia cada vez mais irreal. Mas era verdade que, na semana anterior, George começara a se concentrar no empacotamento, assumindo finalmente a distribuição das etiquetas coloridas. Jeanie voltaria para casa e enfrentaria listas enormes cuidadosamente escritas, designando para cada cadeira, abajur, relógio etc. um lugar específico em sua nova residência.

Na semana anterior, ao se aproximarem da entrada de cascalho da nova casa, Jeanie observara o rosto de George se iluminar, e vira também o jeito como ele endireitara os ombros ao cumprimentar James, bem-vestido em seu Peugeot, e tomar posse das chaves. James mostrara a casa mais uma vez e explicara como funcionavam o boiler, as trancas das janelas e a fossa séptica, mas George se entusiasmou com o jardim, tendo passado muito tempo ali. Enquanto Jeanie ouvia o corretor, ele caminhava pela grama, junto aos arbustos, examinava as plantas e tocava-as com delicadeza, como se fossem amigos que passaram muito tempo longe. Finalmente, ao ouvir o tilintar impaciente das chaves do carro do corretor, Jeanie lhe dissera que podia ir embora. Ela teve uma sensação estranha ao segurar as chaves da casa e perceber que agora, oficialmente, aquele era o seu lar. Ela quis correr pelo caminho da entrada, atrás do carro veloz, e pará-lo para que pudesse devolvê-las, pois a casa era estranha, e Jeanie não sentia qualquer familiaridade com ela.

Na volta para Londres, George não falara, caindo no mesmo vazio, e Jeanie se perguntara o que a casa representava para a mente perturbada do marido. A ideia de que a mágica que ele atribuía a essa mudança poderia se mostrar ineficaz a preocupava. Não era possível curar um trauma psicológico evitando-o ou substituindo-o por outra coisa, apesar dos bravos esforços de George ao longo dos últimos cinquenta anos.

A campainha da loja despertou-a, e, ao olhar para a porta, Jeanie viu Natalie e Dylan.

— Olá, Jean. — Natalie sorriu, apologética, como se achasse que não tinha o direito de estar ali.

— Natalie, Dylan, que bom ver vocês.

— Agora estou na escola de alunos grandes — anunciou Dylan com orgulho. — Esta é a minha mochila. — Ele mostrou uma mochila azul, com o logotipo da escola em branco, para que ela examinasse.

— Uau! É muito bonita.

— Meu amigo Sammy também vai para essa escola, mas ele ainda não tem mochila. — Os olhos dele, iguais aos de Ray, eram radiantes e davam vida a seus traços perfeitos. Jeanie quis abraçá-lo e respirar o cheiro que, de algum modo, também seria do avô.

— Que ótimo — comentou ela, simplesmente. — É bom ter um amigo quando você entra para uma escola nova.

Natalie riu.

— Ele está muito entusiasmado.

— Que continue assim. Como está seu pai? — perguntou Jeanie com a cabeça abaixada, arrumando uma pilha perfeitamente arrumada de sacolas marrons biodegradáveis sobre o balcão.

— Ah, ele viajou faz algumas semanas. Resolveu de repente e partiu no barco de um amigo. Eles foram em direção à costa da Dalmácia. Não sei navegar, mas a família do meu pai sabe. Ele adora.

— Eu também. Não navego desde que era jovem, mas cresci em Norfolk, perto do mar. Minha amiga Wendy tinha um pequeno barco. Eu adorava nossas saídas para velejar. — Jeanie não sabia por que estava contando isso a Natalie, mas queria mantê-los ali um pouco mais. — Dizem que a costa da Dalmácia é linda — acrescentou, com uma ansiedade que ela mesma notou.

— Papai vai ensinar Dylan a navegar quando ele for um pouco mais velho. Isso me apavora.

Jeanie observou com compaixão o rosto ansioso de Natalie e se lembrou da própria mãe, com sua constante neurose e os ataques de raiva quando Jeanie a desobedecia e saía para velejar com a amiga.

— Tenho certeza de que ele é um excelente navegador — disse ela, esquecendo de ocultar sua paixão. Só conseguia imaginar Ray bronzeado, com o sal no cabelo e nos lábios, o rosto voltado para o sol e para a brisa do Adriático. Seu desejo de estar com ele era como uma dor profunda. Ela notou o olhar observador de Natalie.

— Desculpe, eu estava longe... Faz muito tempo que não passeio de barco.

— Ah... Não estamos em busca de nada em especial; nós passamos em frente à loja e Dylan viu você pela vitrine. — Ela se virou para o filho. — Dylan, despeça-se de Jean.

— Nós nos mudaremos para o campo, para Somerset, na semana que vem — disse Jeanie, num impulso, quando eles já saíam.

Natalie pareceu surpresa.

— Ah, papai não me contou. Então você vai vender a loja?

— Não — respondeu Jeanie em tom firme, e soube naquele momento que qualquer intenção de colocar a loja à venda em um futuro próximo era pura ficção.

— Que bom, seria uma pena perdê-la — comentou Natalie, virando-se, pois Dylan a puxava em direção à calçada.

— Humm... — Pensativa, Rita pousou os olhos pequenos e brilhantes no rosto da amiga. — Então você ainda vai estar aqui todas as semanas?

Jeanie assentiu.

— Isso por acaso tem alguma ligação com certo homem do parque? — perguntou Rita, erguendo as sobrancelhas. — Você ainda se encontra com ele, não é, sua danadinha?

— Quem me dera. Ele está velejando. Mas eu não me encontraria com Ray ainda que ele estivesse por aqui.

— Então como sabe que ele está velejando?

— A filha dele esteve na loja e contou.

Rita murchou.

— Quer dizer que você pretende levar adiante essa ideia absurda de morrer em Dorset?

Jeanie teve que rir diante da observação trágica da amiga.

— O que me preocupa não é morrer lá, é viver lá. E a casa é em Somerset.

— Não importa. E o que "Vossa Majestade" pensa sobre você abandoná-lo todas as semanas para vir à loja?

— No momento ele não sabe, nem está preocupado com isso. Eu já avisei, mas ele não processou a informação. Vai ser só por algum tempo, até eu me acostumar com a vida no campo. Não consigo fazer todas as mudanças ao mesmo tempo.

— Querida, não precisa se justificar para mim. Na minha opinião, você não deveria fazer nenhuma mudança, nunca, que dirá se isolar aos poucos para que seja menos sofrido. — Ela fez uma pausa. — Teremos que transferir nosso tênis para uma das noites em que você estiver aqui.

Jeanie sentiu-se oprimida. Chanty passara pela loja naquela manhã, preocupada com o pai, com a exposição de Alex em setembro, com o bebê que estava por vir, sem saber como eles conseguiriam encarar tudo ao mesmo tempo. "Eu queria que você não se mudasse, mãe", admitira ela, irritando Jeanie. "Você e eu", foi a seca resposta de Jeanie, levando a filha a cair em prantos e declarar que tudo parecia estar desmoronando.

Ela olhou para a amiga por cima da mesa do café.

— Estraguei tudo, não estraguei?

Rita estava preocupada.

— Ah, querida, estragou, mas tenho certeza que você vai encontrar uma maneira de solucionar isso.

As lágrimas de Jeanie transformaram-se em risos diante da sinceridade cruel de Rita.

— Obrigada pelo voto de confiança — agradeceu ela, mas Rita não prestou atenção.

— Por falar nisso, a filha de Ray sabe sobre vocês?

— Tenho certeza de que não. Ela acredita que somos apenas amigos. Agora, nem isso.

— Na verdade, não há motivo para você não voltar a ter um relacionamento com ele, um caso em segredo, nos dias em que estiver aqui. Seria a solução perfeita, não?

Jeanie ficou chocada.

— Um caso?

— Ora, não me diga que isso não passou pela sua cabeça.

Claro que Rita estava certa, afinal Jeanie era humana, mas se encontrar com Ray dessa forma nunca seria suficiente.

— Ray não é alguém para se ter um "caso". Ele não é esse tipo de homem.

— Todos os homens são desse tipo — assegurou-lhe Rita com otimismo. — Sei que eu a encorajei a fugir com ele, mas sua escolha pode ser a melhor opção no momento. George realmente não está bem, mas com ele você tem segurança.

— Você está mudando de opinião — falou Jeanie.

— Como eu sempre disse, só quero o que é melhor para você, e já pensei muito sobre tudo isso. Continuo fiel ao princípio de que idade não é empecilho para se ter um romance, mas arriscar toda a sua vida... Você sabe que tenho razão; do contrário, já teria saído de casa há muito tempo.

Jeanie se deu conta de que Rita tinha razão. Ela era uma completa covarde por se prender apenas por segurança a um casamento praticamente acabado, com pouca chance de recuperação, enquanto fingia para todos, inclusive para si mesma, que estava sendo nobre ao cuidar de George e colocar a família em primeiro lugar. Agora era tarde demais: fora punida por sua covardia. Ray seguira em frente. Ela pensou no barco e quase sentiu um prazer masoquista com o sofrimento que isso lhe trazia. Enquanto ela e Rita conversavam, ele devia estar compartilhando uma taça de vinho branco gelado com alguma garota bonita e sexy.

19

— George! George! — Ele tinha a cabeça curvada sobre um canteiro de arbustos em um canto longínquo do gramado. Era a primeira vez que Jeanie o via naquele dia. Ao seu lado, a velha amiga da mãe de George, Lorna, aguardava-o pacientemente, com a respiração pesada depois de percorrer o longo caminho desde a estrada. Uma mulher grande e sem graça, de cabeça grisalha e cabelo escasso preso em um coque mal-arrumado, ela podia ter 70 ou 90 anos. Sob a saia de lã marrom, os pés arroxeados e inchados estavam apertados em um par de sapatilhas. Jeanie teve certeza de que as calçara especialmente para a visita.

— Eu moro a quase 300 metros daqui. — Ela agitou o braço grosso na direção da vila. — No máximo 400 metros. Não pude acreditar na coincidência: o filho de Imogen comprou a velha casa paroquial! — Seu riso pareceu um grande chiado. — Ouvi o nome Lawson e pensei: "Não, não pode ser." A casa estava vazia havia muito tempo; estava à espera de vocês.

— É uma linda casa.

— Era. Ela era muito mais bonita até que aquele homem horrível, Barkworth, estragou a fachada com essas janelas medonhas em estilo vitoriano. — Jeanie se mostrou desconcertada, e Lorna continuou: — Estilo vitoriano em uma casa paroquial georgiana? Eu avisei, mas ele não quis ouvir, alegando que sempre se acrescentam estilos diferentes em épocas diferentes. Claro que é verdade, mas Barkworth não era exatamente vitoriano, era?

Jeanie supôs que não, mas não se considerou qualificada para comentar sobre as janelas que ladeavam a porta de entrada e que, na sua opinião, eram bonitas.

— Acho que ele acabou com a casa. — Lorna suspirou fundo. — Por outro lado, de que vale a minha opinião? Hoje em dia, as pessoas fazem o que querem.

— Entre. Vamos tomar alguma coisa enquanto chamo George de novo. — Jeanie temia que a vizinha desmaiasse se não se sentasse.

— George, não me ouviu chamar? — Jeanie puxou a manga da camisa dele. — Por favor, venha falar com Lorna, uma velha amiga da sua mãe. Lembra-se dela? Ela disse que o encontrou muitas vezes quando você era jovem.

George ficou olhando para Jeanie e não fez qualquer movimento em direção à casa.

— Ainda temos mais uma hora de luz — murmurou, olhando pesaroso para os arbustos que podava.

— George, eu não a convidei, mas você precisa entrar e falar com ela. Seria uma descortesia deixá-la sozinha na sala. — Jeanie estava exasperada, mas não surpresa. Fazia quase seis semanas que eles se mudaram, e George passava quase todo o tempo no jardim. Sua obsessão anterior, os inúmeros relógios que colecionara ao longo dos anos, fora ignorada desde a mudança; eles continuavam nos caixotes, empilhados junto à parede do seu novo escritório. George tomava o café da manhã com pressa e ficava no jardim até anoitecer, com chuva ou com sol. Só voltava no começo da tarde para abrir a geladeira, preparar um sanduíche de queijo e tomar uma xícara do café que tinha sobrado da manhã. No fim do dia, quando entrava, estava exausto. Preparava uma boa dose de uísque, jantava em silêncio e arrastava os pés até a cama. Tratava Jeanie com educação e cortesia, mas parecia não saber exatamente quem ela era. Jeanie sabia que George continuava deprimido, mas, estranhamente, não parecia infeliz, apenas fixado em seu pequeno mundo. Ela se perguntava o que aconteceria se não houvesse queijo para o sanduíche. Será que ele sairia para comprar? George nunca saía de casa. Jeanie procurara convencê-lo a se consultar com um médico local, alguém que ele não conhecesse, pois poderia ser mais fácil. Porém recebia sempre a mesma resposta: "Não há nada de errado comigo. Só estou um pouco cansado."

— George, querido. — Com dificuldade, Lorna aproximou o corpo da beirada do sofá.

— Não se levante — insistiu Jeanie, uma vez que George não se pronunciou.

— Há quanto tempo não nos víamos? — continuou Lorna, agradecida, voltando a se recostar nas almofadas. — Sua mãe morreu há muito tempo, mas vejo que você herdou a paixão que ela tinha pela jardinagem. — Ela se virou para Jeanie. — Você conheceu o jardim dela? Era um espetáculo. As pessoas vinham de longe para admirar. — Ela riu. — Quando Imogen permitia, claro.

George sentou-se, com as mãos ainda imundas, parecendo um mendigo nas roupas que usava no jardim, mas não abriu a boca; apenas olhou brevemente para Lorna com uma expressão confusa no rosto. A idosa não pareceu perceber e, feliz com sua taça de vinho branco, falou sem parar, contando-lhes a história da região e da casa e casos do "terrível" Barkworth e da santa Imogen. Em dado momento, George se levantou subitamente e deixou a sala. Ele mal se dirigira a ela, mas Lorna fingiu não notar.

— Desculpe. — Jeanie estava cansada de desculpas. — Ele não anda muito bem.

A velha senhora fez um gesto com a cabeça em sinal de compreensão.

— A aposentadoria pode ter um efeito estranho nos homens, não acha? — sugeriu ela ao ver que Jeanie não mencionara qual era o problema de George.

— Não é isso. O médico explicou que pode durar algum tempo — explicou Jeanie, assustando-se com sua atitude patética de evitar a verdade. Ela sabia que, no interior, as doenças mentais sempre traziam um estigma e queria que George fosse aceito pela população local sem problemas. Tinha esperança de que Lorna espalhasse que ele tinha uma doença passageira e não que era simplesmente mal-educado.

Quando o trem parou na estação Waterloo, Jeanie ficou emocionada. Passara a maior parte da viagem preocupada com George. Era a primeira vez que o deixava em casa para ir à loja. Foi Lorna quem providenciou a solução. Ela havia passado pela casa para dizer que Sally, uma moradora da vila que limpava sua casa nas segundas e sextas-feiras, estava procurando mais um lugar para trabalhar. Sally era exatamente o que Jeanie queria: uma mulher de meia-idade, afetuosa, que gostava de rir e parecia muito otimista com relação a George. Ela viria nos dias em que Jeanie estivesse fora e telefonaria se acontecesse algum problema.

Foi só começar a subir Highgate Hill que Jeanie voltou ao seu antigo hábito de procurar por Ray. Nas últimas semanas, estar em Somerset, onde a possibilidade de encontrá-lo era praticamente inexistente, tinha sido uma espécie de alívio. No entanto, quando respirou o ar do norte de Londres, que lhe fora familiar ao longo da vida, a chance de vê-lo trouxe-a de volta ao clima de atenção plena e coração palpitante. Ela tentou ensaiar o que diria se eles se deparassem um com o outro, mas não foi além de imaginar como seria olhar nos olhos dele novamente.

— Está diferente — comentou Jeanie ao examinar a nova arrumação das prateleiras, ciente de que Jola estava ansiosa para ouvir seu veredito. — Muito melhor, menos atravancado. O que você fez com os produtos de milho?

Jola sorriu, aliviada.

— Aqui, embaixo dos enlatados. Ninguém gosta, você sabe. Jogo fora quando passa validade.

— Tem razão. Essa massa tem um sabor horroroso. Creio que agora existem outras opções sem trigo, além da espelta. Ah, está muito bom assim.

— Como é campo?

Jeanie suspirou.

— Bom, mas prefiro estar aqui.

— E Sr. Lawson? Está melhor?

— Mais ou menos. E onde está Megan?

Jeanie gostava da nova garota. Talvez ela fosse o estereótipo da australiana franca e entusiasmada, mas parecia gostar verdadeiramente de trabalhar para Jola.

— Nunca atrasa, feliz de trabalhar no fim de semana, trata clientes muito bem e não fica nervosa — contou Jola com entusiasmo quando Megan saiu para o almoço.

— Parece perfeito... Então você não precisa mais de mim. — Embora falasse jocosamente, por um instante Jeanie achou que iria chorar. Era o reconhecimento repentino de que de fato ela era supérflua, uma pessoa retirada de circulação, sem utilidade para ninguém, exceto para comprar queijo para o sanduíche de George e uísque para o jantar. Highgate parecia ter sobrevivido muito bem à sua ausência. Obviamente Jola protestou. Mesmo assim, Jeanie sentiu um imenso vazio.

"Vou visitar Ellie na hora do almoço", pensou. Apesar das promessas de que a família praticamente moraria em Somerset, eles só tinham visitado Jeanie e George uma única vez, rapidamente, na manhã do sábado seguinte à mudança, quando a casa ainda estava repleta de caixas e plástico bolha e mais parecia um depósito de móveis. Chanty dizia que estava muito cansada e que era longe demais; Alex, claro, precisava preparar a exposição. Jeanie sentia uma terrível saudade da neta e temia que Ellie a tivesse esquecido.

Chovia quando Jeanie começou a descer a colina em direção à casa da filha. O outono tivera dias maravilhosos até a semana anterior, que mais parecera um verão indiano, mas agora o vento frio prometia mudanças. Jeanie tentou afastar o desânimo, porém nem mesmo pensar na pequena Ellie melhorou seu humor. No outro lado da rua, na esquina da Hornsey Lane, Jeanie viu um casal sob um grande guarda-chuva verde-escuro. A princípio não pôde ver os rostos, mas, quando se aproximou, ao mesmo tempo que uma rajada de vento quase levou o guarda-chuva embora, ela viu Ray. Ray e uma garota; Ray envolvendo a garota com os braços; Ray rindo e olhando nos olhos dela, uma garota linda e jovem.

Jeanie achou que vomitaria ali na calçada, em frente aos passantes. Vomitaria e morreria. Ela não conseguia se mexer, como se todo o sangue tivesse sido drenado de seus membros. O guarda-chuva foi ajeitado e se afastava lentamente, descendo a colina. Ray não a vira, mas Jeanie continuava ali. Finalmente, o enjoo transformou-se em algo muito pior: desespero absoluto. Ela saiu da rua principal se arrastando e, de alguma forma, conseguiu chegar à casa da filha.

— Jean, entra. Você está bem? Parece que viu um fantasma. — Preocupado, Alex a levou para a sala. — Ellie já vai acordar. Ela está ansiosa para vê-la.

Jeanie conseguiu sorrir.

— Você pode me dar um copo d'água, por favor?

Alex não se moveu e limitou-se a olhar para ela.

— Está doente?

— Vou ficar bem. Só tive uma leve tontura — assegurou-lhe Jeanie, mas até mesmo ela notou que sua voz era tensa e fraca.

— Que tipo de tontura? — insistiu Alex. Mesmo em sua confusão mental, Jeanie se perguntou se ele não estaria se lembrando da própria descrença diante do ferimento da filha.

— Sinceramente, vou ficar bem. Acho que esqueci de comer hoje. O trem saiu muito cedo e precisei resolver muitas questões na loja — explicou ela, mais segura ao notar que conseguia falar.

Alex pareceu aliviado.

— Isso não se faz na sua idade. Você precisa comer, principalmente no café da manhã. Chant fez um programa sobre isso. Parece que estudantes que se alimentam bem no café da manhã têm melhores resultados. Depois de uma noite inteira, a mente precisa de alimento para funcionar. — Ele riu. — É óbvio, na verdade. Achei que você soubesse, com toda a sua experiência em alimentação natural.

— Eu sei, mas sabe como é... — Ela deu uma risada tão natural quanto possível e viu que foi suficiente para convencer Alex.

— Vou preparar um chá com torradas para você. Depois podemos acordar Ellie. Prefere mel ou Marmite?

— Como vão os preparativos para a exposição? — perguntou Jeanie enquanto mastigava a torrada com mel. Sabia que não ter comido o dia todo nada tinha a ver com a "tontura". Ela só queria processar mentalmente o que tinha visto e sofrer o que precisava sofrer, mas se esforçou para que seus pensamentos ficassem ali na cozinha da filha. — Você parece estar mais relaxado — comentou.

Alex respirou fundo.

— Você me pegou no olho da tempestade. Estou em uma breve pausa entre o alívio de finalmente terminar meu trabalho e o pavor de todos considerarem minha obra uma porcaria.

— Então vai estar nervoso na quinta-feira.

— Nervoso? — Alex estremeceu. — "Nervoso" não chega nem perto. Eu diria que vou estar desesperado.

— Não consigo imaginar — comentou Jeanie.

— Você vai, não é? E George. — Ele hesitou. — Aliás, como ele está?

— Não sei se ainda tem energia para ir, Alex. Ele nunca vai a lugar nenhum e talvez até mesmo o trem seja demais para ele.

— Isso não é bom... Chanty acha que ele melhorou.

— Ele não está tão infeliz. Está mais isolado, vive em seu próprio mundinho — explicou Jeanie.

Ellie não a havia esquecido. A menina não soltou a avó e fez questão de levá-la ao seu quarto para mostrar os brinquedos, animada e falando sem parar. Jeanie queria sair com ela, mas chovia muito, e as plantas do jardim do deque balançavam como se fossem "bonecas dançantes". Ellie estava encantada, observando-as.

— Elas dançam, Gin. *Buneca* dançando chuva.

— E a creche? Como vai? Você gosta?

— Gosto — respondeu Ellie, sincera. — Jack meu amigo. Vi *maionetes*, Gin.

— Foi divertido?

— Sim — respondeu ela, fazendo Jeanie sorrir diante de sua formalidade verbal. Ela desenvolvera muito a fala nas semanas em que estiveram afastadas.

— Minha *buneca* é Becky. Oooolha, ela é pequena e está com fome. Tem *letche* na mochila. — Ellie tirou uma garrafa plástica de uma mochila cor-de-rosa com zíper, que ela não largava, e fingiu dar mamadeira à boneca. — Agora Becky *pecisa* dormir — disse, mandona, em uma imitação arrogante e dominadora de um adulto, ao deitá-la no berço portátil cor-de-rosa e cobri-la carinhosamente com uma manta.

Alex estava à porta.

— Espero que isso seja um bom presságio para o futuro — brincou.

— Não conte com isso — disse Jeanie, sorrindo. Somente a neta era capaz de abstraí-la de seus problemas, mas nos intervalos, nos momentos de calma, a imagem de Ray e da garota retornavam, puxando-a para baixo como uma onda violenta.

— O jantar está pronto, Ell — disse Alex. — Salsichas e ketchup.

— Aaaah! — Ellie abriu um sorriso amplo; seus olhos brilhavam. — *Sochichas* e *kechup*. Fome, Gin? Come comigo.

— Preciso ir embora, querida. — Jeanie levantou-se do chão do quarto

— Você podia ficar para jantar. Chanty deve chegar dentro de uma hora. — Alex sorriu. — Não quero que desmaie no instante em que for embora. Chant pode achar que não aprendo com meus erros.

— Obrigada, Alex, mas é melhor eu voltar para a loja. Preciso colocar muita coisa em dia.

— E então? Está gostando de Somerset?

Alex parecia um homem mudado após concluir o trabalho. Não mais a atacava ou criticava; sua pergunta demonstrava uma preocupação real. Jeanie sentiu um aperto na garganta. Ela percebeu que manteve a fantasia de que haveria uma possibilidade, mesmo que não a aproveitasse, de estar com Ray novamente. Por isso, Somerset lhe parecia uma escala, uma parada, um lugar que não exigia seu comprometimento.

— Não sei responder — respondeu ela finalmente, tentando evitar as lágrimas.

— É George? O fato de ele estar tão deprimido deve ser muito difícil para você.

Jeanie viu o semblante de Ellie se anuviar.

— Está triste, Gin? — A menina se aproximou e ficou ao seu lado, abraçando sua perna e acariciando seu joelho.

Jeanie respirou fundo.

— Estou um pouco triste, querida, mas vou ficar bem. — Ela pegou a neta no colo e a abraçou. — É melhor eu ir

— continuou, contendo-se para não chorar enquanto descia a escada. Acenou para Ellie e o genro e seguiu pela rua. Mas sucumbiu quando virou a esquina.

O apartamento em cima da loja transmitia a sensação fria e sombria de um lugar vazio. Fazia quase dois meses que estava desocupado. Jeanie mandara pintar as paredes com tinta branca e neutra e substituíra a mobília barata por alguns móveis da casa de Highgate. Tinha tudo para ser um bom espaço. O ambiente da sala e da cozinha era claro, com janelas nas duas extremidades e vista para a rua principal e para os jardins nos fundos. O andar superior consistia em um quarto grande e um banheiro. Enquanto ligava a calefação e procurava o chá, Jeanie disse a si mesma que podia transformá-lo em um ambiente bonito e agradável. Não gostava muito de sua antiga casa. Ela transmitia uma melancolia que impregnava os cômodos escuros e altos. Mesmo assim, não parecia certo estar em Highgate e não morar na casa que fora seu lar durante 35 anos. Quando chegou ao apartamento, só foi capaz de embrulhar-se na manta de lã roxa que trouxera da antiga cozinha e deitar no sofá, anestesiada, sem acreditar no que tinha visto.

Rita examinou o apartamento com curiosidade.

— Hum... Em comparação com a mansão de Highgate, houve certa decadência, mas certamente tem potencial. — Ela sentou na poltrona. — E então? Como está, querida? Sua aparência é péssima.

Rita havia insistido em visitar Jeanie depois que a amiga telefonara e contara sobre Ray.

— Eu me sinto uma idiota.

— Por quê? Você não fez nenhuma idiotice. A não ser ter abandonado seu único e verdadeiro amor.

Jeanie não reagiu.

— Desculpe, querida, vejo que você não está no clima para as minhas brincadeiras.

— Como fui tão idiota e pensei que ele podia realmente me querer com tantas garotas jovens e bonitas à solta? Ela é linda, Rita, uma mistura de raças, alta e magra, e com um sorriso incrível. Só a vi por um instante, mas ela é mesmo bonita. Claro que é muito mais nova que ele, mas a última namorada também era. Ele gosta de mulheres jovens. — Jeanie refletia em voz alta, finalmente verbalizando os pensamentos que monopolizavam sua cabeça desde a hora do almoço.

— Como sabe que era uma namorada?

— Eles estavam sob o mesmo guarda-chuva. Ray a abraçava, e eles riam juntos. — Jeanie descreveu a cena em tom uniforme e melancólico.

— Sim, mas podiam ser dois amigos que se encontraram por acaso e se abrigaram embaixo do mesmo guarda-chuva. E talvez estivessem rindo de alguma piada. Eles trocaram carícias?

Jeanie dirigiu um olhar suplicante à amiga.

— Não, mas davam essa impressão.

— Jeanie, já vivi o suficiente para saber que suposições são muito perigosas. — Rita se levantou. — Tem vinho? Você definitivamente precisa de uma bebida.

Jeanie balançou a cabeça.

— Então vamos sair. Você não pode ficar aqui sentindo pena de si mesma.

— Mas o que me resta, Rita?

Rita suspirou e se sentou mais uma vez.

— Você se lembra de que já não estava encontrando Ray? Lembra-se de que, na realidade, estava determinada a não vê-lo? De que estava decidida a morrer em Dorset? Está bem: em Somerset. Não entendo como o que aconteceu hoje pode mudar as coisas; isso só confirma que você está trilhando exatamente o caminho que queria. — Ela fez uma pausa. — A não ser, claro, que tenha desejos secretos, que eu não conheço... — Ela ergueu as sobrancelhas e aguardou.

— Eu, egoísta, imaginava que ele estaria me esperando se eu mudasse de ideia — admitiu Jeanie tristemente. — Na última vez que nos encontramos, ele disse: "Se você mudar de ideia, sabe onde me encontrar." — Ela olhou para a amiga. — Mas é óbvio que ele não podia esperar eternamente.

— Então você está me dizendo que, se o homem do parque estivesse disponível, ficaria com ele? — Rita ergueu as mãos, exasperada. — Não consigo entendê-la, querida. Numa hora você não pode abandonar George; na outra, está nervosa porque Ray, com toda razão, considerando que você terminou com ele, encontrou outra pessoa.

— Não espero que você entenda. Eu também não entendo — replicou Jeanie, com um sorriso desolado. — Já disse: eu sou uma idiota.

20

— George, a exposição de Alex é hoje à noite. Você quer ir? Nós podemos ficar no apartamento e voltar amanhã. Você ainda não viu o apartamento.

George olhou para ela.

— Claro que vou. Não posso perder a exposição de Alex.

— Temos que pegar o trem das três da tarde.

— Hoje?

— Claro.

— Talvez seja difícil. — Ele olhou para fora. A garoa anuviava a paisagem. — Preciso preparar o terreno da horta antes que venha uma geada e seja muito difícil escavar. Eu preciso mesmo...

— Tem que ser hoje, George. É o dia da vernissage.

George refletiu sobre a informação.

— É claro que vou — repetiu, hesitante.

— Você não precisa ir. Posso pedir a Sally para ficar aqui. Tenho certeza de que Alex vai entender se você não estiver em condições de ir.

— Não, eu vou.

Por um lado, Jeanie queria muito que ele fosse, ao menos que estivesse bem o suficiente para ir. Queria muito o antigo George, o marido e pai "seguro" e "equilibrado". Por outro lado, temia levá-lo para tão longe e afastá-lo da segurança da casa. E se George bebesse demais e se comportasse como naquela noite na casa de Chanty?

O trem atrasou mais de uma hora devido a uma falha de sinalização em Axminster. No início da viagem, George permaneceu calado, com os olhos melancólicos fixos na janela. Aos poucos, porém, Jeanie percebeu no marido uma curiosidade e, em seguida, um entusiasmo. Seus olhos, tão sem vida nos últimos tempos, voltaram a brilhar. Ele começou a conversar sobre coisas que, no estado mental em que se encontrava, Jeanie não imaginava que ele tivesse percebido. Era como se as informações armazenadas durante tantos meses fossem liberadas. George conversou sobre Lorna e Sally, a casa, a família e o jardim, claro. Quando finalmente chegaram a Londres, ele estava nitidamente mais esperto, talvez até animado, como se tivesse se livrado de uma nuvem que o cobria. Jeanie observava, impressionada. Ela não questionou, mas passou por sua mente que a solidão que George se impusera na velha casa paroquial causara-lhe mais danos do que benefícios, pois a falta de estímulos o havia aprisionado ainda mais na depressão. Quem sabe, se ele pudesse ser novamente um marido para ela, Jeanie talvez tivesse algo por que ansiar, algo que a fizesse esquecer.

A galeria estava muito iluminada; as cores vivas das pinturas contrastavam com o branco das paredes. Jeanie estava encantada com o amadurecimento de Alex, uma característica que transparecia em sua obra. Ela percebeu o burburinho animado do pequeno grupo de pessoas atentas que, com suas taças de vinho nas mãos, admiravam as pinturas, encantadas, enquanto socializavam.

— Pai! Mãe! — Chanty pareceu aliviada ao vê-los. Ela usava uma elegante bata preta e calças *legging* que a valorizavam na gravidez. Jeanie viu a filha pousar os olhos no pai. — Como foi a viagem? — perguntou ela, mas não pareceu ter ouvido a resposta.

Jeanie percebeu que a filha estava distraída, com os olhos na porta, nos convidados e no marido, avaliando cada olhar dirigido às obras dele. Alex estava como ele mesmo previra: apavorado. E quase não interagia com o grupo que o rodeava, sorrindo automaticamente em intervalos de poucos segundos, com os olhos azuis arregalados de medo como um coelho paralisado diante dos faróis de um carro.

Uma glamorosa garota espanhola, com um rabo de cavalo que balançava na medida em que ela se movia, agitava ostensivamente uma prancheta com detalhes das pinturas e, aos poucos, começou a colocar etiquetas vermelhas ao lado de algumas molduras.

— Acho que está sendo um sucesso! Parece que todos estão gostando — sussurrou Chanty ao ouvido da mãe.

— Os quadros são bons — concordou Jeanie. — Especialmente aquele — continuou, indicando uma obra na parede ao lado da porta. — As cores são incríveis.

— Papai parece estar voltando a socializar. — Elas olharam para George, que ouvia atentamente a um homem magro, com ar sério, em roupas pretas, com a alça de uma grande bolsa de couro junto ao peito magro.

— Se aquele homem não se cuidar, George começará a descrever as melhores condições para a adaptação de cercas vivas ou a falar sobre a ampla variedade de agapantos híbridos disponíveis no mercado.

Chanty parecia impressionada.

— Eu li num catálogo — admitiu Jeanie, rindo. — Ele está obcecado.

— Isso é bom?

— Provavelmente não, mas seu pai é assim. Os pobres relógios foram inteiramente descartados em prol dos agapantos híbridos. Mas hoje aconteceu algo diferente. Ele parece ter passado por algum tipo de revelação sobrenatural no trem. De repente, ele se abriu e começou a conversar normalmente. E olhe para ele agora. É a primeira vez em muitos meses que vejo George realmente engajado em uma conversa com alguém.

— Talvez papai esteja se recuperando, mãe. Espero que sim. — Chanty pousou a mão no braço de Jeanie. — Desculpe por não ter visitado vocês nesses últimos meses. Deve ter sido muito difícil. Detesto ter você tão longe.

— Eu também sinto a sua falta, querida. Acho que vou levar George daqui a pouco. Não quero que ele tenha uma recaída. Você pode avisar àquela garota que quero comprar este quadro?

— Ah, mãe, você não precisa comprar. Alex dá de presente.

— Que absurdo! É claro que vou comprar; nós temos condições. Quero colocá-lo no apartamento.

— Estou exausto, mas me diverti — disse George no táxi a caminho do norte de Londres.

— Eu também. Comprei um quadro para o apartamento.

— Que bom. Ainda não sei se gostei das pinturas. Você sabe... Gosto mais de paisagens. Nós devíamos fazer isso mais vezes, minha velha — acrescentou ele, acomodando-se confortavelmente junto a ela. Em todos esses meses, era a primeira vez que George a tratava pelo apelido abominável, mas, por alguma razão, isso já não a ofendeu.

— Quer beber alguma coisa? — perguntou Jeanie quando eles subiram para o apartamento, estranhando agir como anfitriã para o próprio marido.

Mais tarde, quando se viram na rotina nada familiar de partilhar a mesma cama, Jeanie sentiu George estranhamente tenso.

— Você está bem? — perguntou ela.

— Jeanie? — George virou-se e, subitamente, ela sentiu a mão dele em seu seio, hesitante, quase se desculpando. — Você se importaria se nós... você sabe.

Ela tentou não se retesar, mas todo seu corpo se rebelou. Esse homem se tornara quase um estranho para ela. Jeanie fez um esforço para acalmar sua respiração e disse a si mesma que devia encorajá-lo. Afinal, George era seu marido. Não era isso que ela queria? Que tudo voltasse ao normal? Ele se aproximou ainda mais e começou a beijar seu rosto e os lábios. Ele tinha cheiro de velho, gosto de mofo e ranço de vinho; a única coisa que Jeanie conseguiu foi não afastá-lo. Ela continuou deitada, retesada e sem reação, fazendo tudo para sentir qualquer coisa além de aversão. George não pareceu perceber, mas terminou muito rápido, quase antes de começar. Jeanie ouviu seu gemido na escuridão e suspirou, aliviada.

— Obrigado. Foi muito bom — agradeceu George, quase sem fôlego. — Não foi uma boa performance, mas faz tanto tempo... — Ele se recostou com um suspiro. — Mas você gostou?

— Foi bom — respondeu Jeanie, sem muito convencimento e quase engasgando com sua mentira.

— Acho que tudo vai se resolver, Jeanie.

— George, o que aconteceu no trem?

— Não sei. Eu estava admirando a beleza da paisagem campestre e pensei em como vivemos num mundo maravilhoso. De repente, voltei a ver as coisas em cores, como se pela primeira vez. Não sei explicar... As palavras não são o meu forte. Ultimamente a vida tem sido muito sombria...

Jeanie continuou ouvindo a respiração de George, que se transformou em um ronco suave. Ele se levantou, como sempre, às cinco e meia, e só então Jeanie adormeceu.

21

Com o avançar do outono, Jeanie concluiu que preferia o distanciamento que a doença de George provocara entre eles. À medida que se recuperava, ele começou a exigir mais da esposa, a cobrar atitudes com as quais ela teria concordado alegremente um ano atrás — nada além de trocas normais entre marido e mulher. Mas Jeanie não queria fazer sexo com George, nem dormir na mesma cama que ele, não queria desistir da loja (ele agora insistia nisso diariamente), não queria se relacionar com a população local nem acompanhá-lo aos inúmeros centros de jardinagem para escolher plantas e estátuas de pedra. Sabia que não estava sendo razoável (afinal, não era uma vida tão ruim assim) e não perdia as esperanças de que seus sentimentos mudassem com o passar do tempo.

Enquanto isso não acontecia, Jeanie se reprimia e tentava se convencer de que sua vida podia continuar mesmo sem ter a esperança de uma relação com Ray. No entanto, a imagem dele com a jovem ainda a atormentava, como se estivesse alojada em uma enorme moldura na parede de sua mente.

— Quer que eu prepare o quarto de hóspedes? — perguntou Sally.

— Eles vão preferir o quarto dos fundos, que é maior — disse George, entrando na conversa.

— Mas aquele não tem vista — ponderou Jeanie, embora pouco lhe importasse onde Rita e Bill dormiriam. Tudo o que lhe era solicitado parecia uma imposição. Fazia suas tarefas diárias com tédio, sonhando com a chegada da manhã de quarta-feira, quando podia fugir para a loja, embora agora só passasse uma noite por semana em Londres, não duas — George insistira, e Jeanie cedera, querendo evitar ao máximo a pressão para que a loja fosse vendida.

— Mas é um quarto muito melhor. — George acenou para Sally como se a questão estivesse decidida, e Sally aceitou o resultado sem mais interferências por parte de Jeanie.

O casal chegou tarde, em meio a um temporal, na noite de sexta-feira.

— Caramba, querida! Isso é mesmo o fim do mundo... — sussurrou Rita para a amiga quando se abraçaram.

Jeanie tinha feito uma torta de peixe, mas o forno demorara a esquentar. Eram quase dez horas quando se sentaram à mesa da cozinha para comer, sendo que, a essa altura, já tinham consumido uma boa quantidade de Rioja.

— Jeanie detesta isso aqui. — A voz de George parecia suave, quase bem-humorada, mas Jeanie detectou um sarcasmo hostil.

— Eu não detesto — reagiu ela.

— É claro que ela detesta. — Rita, já bastante alcoolizada, falou em tom mais alto. — Quem não detestaria? É o campo. — Ela riu quando Bill balançou a cabeça em sua direção.

— Lamentavelmente, não é o campo que ela odeia. — George triturou uma quantidade generosa de pimenta sobre sua torta, mantendo o tom agradável e informal. — Sou eu. — Ele parecia esperar que todos reagissem com uma risada, mas o comentário foi tomado ao pé da letra e fez-se um silêncio mortal. O choque os tirou do estado de embriaguez.

— O que quer dizer com isso? — perguntou Jeanie, com o coração acelerado. Rita lançou-lhe um olhar enquanto Bill descobriu algo fascinante ao lado das ervilhas em seu prato.

— Eu quero dizer, minha velha, que você se cansou de mim. — Ele ergueu as sobrancelhas para ela. — Não posso culpá-la. Faz tempo que não sou o mesmo.

O silêncio se estendeu. Apenas George ainda comia, calmamente, como se tivesse falado sobre o tempo.

— Você está bêbado — murmurou Jeanie.

— Eu posso estar bêbado, mas amanhã vou estar sóbrio, e você ainda me odiará — retorquiu ele, parodiando a famosa frase de Churchill.

Mas ninguém riu.

— Não seja ridículo. É claro que não odeio você.

— Para com isso, George. Jeanie tem razão. Você está falando porque bebeu demais — interferiu Bill, sempre a voz da razão.

George virou-se para ele, que estava sentado à sua esquerda.

— Não posso dizer essas coisas a ela. É muito difícil. — Ele começava a misturar as palavras.

Jeanie se retraiu. George parecia patético e vulnerável.

— Agora — disse Rita —, podemos conversar sobre a feira dos agricultores que visitaremos amanhã ou ir para a cama e esperar que tudo melhore depois de uma boa noite de sono. — A opção de Rita era evidente, pois, enquanto falava, levantou-se e rapidamente começou a tirar os pratos.

George continuou sentado à cabeceira da mesa sem dizer nada. Somente quando Rita e Bill subiram, ele voltou a falar.

— Lamento ter estragado o jantar.

Jeanie, que estava em frente à pia, virou-se e apoiou as costas na bancada enquanto tirava as luvas amarelas de borracha.

— Acha mesmo que odeio você? — perguntou ela com a voz suave.

George a fitou com seus olhos de coruja.

— Talvez odiar seja uma palavra forte demais, mas você não parece ter nenhum prazer no nosso casamento.

Jeanie não retrucou.

— É verdade, não é? Você não quer fazer amor comigo. Continua presa à loja como se ela fosse sua tábua de salvação. Vi seu rosto numa manhã de quarta-feira; você parecia estar naquele filme *Fugindo do inferno*. Nós mal nos falamos hoje em dia. Tenho a sensação de que você não quer estar aqui comigo. — A fala dele já não era confusa.

— Não tem sido fácil — replicou Jeanie, devagar e medindo as palavras. — Como você sabe, eu não queria me mudar. E não quero desistir da loja. Você achou que eu mudaria de opinião. Pois bem, isso ainda não aconteceu.

George saiu da mesa, aproximou-se e abraçou-a.

— Mas e o sexo? Você fica deitada como se estivesse morta. Não sente mais atração por mim?

Jeanie estava tensa com o abraço de George.

— George, tem sido uma adaptação muito grande. Não sei o que sinto, ainda mais com tudo o que aconteceu. Na verdade, estou sem forças. Estou simplesmente exausta.

— Então você precisa de tempo? É isso que está querendo dizer?

Jeanie confirmou, em silêncio, fazendo tudo para conter as malditas lágrimas ao menos dessa vez.

— Não tem nada a ver com aquele outro cara, não é? — perguntou George. — Você se encontra com ele quando vai a Londres?

— É isso o que você acha? Não, claro que não. Não o vejo há meses.

— Então aquilo acabou?

— Totalmente.

— Está bem. — George recuou quando ela o afastou, irritada. — É que você parece sempre tão ansiosa para ir a Londres que supus que talvez houvesse mais do que só a loja.

— Não é "só" a loja, George. É meu trabalho, minha paixão.

— Mas você não pode achar aqui uma loja para se apaixonar? É um absurdo ir todas as semanas para tão longe quando podia fazer a mesma coisa em Axminster ou Honiton. Eu posso ajudar a procurar.

Jeanie colocou as mãos na cabeça.

— Por favor, *por favor*, pare de implicar com a loja. Eu vou resolver isso em breve, mas agora dá para você esquecer esse assunto?

George assentiu.

— Só mais uma coisa. O sexo. Você...

Jeanie esperou, segurando a respiração.

— É por causa do que contei? O assunto Acland?

— Não é assim que você deve falar, George. Chame pelo nome certo: abuso — repreendeu ela, sem querer ser má com o marido, mas odiando a eterna recusa dele a lidar com a questão. — Claro que não é por causa do que você contou. Como pode imaginar uma coisa dessas?

George deu de ombros.

— Eu não sei. É tão asqueroso que imaginei que talvez você estivesse com nojo de mim.

Foi a vez de Jeanie oferecer-lhe um abraço. George aconchegou-se nos braços da esposa e relaxou junto ao seu corpo.

— Não tem nada a ver com isso. Desculpe. Não tenho sido eu mesma ultimamente, mas, para ser justa, você também não.

— Mas você ainda me ama, não é?

— Sim — assegurou-lhe Jeanie como se falasse com uma criança. — Sim, eu ainda amo você, George.

Todas as noites, Jeanie temia ir para a cama porque George também estaria lá. Logo que se mudaram, ela permitira a ele partilhar sua cama. Afinal, ele estava doente, e ela ficava preocupada, mas logo George deixou claro que estava gostando.

— É mais aconchegante — explicara ele. — Eu detestava dormir sozinho.

— Mas você dormiu sozinho durante dez anos. Não podia detestar tanto assim — retorquira Jeanie.

— Somos marido e mulher, Jeanie. É isso que as pessoas casadas fazem: dormem juntas.

— Dizer que é isso que as pessoas casadas fazem é um péssimo argumento.

— É porque eu ronco?

— Em parte — mentira Jeanie. Ainda que o ronco a incomodasse, não era o motivo para ela querer ter sua própria cama. Porém George, teimoso como era, recusava-se a se mudar para outro quarto.

Naquela noite, Jeanie estava tensa quando foi se deitar, pois achava que George poderia interpretar seu abraço na cozinha como um sinal verde. Quando ele se deitou, ela virou para o outro lado.

— Não se preocupe — disse George, com a voz subitamente fria. — Não vou tocá-la.

Jeanie não respondeu, mas aquela noite representou uma virada para ela.

Na manhã seguinte, ela e Rita saíram para comprar os jornais e pão.

— Não posso mais fazer isso — contou Jeanie à amiga. Parecia surpreendentemente tranquila, apesar de ter passado a noite em claro.

— Do que você está falando, querida? Dirija mais devagar; essas ruas são assustadoras.

— Não posso mais ficar com George. Vou deixá-lo.

Dessa vez, Rita ficou sem fala.

— Eu amo George, claro, da maneira como se ama alguém com quem se conviveu a maior parte da vida — continuou Jeanie. — Mas não o *amo*. Não como deveria, não como sua mulher. E simplesmente não consigo mais ficar nesse casamento de mentira e sem sentido.

— Que casamento de mentira? Do que está falando? Encoste o carro. Não dá para ter esse tipo de conversa nessas estradas ou vamos morrer.

Jeanie riu, ouvindo o tom de histeria na voz de Rita. Era um alívio finalmente ter certeza do que fazer. Ela encostou o carro ao lado do portão de uma casa e ouviu a lama batida, congelada durante a noite, sendo triturada pelos pneus do carro. O sol do inverno entrava pelo vidro dianteiro. Ela desligou o motor e ficou ali, sentada, com as mãos apoiadas no volante.

— Jeanie, o que aconteceu? — perguntou Rita. — Não pode ser por causa daquela conversa absurda ontem à noite. George estava bêbado, querida. Todos dizemos tolices quando bebemos.

— O que ele disse é verdade: eu deixei de gostar dele. — Jeanie olhou para a amiga. — Eu simplesmente não quero estar com ele.

— Mas todo mundo passa por períodos assim num casamento longo! Às vezes, fico farta do Bill.

— Não estou farta de George. Só não quero fazer amor com ele; tenho horror só de pensar. Não o acho interessante e estou cansada do seu jeito controlador. Ultimamente, só fico feliz quando vou a Londres.

Rita semicerrou os olhos, desconfiada.

— Isso não tem nada a ver com Ray, tem?

Jeanie suspirou.

— Você sabe que acabou. Tem a ver *comigo*. Sei que estou parecendo uma das convidadas da Oprah Winfrey, aquelas mulheres obcecadas consigo mesmas, mas preciso ir embora. Se não fizer isso, vou acabar apunhalando George, e ele não merece isso.

— Por que tão de repente? Achei que você estava conseguindo conduzir bem a situação.

— Eu tentei, acredite, mas ontem à noite, depois que vocês foram dormir, percebi, pelo que George disse, que ele sabe exatamente o quanto estou infeliz. Não estou conseguindo nos enganar e vi que o jogo tinha chegado ao fim.

— Hum... E quanto a ficar velha e sozinha? E como George vai viver sozinho em Somerset?

— George é um sobrevivente. Já chegamos a essa conclusão. Você mesma disse que ele sempre consegue o que quer.

Rita balançou a cabeça.

— Ele quer você, querida. Você sabe disso.

— Não como eu sou agora. Ele não é masoquista.

— Então você vai mesmo deixá-lo?

Jeanie confirmou com um aceno de cabeça e inspirou o ar frio, calma e profundamente.

— Estou impressionada. Você me surpreendeu. — Rita mantinha os olhos na amiga. — Você parece estar tão segura!

— E estou mesmo — confirmou Jeanie, sorrindo. Ela havia tirado um peso dos ombros; um peso que, agora entendia, esteve ali, fazendo-a afundar por muitos, muitos anos.

— Pobre George. Quando vai contar a ele?

— Depois que você e Bill forem embora. — Jeanie não se sentia ansiosa diante dessa perspectiva, apenas muito triste.

— Uau, que fim de semana! E aqui estava eu pensando que o campo era enfadonho. Querida, não posso ficar aqui enquanto vocês brincam de família feliz. Isso não vai acontecer *mesmo*. É melhor eu telefonar para Bill e pedir que ele invente que o CEO da empresa teve uma overdose.

— Sua covarde. — Jeanie sorriu com tristeza.

No caminho para casa, ficaram em silêncio.

— Não é melhor você esperar Chanty ter o bebê? — perguntou Rita subitamente.

A euforia começava a desaparecer. Jeanie já pensava no que precisava ser feito e no que precisava ser dito antes que pudesse ser livre. Não se esquecera de Chanty, do bebê que nasceria dentro de poucas semanas e de como o abandono de Alex durante a gravidez de Ellie causara um parto prematuro e perigoso. Porém, embora não quisesse fazer a família sofrer, os detalhes sobre como e quando abandonaria George não a impediriam de buscar seu objetivo.

— Tem razão, eu deveria. É claro que vou.

— Querida, por favor, pense bem em tudo isso.

Jeanie balançou a cabeça.

— Eu sei que parece repentino para você, mas não é. Essa decisão está tomando corpo há meses, talvez anos.

— Mas você não parecia infeliz antes de Ray.

— Se eu não tivesse conhecido Ray, talvez agisse com mais cautela, e minha decisão fosse mais bem-pensada. Mas faz muito tempo que não posso dizer que sou feliz com George.

— Quem é feliz? Casamentos longos não podem ser emocionantes o tempo inteiro. Em muitos casos, nunca são.

— Conheço todos os argumentos, mas o fato é que você e Bill, por exemplo, têm uma relação verdadeira. Qualquer um percebe. Estar com ele é estimulante para você. Vocês são amigos e amantes, mesmo que às vezes um irrite o outro.

Rita assentiu.

— Tem razão. Acho que temos sorte.

Jeanie parou em frente à casa. Por um instante, não se moveram.

— Como posso ficar com um homem com quem tenho pavor de fazer sexo? — perguntou ela, quase que para si mesma.

"Os melhores planos de homens e ratos, em geral, dão errado" sempre esteve entre as frases preferidas de George, normalmente repetida com um suspiro de sabedoria e um terrível sotaque escocês. Certa noite, duas semanas depois do fim de semana que Rita e Bill passaram com eles, Jeanie esqueceu seu dever para com a filha e contou toda a verdade a George.

Ela voltou de Londres na quinta-feira, pouco depois das oito da noite. George a esperava na cozinha, com uma palavra-cruzada ainda em branco e um copo de uísque, tendo como única iluminação a luz fraca sobre o fogão. Quando Jeanie entrou, ele a fitou como se fosse descobrir o segredo do universo em seu rosto. Esse monitoramento semanal já era esperado sempre que ela voltava para casa. Os olhares eram sempre acompanhados de perguntas cansativas, intermináveis, sobre o que ela tinha feito a cada minuto do tempo em que estivera longe. Jeanie detestava esse momento.

— Não me encare — repreendeu ela naquela noite.

— Não estou encarando você.

— Está sim. Você sempre faz isso.

George demonstrou indiferença e continuou encarando Jeanie.

— A viagem foi boa? — Seu tom de voz era cheio de sarcasmo.

— Muito trabalho, mas, sim, foi boa. — Jeanie notara que não podia mais ser sincera com ele sobre o trabalho, porque, se demonstrasse o menor sinal de cansaço ou reclamasse de um problema na loja, ele viria com mais uma alfinetada para ela largar tudo.

— Hoje falei com Alan. — George continuava sentado enquanto Jeanie começava a preparar o jantar. — Ele explicou que é improvável que você consiga vender a loja enquanto um negócio no atual cenário econômico, porque o dinheiro está sendo aplicado apenas nos imóveis.

— Ele falou isso? — Alan era o contador de George, um homem esperto e subserviente de quem Jeanie não gostava.

— Ele nos aconselhou a encerrar as atividades da loja e vender o imóvel. Segundo ele, o apartamento em cima é uma grande vantagem, porque pode ser vendido separado. — George rabiscou a margem da palavra-cruzada com o lápis, fazendo grandes espirais confusas que diminuíam até se tornarem um ponto definido e nervoso.

Jeanie não respondeu e continuou preparando o jantar. Derramou a sopa de agrião numa panela e levou-a ao fogão; depois, desembrulhou o queijo cheddar e o dispôs sobre uma tábua, ao lado do pão de forma integral. Enquanto fazia isso, George se levantou, sem pressa, e pegou os pratos fundos e rasos no armário.

— Quer um drinque? — Ele pegou uma garrafa em que ainda havia um pouquinho de vinho tinto e fez um gesto para Jeanie, que aceitou.

— Ele disse que vai cuidar disso para nós.

À medida que George falava, a pressão de Jeanie subia. Ela não se sentia confiante para falar. Diferentemente da casa em Highgate, que sempre fora de George, a loja estava no seu nome. Ele a presenteara quando achou que ela precisava ter "algo em que se interessar". No início, ele a ajudava muito, contribuindo financeiramente, mas, nos últimos cinco anos, a loja começou a dar um pequeno lucro.

— Você não pode vendê-la. A loja não é sua. — Jeanie serviu a sopa para ambos e jogou a panela na pia.

George ficou em silêncio, imóvel, com a boca contorcida, batendo um dos dedos ameaçadoramente no tampo da mesa de madeira. Não havia uma forma de dominá-la, e Jeanie notou que a falta de controle o destruía aos poucos.

— Se você insistir nesse jogo comigo, fingindo que vai vender quando não tem essa intenção, vou interpretar como uma atitude muito hostil.

Jeanie quase deu uma gargalhada diante da pompa de George.

— Uma atitude hostil? O que você quer dizer com isso?

O rosto de George, normalmente muito tranquilo, ficou vermelho.

— Não me ridicularize, Jeanie. Não sou o tolo que você imagina.

— Nunca achei que você fosse um tolo, George — replicou ela, serena.

— Nós viemos para cá para nos aposentarmos. Você venderia a loja e nós faríamos a nossa vida aqui.

— *Você* faria. *Você* faria, George. Por que insiste em fingir que foi uma decisão conjunta? Você me coagiu. Eu nunca, jamais, quis vir para o campo. Entendeu? E não vou me aposentar. Não sou velha. — Ela quase gritava de frustração.

George olhou para Jeanie com pena.

— Você está sendo ridícula. Pare de gritar comigo.

— Por que você não me ouve?

— O que você está dizendo? Que vai manter aquela loja absurda e se cansar, viajando pelo campo todas as semanas, apenas para não ceder? Você é muito teimosa.

— Não se critica uma pessoa quando se tem o mesmo defeito.

— Então é isso? Você vai continuar com essa vida dupla? Eu já me ofereci para comprar outra loja para você aqui. Por que a loja de Highgate é tão especial? A não ser que você tenha outros compromissos por lá, certo? — A respiração de George era pesada; seus olhos a perscrutavam quando ele lançou esse golpe de misericórdia.

Jeanie finalmente entendeu.

— Se você desconfia de mim, e eu entendo, não há nada que eu possa fazer.

— Então você ainda está se encontrando com aquele homem?

Jeanie balançou a cabeça.

— Eu disse isso? — perguntou ela.

— Não precisava dizer. Posso ver pelo modo como está agindo comigo — afirmou George com tristeza.

— Minha forma de tratar você não tem nada a ver com ninguém além de nós.

— Sim, claro, é isso que elas sempre dizem — zombou George, com ar de desprezo.

— "Elas" quem? De quem você está falando?

— Pare de brincar comigo, Jeanie. — O tom de voz de George mudara de repente. Agora, ele implorava. — Por favor, isso é horrível. Eu tenho ciúmes, admito. Você sempre parece tão feliz nas manhãs de quarta-feira e tão triste quando volta para casa. — Ele segurava a mão dela. — Isso está acabando comigo. Não consigo dormir quando você está longe, imaginando o que está fazendo. É um inferno. — Jeanie viu as lágrimas nos olhos de George. — Eu a amo muito, Jeanie. Diga que não está se encontrando com ele.

— Sinto muito, George — disse Jeanie finalmente, com o coração aquietado pela verdade. — Não posso mais continuar.

George ficou branco.

— Não faça isso, Jeanie. Não faça uma tolice. — Sua voz era tão fraca que ela teve medo de ele ter outro colapso.

— Garanto que não estou traindo você, mas não quero esta vida. Não quero... — Jeanie não sabia como dizer aquilo a George, mas não foi preciso.

— Você não pode me deixar — disse ele, angustiado. — Não depois de todo esse tempo. É uma loucura.

Jeanie permaneceu calada.

— Eu sei que você foi feliz comigo até aquele maldito homem aparecer e seduzi-la — continuou ele. — Nós nos divertimos, não foi? Sempre achei que tínhamos um casamento melhor do que a maioria das pessoas que conhecemos. — George falava principalmente para si mesmo, tentando entender o que estava acontecendo. Ele a encarou. — Se for o sexo, podemos parar; eu posso me mudar para outro quarto. Sei que você não gosta e não posso culpá-la. Nesse aspecto, a culpa foi minha.

Jeanie começou a chorar. Sentiu uma grande tristeza, pois, pela primeira vez, de fato confrontava a ideia de abandonar George. Pensou se não estaria sendo tola ao jogar tudo fora. Talvez ainda não tivesse esquecido Ray. Será que importava mesmo não amar George o suficiente ou não o amar da forma como deveria? Estava pronta para viver sozinha? Por um instante, ficou indecisa.

— Você não pode fazer isso comigo. — George tirou os óculos antes de abaixar a cabeça, apoiá-la nas mãos, chorar e soluçar.

Naquela noite, Jeanie dormiu sozinha; George não foi para a cama dela. Mesmo assim, ela estava tensa, com o estômago revirado pela náusea.

George queria respostas. E como as respostas dadas por Jeanie não eram satisfatórias, ele começou a atribuir a culpa aos outros: "aquele canalha arruinou nosso casamento", "você não consegue aceitar que está velha", "você não quer admitir que sente repugnância por causa do abuso", "Rita encoraja você a me largar; ela nunca gostou de mim", "você está me punindo por insistir em mudarmos para o campo", "minha doença a desgastou".

— Não faz sentido querer colocar a culpa em alguma coisa — dizia ela. — Nós somos responsáveis pelo nosso casamento.

— Ah, por favor, você fala como um terapeuta de casais presunçoso. Então agora a culpa é minha? — replicou ele certa vez.

O desespero transformou-se em raiva. Ao longo do fim de semana, as discussões cansativas continuaram, e George ficou mais agressivo.

— Não estou culpando você. Eu disse que não faz sentido querer responsabilizar alguém.

— Pois eu me sinto "responsável", se essa é a palavra que você quer usar, por dar a você um ótimo casamento. Não sei o que fiz para ser tratado assim. Eu sempre dei tudo o que você quis. Foi *você, você,* Jeanie... — George apontou o dedo para ela. — Foi você que *me* enganou, que *me* decepcionou, não o contrário. É claro que você não quer falar sobre culpa.

Tentando manter a calma, Jeanie esperou um pouco antes de responder. Viu que não fazia sentido querer que George entendesse, pois qualquer coisa que ela dissesse só pioraria a situação. Mesmo assim, sua frustração era tanta que ela estava a ponto de descrever nos mínimos detalhes a parte que cabia a ele na felicidade do casal.

— E então? Você não tem nada a dizer sobre esse assunto, não é?

Jeanie se levantou para sair da cozinha, que se tornara um campo de batalha. Quando chegou à porta, sentiu a mão de George segurando seu braço e girando-a para que ficasse de frente para ele. Ele a imobilizou; seus olhos brilhavam, cheios de ódio.

— Não se afaste de mim. Não vou deixar você ir embora enquanto não me der uma explicação satisfatória. Você me deve isso, Jeanie. Depois de todo esse tempo, você me deve isso. — Ele apertou mais os braços dela. — É aquele canalha, eu sei que é. Você ainda está se encontrando com ele. Toda essa conversa fiada de responsabilidade conjunta é só um truque para me enganar. Admita! Admita logo! — George começou a sacudi-la.

— Me solta!

— Diga. — A voz de George já não passava de um murmúrio desesperado quando ele a soltou e afundou na cadeira mais próxima.

Na terça-feira à noite, Jeanie arrumou uma mala com a maior parte de suas roupas.

— Vou ficar no apartamento por algum tempo — informou ela.

— Algum tempo? — perguntou George.

Ambos estavam emocionalmente exaustos e haviam optado por conviver em um silêncio pesado. Quando falava, George a importunava repetidamente para que explicasse a situação. Ela não o fazia porque não tinha coragem de ser cruel.

Mas talvez devesse ter lhe dito a verdade nua e crua: "Encontrei em Ray o que nunca encontrei em você, e, embora ele não esteja mais livre para mim, agora percebo a diferença."

George sentia que ela não estava sendo sincera, o que só piorou a situação. Ele ficou cada vez mais na defensiva, firme em sua própria inocência. Repetia constantemente que jamais, *jamais*, fizera qualquer coisa para contribuir para esse horrível impasse.

— Nós só estamos nos destruindo, George.

— O que vou fazer sem você? — Jeanie viu o pânico nos olhos dele. — Não posso viver aqui sozinho. Você sabe que vou ficar deprimido. E Chanty? O que vai dizer a ela? Jeanie, por favor... — implorou ele. — Você sabe que isso vai destruir nossa família.

Mas, apesar dos poderosos laços que a amarravam a esse homem, Jeanie sabia que não podia ceder mais uma vez às suas manipulações.

No dia seguinte, ela colocou no carro duas grandes malas e deixou a casa pouco depois das seis horas da manhã. Normalmente, George estaria acordado, andando pela cozinha e preparando um chá. Mas permaneceu em seu quarto, e eles sequer se despediram.

22

No instante em que saiu da casa de Somerset, Jeanie teve uma sensação de alívio impressionante. Seu coração ficou mais leve, e até sua respiração se tornou mais fácil. A culpa parecia uma pedra em suas entranhas, mas ela sabia que teria de aprender a conviver com isso; era algo que não a abandonaria tão cedo.

Quando ela chegou a Londres, Chanty era sua principal preocupação. Sabia que, no estado em que se encontrava, George era capaz de telefonar aos prantos para a filha. Jeanie queria contar a ela pessoalmente.

— Oi, mãe, você ligou cedo. Está no trem?

- Não, estou em Archway. Estou dirigindo. Pode me encontrar na loja antes de ir para o trabalho? Por volta das nove?

Chanty parecia surpresa, mas com Ellie gritando a seu lado, não questionou o pedido da mãe.

— Parei de trabalhar ontem. Posso ir a qualquer hora.

— Largar ele? Você vai largar o papai? É definitivo? — Chanty estava perplexa.

Jeanie confirmou com um aceno de cabeça e contou a história à filha com a voz trêmula. No final, Chanty se limitou a suspirar, talvez cansada demais das vicissitudes do final da gravidez para se importar com a situação tanto quanto se importaria em outros tempos.

— Não posso dizer que estou surpresa. Quando papai melhorou, pensei que talvez tudo se resolvesse, mas há algum tempo Alex e eu estamos percebendo uma tensão entre vocês. Ele me avisou que isso poderia acontecer, mas não acreditei.

— Não espero que você goste da notícia.

— Para ser sincera, ainda não consegui absorver. Você e papai separados... O que ele vai fazer?

— Não sei. Ele diz que não vai conseguir superar, mas é muito mais capaz de descobrir a ajuda de que precisa do que pensamos.

— Mas você sempre foi essa ajuda. Ele é um homem com problemas.

Ao ver as lágrimas nos olhos de Chanty, Jeanie detestou-se por tê-las provocado.

— Eu sei, mas não posso mais ajudá-lo, e nem sei se algum dia consegui fazer isso. Sinto muito, querida. Não sei o que dizer.

— Vai ficar com aquele homem? — Chanty recusava-se a se referir a Ray pelo nome.

— Não. — Jeanie viu Chanty examinar seu rosto para descobrir se era verdade. — Juro que não estou me encontrando com ele. Não o vejo há meses. George também diz que ele foi o motivo da minha decisão, e até certo ponto ele tem razão, mas não da maneira como pensa.

— Como assim?

— Um caso testa um casamento, e nossa união não era forte o bastante para sobreviver. — Jeanie não quis entrar em detalhes.

— Era tão ruim assim viver com papai?

— Claro que não. Mas agora queremos coisas diferentes.

— Como Somerset? — Chanty balançou a cabeça. — Eu nunca teria apoiado a ideia se soubesse que terminaria assim.

— Eu avisei — replicou Jeanie gentilmente, lamentando não poder contar à filha toda a verdade e sabendo que ela não gostaria de ouvi-la.

Chanty ficou em silêncio, as mãos apoiadas na enorme barriga. Parecia muito cansada.

— Eu não queria contar antes que o bebê nascesse.

Chanty deu de ombros.

— Não vou estar em melhores condições de ouvir más notícias quando tiver que cuidar de um recém-nascido e uma menina rebelde de 2 anos. — Ela deu um sorriso irônico. — Mesmo assim, tudo tem seu lado bom, e pelo menos você vai estar por perto de novo. Quem sabe conseguimos persuadir papai a vender aquela casa sem sentido e voltar para Londres também?

— Não sei não... Ele parece gostar muito de morar lá.

— Nunca se sabe o que vai acontecer, mãe.

Jeanie sabia que Chanty a perdoava tão facilmente porque ela e Alex tinham conversado a respeito e concluído que não passava de uma fase, um estresse diante do "pânico da aposentadoria". Eles esperavam que ela caísse em si.

Ficou claro que Chanty e George tinham a mesma opinião, pois ele se comportava como se nada tivesse acontecido. Seu único comportamento diferente eram telefonemas incessantes.

Normalmente, George nunca lhe telefonava, mas agora o fazia — às vezes duas ou três vezes por dia. No entanto, não para falar sobre a separação, mas sobre qualquer coisa, como atualizá-la sobre a vida dele ou mesmo perguntar sobre o dia a dia da loja, algo que antes não o interessava. Ele contou que tinha voltado a trabalhar com relógios e que estava consertando-os para os vizinhos depois que Lorna descobriu seu hobby e pediu que consertasse um pequeno relógio do século XVII. No final de cada telefonema, ele dizia "tenho saudades de você" ou "vejo você em breve", como se ela estivesse em uma viagem a trabalho e fosse para casa em pouco tempo.

Fazia quase um mês que Jeanie não ia a Somerset. O Natal estava chegando e pendia sobre ela como a espada de Dâmocles.

— Pensei em ir um pouco antes do Natal e ficar mais ou menos até o dia 28 — declarou George no primeiro telefonema daquele dia.

Jeanie foi pega desprevenida.

— Ficar? Onde?

Obviamente, George percebeu o pânico na voz dela e mudou seu tom.

— Ora, no seu apartamento, claro. Chanty não vai querer hóspedes em casa tão perto do parto.

Jeanie respirou fundo e fez de tudo para controlar a sensação de sufocamento diante da perspectiva de George em seu espaço. Procurou se convencer de que tinha que pensar em Chanty. Não podia desestabilizar a família agora.

Jeanie amaldiçoou o Natal, uma festa que havia temido ao longo de toda sua vida. Mesmo quando criança, seu pai ficava insuportavelmente nervoso nesse período, pois precisava usar essa oportunidade anual para angariar novas almas para sua igreja. Desde meados de novembro, todos andavam pela casa na ponta dos pés e eram obrigados a ouvir uma versão do sermão quase todos os dias, durante o jantar, lida em voz alta para receber comentários. Quando finalmente chegava a manhã de Natal e o reverendo Dickenson subia ao púlpito, a família se encontrava em um estado de torpor, sem se importar com a versão final do sermão, mas com o fato de que agora estavam livres por mais um ano.

— Se você ficar aqui, um de nós vai dormir no sofá. — Jeanie falou sem pensar, odiando-se por ser tão má.

Fez-se um silêncio sofrido do outro lado da linha.

— Sou tão intolerável que você não pode dividir uma cama comigo por algumas noites? — A frase de George denotava seu espanto, mas talvez ele tenha se lembrado de seu comportamento, porque mudou o tom e pareceu deliberadamente alegre. — Ah, tudo bem, vamos tirar à sorte — disse ele, tentando rir. — O Natal é na sexta-feira. Posso chegar na quinta e voltar na segunda seguinte.

"Quatro noites", calculou Jeanie. Como conseguiria enfrentar a situação?

— Não se sente sozinha fechada nesse lugar o tempo inteiro? — Rita perambulava pelo apartamento, ainda vestida com seu casaco, enquanto Jeanie se arrumava para acompanhá-la ao cinema no Swiss Cottage Odeon.

— Não propriamente solitária — respondeu Jeanie depois de pensar um pouco. — Fico triste, às vezes choro, mas não acho que seja solidão. Não estou louca por companhia.

Na verdade, não chorava às vezes, mas quase todas as noites, tanto pelo que poderia ter tido com Ray quanto pelo que poderia ter sido seu casamento com George. Também pensava muito na própria família e chorava pelo irmão Will como nunca antes, com muita tristeza, porque naquela época, assim como agora, a família não conseguira se unir diante do trauma que sofreu.

Após a morte de Will, ela e os pais se recolheram aos seus próprios sofrimentos. No início, Jeanie tentou conversar e chorar com eles, mas nunca viu a mãe ou o pai chorarem, sequer uma vez. Sua mãe encolhia diante de seus olhos, parecia mesmo tornar-se menor, e sua neurose desapareceu diante do medo de um desastre real. Essa mulher, que antes fora irritante e frenética, mal falava, nem mesmo para demonstrar preocupação com a filha. Jeanie, então, voltou-se para o pai, mas ele parecia ter adquirido um permanente e alarmante sorriso de felicidade, beatífico, pois tinha certeza, segundo ele, de ter sido martirizado pelo Senhor e de que o Senhor o honrara colocando sob Sua proteção a preciosa vida de Will.

— Will não foi levado na hora errada. Você não deve pensar assim, Jean — insistia ele, com os olhos brilhando em um fervor sagrado. — Quinze anos foi o tempo designado para ele, perfeito em si mesmo. Deus não podia passar mais tempo sem ele. Não devemos sofrer. Ele está com Deus. É melhor uma vida levada em estado de graça do que vivida sem ela. Temos sorte; devemos nos ajoelhar e agradecer ao Senhor a cada instante por todos os dias em que tivemos a sorte de ter Will.

Jeanie, pouco antes de completar 14 anos, bateu os pés e chorou, com raiva, diante dessa orientação nascida de uma devoção submissa.

— O senhor está errado; Deus está errado. Vocês são uns mentirosos estúpidos. Você sabe que ele não deveria ter morrido. Por que não chora, pai? Você não se importa que ele tenha ido embora e que nós nunca mais poderemos vê-lo? Eu o amava com todo o meu coração, mesmo que você não o amasse. Por que você não pode sequer chorar? O que há de errado com você?

Jeanie fora criada para acreditar em um Deus misericordioso, um Deus que se importava com as crianças e que abençoava quem era bom, justo e íntegro. E Will, embora fosse um adolescente, era, pelos padrões de Jeanie, bom, justo e íntegro. Ele era gentil, engraçado, inteligente e sábio. Nunca fazia ninguém sofrer. Como Deus podia deliberadamente infligir um sofrimento tão grande e tão cruel a uma simples criança? Mais do que isso: a agonia de sua morte não deixara espaço para reflexão. Ela só queria gritar de tanto sofrimento, sem acreditar que era o fim, que ele nunca mais voltaria e que ela nunca o veria novamente. "O conforto do simples reconhecimento do luto por parte do pai ou da mãe teria sido suficiente", pensou ela. Mas, com a morte do irmão, seus pais pareceram esquecer que ela existia, pareceram esquecer-se um do outro. Três satélites orbitavam separadamente a memória de seu amado irmão Will, e, na realidade, eles também haviam morrido. Agora, enquanto chorava por todos, não mais conseguindo culpá-los por reagirem da única forma como eram capazes, ela chorava também por viver novamente a dor silenciosa e não declarada, agora em seu próprio casamento.

— Estou preocupada com você — disse Rita enquanto elas desciam a escada estreita.

— Não se preocupe. Estou bem. Pelo menos estou conseguindo lidar com a separação. É melhor do que viver uma mentira — acrescentou Jeanie.

— Você vai precisar do seu casaco grosso. — Jeanie pegou o casacão vermelho forrado de pele e com capuz que estava pendurado no final do corrimão da escada e segurou-o para Ellie enfiar os braços.

— Não gosto desse. Quero outro... Azul. — Ellie recuou, resoluta.

— Lá fora está gelado, querida. O casaco azul é muito fino, e vamos ficar na rua, ao lado da árvore de Natal, para ouvir os cantos. Vamos, vista, senão vamos chegar tarde e perder tudo.

Ellie hesitou, avaliando até que ponto a avó insistiria, mas a sedução da festa venceu. Ela sorriu e não fez mais objeção.

— Estamos de saída — gritou Jeanie em direção ao andar de cima, onde a filha descansava. — Voltamos por volta das sete.

— Não esqueçam os bilhetes! Eles estão ao lado da porta — gritou Chanty. — Divirtam-se!

— Está *esculo* — declarou Ellie com satisfação. — Vamos ver *arvre* de Natal grande, Gin.

— E cantar. Talvez eles cantem "Noite feliz"!

Ellie pensou um pouco sobre aquilo.

— Na *cleche*, Jo põe um lenço na cabeça da Mina e cantamos para mamãe e papai.

— Eu sei, querida. Mamãe me contou. Você gostou?

— Gostei — respondeu Ellie, séria.

A entrada de Lauderdale House já estava repleta de pais e crianças e havia um ar de felicidade e expectativa em todos os rostos rosados por causa do frio. Jeanie guardou o carrinho de bebê junto aos outros, ao lado do portão, e levou Ellie pela mão até os fundos.

— Oba! Lindo! — exclamou Ellie quando dobraram a esquina da casa e viram a imensa árvore brilhando, com suas luzes brancas, os enfeites vistosos e reluzentes e uma grande estrela cintilante no topo. Sobre as mesas dispostas ao longo da parede havia bandejas com vinho quente e suco de frutas para as crianças; três garotas avançavam lentamente em meio à multidão, oferecendo travessas repletas de salsichas com mostarda e ketchup. As músicas seriam tocadas por quatro garotas, possivelmente estudantes, usando calças jeans, botas, muitas echarpes de lã e chapéus coloridos, que aguardavam alegremente a hora do show. Duas afinavam os violinos, uma tinha um clarinete e outra estava sentada ao piano dentro da casa; elas se acomodaram ao lado das janelas francesas abertas, de modo que o frio não rompesse as cordas dos violinos. Ellie mastigava sua salsicha em silêncio. Quando a música começou, seus olhos castanhos arregalaram-se, admirados, enquanto todos seguravam diante da luz que vinha da casa a folha com as letras das músicas. Jeanie gostaria que Chanty estivesse ali para vê-la.

— Olha o Din! — anunciou Ellie, de repente.

Jeanie se virou, com o coração na boca.

— Dylan? Onde, querida?

— Olha! Lá. — Ellie apontou o dedo através da multidão, e, de fato, lá estava o rosto lindo do menino, voltado para os galhos deslumbrantes da árvore e brilhando diante das luzes. Atrás dele, com a mão delicadamente apoiada em seu ombro, estava Ray.

Jeanie tentou se acalmar, mas não teve sucesso. Eles ainda não as tinham visto; ainda dava tempo de sair dali, de fugir. Porém Ellie a puxava pela mão.

— Vem, Gin, vem ver Din.

Ray pareceu tão assustado quanto ela. Por um instante, seus olhos se encontraram, mas nenhum dos dois conseguiu falar.

— Oi, Gin. — Dylan sorriu para ela. — A árvore brilha muito, né?

— É linda. — Jeanie conseguiu dizer através dos lábios paralisados não apenas pelo frio.

Ellie estendeu os braços para Jeanie.

— *Abaço* — disse a menina, querendo colo.

Jeanie a pegou no colo e a viu sorrir para Ray.

— Olá, menina linda — disse ele com um amplo sorriso, tocando brevemente na mão de Ellie. — Não vejo você há muito tempo.

O som da voz dele transportou Jeanie para os momentos de intimidade, como se os últimos meses nunca tivessem existido.

— Está gelado. — Ray bateu os pés e as mãos enluvadas para fazer Ellie sorrir, mas Jeanie ainda não confiava em si mesma para falar.

— Dylan, leve Ell até a árvore para ela ver melhor — pediu Ray. Da segurança dos braços da avó, Ellie fitou o menino com cautela, parecendo que iria recusar, mas ninguém resistia ao sorriso de Dylan, nem mesmo uma menina tão pequena quanto ela. Com ar de adulto, ele pegou a mão da pequena e conduziu-a, com muito cuidado, através da multidão até ficarem em frente ao vigário, um homem jovem e carismático de ótima aparência e que tinha toda a atenção da multidão.

Jeanie e Ray formavam uma ilha de silêncio em meio às vozes frias que os rodeavam e se esforçavam para cantar, inicialmente vacilantes e irregulares, mas ganhando confiança já no final do primeiro verso de "As Shepherds Watched Their Flocks by Night".

Jeanie fixou os olhos na neta, mas sua mente estava presa ao homem ao seu lado.

— Como você está? — perguntou ele, por fim, sem olhar para ela.

— Eu estou... — começou Jeanie. — Não sei como responder — concluiu após uma longa pausa.

Ela ouviu Ray dar uma risada.

— E essa era a pergunta fácil.

Jeanie teve que rir também, desejando se sentir tão relaxada quanto ele parecia estar — Ray falava como se tivesse reencontrado um velho amigo, sem qualquer sinal de estar sofrendo como ela.

— E você? — perguntou Jeanie, arriscando um olhar para o rosto querido.

— Nada a declarar — respondeu Ray, dando de ombros e lançando-lhe um olhar que parecia sugerir que ela não tinha o direito de perguntar.

— Vi você algum tempo atrás. — Jeanie se ouviu dizer, contra sua vontade, exatamente o que havia jurado a si mesma que jamais mencionaria se algum dia estivesse em uma situação como esta.

Ray ergueu as sobrancelhas.

— Onde?

— Na colina. Estava chovendo.

Ele aguardou um pouco, talvez esperando que ela explicasse melhor.

— Highgate Hill? Eu não a vi. Até achei que a veria algum dia, mas... — Ele desviou os olhos, e Jeanie tomou aquilo como uma confirmação do que vira. — Você deveria ter me cumprimentado — acrescentou ele, tarde demais.

Ellie estava voltando, abrindo caminho pelas outras pessoas. Jeanie a pegou no colo.

— Está se divertindo?

A menina parecia cansada, mas determinada.

— Sim. Ele canta muito alto, igual a *Way*. — Ela riu quando olhou para o vigário. — Posso comer mais *sochicha*, Gin? Com *kechup*?

Jeanie olhou ao redor à procura das salsichas, mas só viu pratos vazios.

— Vou pegar para ela — ofereceu Ray, distanciando-se antes que Jeanie pudesse impedi-lo e voltando com um pratinho de papel com quatro salsichas e muito ketchup.

— *Bigada* — agradeceu Ellie prontamente, com os olhos brilhando diante do prato.

Jeanie segurou o prato, observando o lento progresso da neta, que mergulhava a salsicha no molho e comia. Ela se sentia cada vez mais desesperada, querendo fugir da presença sufocante desse homem que obviamente já não se importava com ela tanto quanto ela se importava com ele. E, para seu pavor, percebeu que ainda gostava dele, com a mesma intensidade da última vez em que estiveram juntos. O tempo não arrefecera em nada seus sentimentos.

Todas as músicas tinham sido cantadas, com vozes alegres e determinadas lideradas pelo padre bonitão. Tudo estava perfeito, como em um quadro, com a árvore brilhando, a música agitando a multidão, o ar gelado trazendo um brilho a cada rosto e o espírito de Natal visível no entusiasmo de todos ali. Tudo estava em total contraste com o desespero de Jeanie, que se elevava sobre a felicidade da multidão como um pesado pássaro negro. Será que ela havia mantido mesmo a esperança, apesar da bela garota do guarda-chuva?

— É melhor irmos para casa — disse Jeanie a Ellie, rezando para que a neta não tivesse uma explosão de raiva. Porém Ellie estava cansada demais para reclamar e, exausta, abraçou a avó, com a cabeça loura apoiada em seu ombro.

— Tchau. — Jeanie olhou mais uma vez para Ray e viu que ele a fitava com ar carrancudo.

— Nat contou que você se mudou para Devon — disse ele rapidamente quando ela se virou para ir embora.

— Somerset. Eu não me mudei. Quero dizer, eu me mudei, mas George e eu nos separamos. Agora estou morando em cima da loja.

Ray a encarou.

— Deve ter sido difícil. Sinto muito.

Confusa, Jeanie balançou a cabeça.

— Foi melhor assim.

Ellie começou a reclamar.

— Nós temos de ir. Foi bom ver você. — Ela ouviu a formalidade quase fria de suas palavras, mas não pôde evitá-la, abraçando o corpinho de Ellie contra o seu como um escudo de proteção.

Ray acenou.

— Foi bom ver você também — disse ele, mas, diferente dela, soou verdadeiro.

Os cânticos tinham terminado; a multidão corria em direção à entrada, ansiosa para chegar em casa e se aquecer. Jeanie colocou a sonolenta Ellie no carrinho, cobrindo seus joelhos com a echarpe. Seus próprios pés estavam quase dormentes, e o vento gelado fazia seu rosto doer enquanto ela caminhava pela rua a caminho da casa de Chanty. Disse a si mesma que choraria mais tarde, como se resistisse a um prazer. Mas, na verdade, mal conseguia conter sua dor. E, para piorar, ela se lembrou de que George chegaria na manhã seguinte.

No meio da sala, com as mãos apoiadas nos quadris, George examinava o espaço como se fosse um senhorio bisbilhoteiro. Jeanie precisou lembrar a si mesma que o apartamento não era dele.

— Você transformou o apartamento. Ele está mais alegre e aconchegante. É um pouco pequeno, mas está muito mais simpático do que na última vez em que estive aqui. — Ele olhou para Jeanie. — Você sempre teve jeito para transformar qualquer casa em um lar.

Jeanie examinou a expressão de George para descobrir se a observação era verdadeira, mas ele parecia estar tranquilo, sem vontade de começar uma briga.

— Quer um chá? Sente-se. — Jeanie imaginara que seria mais estranho rever George, mas, talvez como um resultado de toda uma vida juntos, nem mesmo as hostilidades recentes conseguiram apagar décadas de familiaridade. — Chanty está nos esperando esta noite.

George esfregou as mãos e sorriu para a esposa.

— Vai ser bom, não acha? Estou louco para ver a pequena. Fiz uma caixa de brinquedos para ela e estampei com algumas coisas. Não posso mostrar porque já embrulhei. Foi difícil! Está no carro.

— Ela vai adorar. Está muito ansiosa. Ela não entende bem o que é o Natal, mas sabe que é divertido.

— E o bebê? Algum sinal?

Jeanie passou-lhe o chá — sem leite, sem açúcar e o saquinho espremido ao máximo.

— Poderia nascer hoje. Pobre Chanty, ela está imensa. É de dar medo. Ell foi prematura, claro, mas não pelas razões normais, por isso não sabemos quanto tempo esse vai demorar.

Eles estavam sentados e conversavam, tomando o chá como se nunca tivesse havido qualquer problema entre eles. Jeanie se perguntou se seria possível manterem esse tipo de relação, preocupada com a possibilidade de George tomá-la como um sinal de que eles poderiam voltar. Ela estava cansada, mal tinha dormido. Quando deixou Ellie em casa, Chanty e Alex insistiram para que ficasse para jantar, e bebera demais, o que nunca fazia, querendo protelar as lágrimas. Quando chegou em casa, seu desespero era tamanho que não conseguiu chorar. Passou a madrugada sentada no sofá, no escuro, com a cabeça vazia, desconcentrada, até o frio finalmente obrigá-la a ir para a cama. Agora estava um pouco tonta, como se o dia não fosse real e George não estivesse ali.

— Quer que eu tire minhas coisas do caminho e leve para cima? — perguntou George, embora aparentemente só tivesse trazido a pequena maleta de couro. Ele notou que ela estava olhando para a maleta. — Não é só isso. O restante está no carro.

A noite foi um triunfo de comedimento: ninguém falou sobre a relação de George e Jeanie. Todos estavam concentrados em Ellie, na chegada iminente do bebê, na sensação de família de que ainda podiam desfrutar. Jeanie flagrou Alex olhando para ela algumas vezes, mas estava determinada a viver o momento e se divertir com a alegria e a animação contagiante da neta.

Quando voltavam para casa, George deu o braço a Jeanie, e ela não fez qualquer movimento para afastá-lo. O esquema tinha sido combinado na noite anterior: George insistira que o sofá era dele e, para surpresa de Jeanie, ele não tinha dado importância exagerada ao acordo que fizeram. Por isso, ela não se preocupou em estar transmitindo a mensagem errada. Ambos haviam bebido, mas Jeanie sentia-se aliviada e acreditava que George sentia o mesmo, porque a noite fora agradável e transcorrera sem problemas.

— Quer um drinque antes de dormir? — perguntou George quando chegaram.

Jeanie aceitou, sentindo-se despreocupada e tranquila enquanto esperava George pegar a garrafa de conhaque na mala. "Estou no controle, sou forte e sobreviverei a tudo isso e a esses dois homens", pensou, ignorando a crescente histeria que a espreitava.

— Como vão as coisas... por aqui, Jeanie?

Dava para ver que George estava embriagado: seu rosto estava leve; sua expressão, muitas vezes fechada e quase formal, estava indefesa. Ele sorriu para ela.

— Hein? Como vão as coisas? — repetiu, diante da ausência de resposta.

— Tudo bem, George... Um pouco estranho, claro.

— Para mim também é estranho. Na verdade, é muito estranho você não estar lá. — Ele fez uma pausa. — Não estou gostando, como você sabe.

Jeanie não disse nada.

— Você está? — perguntou ele.

Ela ouviu a repentina obstinação na voz de George quase antes que ele falasse, mas também estava com a guarda baixa; sentia-se cansada demais para mentir.

— Não, George, claro que não estou gostando. Não dá para *gostar* de uma separação depois de tanto tempo de casamento.

George a encarou, obviamente tentando entender o que Jeanie dizia.

— Então você vai voltar para casa. — Ele afirmou em vez de perguntar, mas não havia alívio em sua voz.

— Eu não disse isso. Só disse que era difícil.

— Mas você disse que não gostava de estarmos separados. Ora, o que mais isso pode significar além de você querer voltar para casa para ficarmos juntos?

A frustração de George o fez abandonar a posição relaxada e se debruçar na direção dela, sobre a mesa de centro.

— Por favor, não comece. Nós tivemos uma noite tão agradável.

Ele se levantou, com os braços tensos estendidos ao lado do corpo.

— Você pode ser uma verdadeira canalha de vez em quando — disse ele, rispidamente, com fúria no olhar, sem poder fazer nada. — Sinceramente, não acredito que você saiba o que quer, mas, pelo visto, vai me manter sob seu controle até decidir. É isso mesmo?

Jeanie estava chocada. Ele nunca tinha se referido a ela assim, embora Jeanie soubesse que merecia. Talvez, pela primeira vez, ela tenha se visto e ao seu comportamento da forma como George a via: egoísta, volúvel, cruel.

— Sinto muito — disse ela.

— Isso não quer dizer nada. Sente muito o quê? Por não saber o que quer? Por ter destruído um bom casamento? — George se aproximou e ficou quase em cima dela. — Pelo que exatamente você sente muito, Jeanie? Eu adoraria saber.

Jeanie levantou-se e encarou a raiva dele.

— Eu sinto muito por tudo, George.

George respirou fundo.

— O que isso quer dizer, Jeanie? — Ele estava implorando, calmo, e segurou as mãos dela. — Diga. Eu preciso saber.

Jeanie fitou aquele rosto tão familiar e se sentiu incapaz de falar diante do sofrimento que enxergou ali, que ela própria causara.

— Quer dizer que *sou* uma canalha. Não pense que não sei. E talvez você tenha razão e eu não saiba o que quero. Só sei que não posso morar com você em Somerset, George. Não consigo. Agora queremos coisas diferentes.

George segurava as mãos dela com força. Jeanie sabia que ele estava fazendo tudo o que podia para controlar as lágrimas.

— Mas o problema não é geográfico, é? — perguntou ele, com a voz suave.

Jeanie o encarou por um longo tempo e, finalmente, balançou a cabeça.

— Não, não é geográfico.

Naquela noite, dormiram juntos na cama de Jeanie. Não apenas pelo conforto de estarem próximos naquele momento em que ambos enfrentavam a vida sozinhos, mas também, talvez inconscientemente, como um reconhecimento de que era o fim.

A manhã de Natal chegou. Jeanie e George dormiram até tarde, cansados e abatidos depois das conclusões a que tinham chegado, e pouco falaram enquanto se vestiam e preparavam o café. Tinham pela frente um dia que seria como uma maratona, e Jeanie, pelo menos, estava apreensiva diante dessa perspectiva.

— Eles nos esperam às onze horas — disse Jeanie. — Alex avisou que o almoço vai sair por volta de uma da tarde. Eles acham que Ellie não aguentaria mais tempo.

George concordou.

— Temos que ir de carro por causa da caixa de brinquedos.

Eles tinham comprado presentes um para o outro, mas não tiveram vontade de abri-los. Os embrulhos — o dela pequeno, em forma de caixa; o dele, o volume macio de um suéter — ficaram intocados na mesa de centro.

— Devo pegar alguma coisa na loja para levar?

George riu.

— Não sei se eles vão querer suco de clorofila ou salada de grãos no dia de Natal...

— Eu estava pensando em azeite orgânico ou um queijo artesanal — retorquiu Jeanie, rindo com George. — Está bem, talvez não.

— Não, é uma boa ideia. Um bom azeite nunca é demais.

Enquanto George guardava os presentes em uma sacola, Jeanie desceu para a loja.

— Encontro você lá embaixo.

O dia estava lindo, com um sol radiante, e fazia muito frio. Para Jeanie, que estivera fechada em si mesma com toda aquela tensão, o ar fresco cheirava a liberdade. Ela sentiu que seu humor melhorava quando introduziu a chave na fechadura e abriu a porta da loja, e quase não viu o embrulho delgado de papel marrom, amarrado com uma fita vermelha, encostado no degrau. Curiosa, inclinou-se para pegá-lo. Encontrou um cartão branco junto ao embrulho, mas não havia nada escrito — apenas três beijos escritos em tinta preta no centro do cartão. Soube imediatamente de quem era, embora nunca tivesse visto a letra dele antes, pois o embrulho continha um CD — *Chet Baker in Paris*, a trilha sonora da noite em que fizeram amor.

Nada a preparara para isso. E, ainda imersa na tristeza provocada pelo ponto final dado ao seu casamento na noite anterior, foi incapaz de entender o que aquilo significava. Não soube ao certo quanto tempo passara ali em pé, segurando o presente cuidadosamente nas mãos, mas de repente ouviu a voz de George e viu a cabeça dele aparecer atrás da porta.

— Por que está demorando tanto? Precisa de ajuda para escolher?

Jeanie escondeu o presente atrás do balcão.

— O que aconteceu? Você está bem? Está com uma cara horrível — continuou ele.

Jeanie conseguiu sorrir.

— Obrigada! É exatamente o que uma mulher precisa ouvir.

— Não foi isso que eu quis dizer, mas você está muito pálida.

— Eu estou bem, de verdade. — Jeanie correu para a prateleira dos azeites e pegou uma garrafa qualquer. — É só cansaço.

— Não me surpreende — comentou George secamente. Quando eles entraram no carro, ele continuou: — Não se preocupe. Decidi voltar para casa depois do almoço. Acho melhor assim.

Jeanie quase disse que não era preciso e que ele podia ficar. Era um hábito, e ela se sentiu triste por ele, por ambos. Mesmo assim, resistiu, percebendo que mal suportava esperar pelo momento de estar sozinha novamente. O silêncio no carro era pesado. Eles não tinham nada a dizer um ao outro.

— Ele vai ficar bem? — Chanty olhou para a rua quando o carro do pai partiu. O almoço fora simples e rápido, quase apressado; todos estavam ansiosos para acabar com as formalidades do Natal. Chanty parecia exausta, segurando a barriga inchada com os dois braços, como se tentasse mantê-la no lugar. Alex permaneceu em silêncio durante a maior parte do tempo.

— Vocês brigaram? — perguntou Alex quando retornou do quarto de Ellie, após colocá-la na cama para o sono da tarde.

— Não. Quero dizer, mais ou menos, a mesma discussão de sempre. Parece que ele finalmente entendeu que terminou. — Sem aviso, Jeanie começou a chorar na frente da filha e do genro e parecia não conseguir parar, por mais que tentasse. Eles não reagiram com o espanto e o embaraço que ela esperava, como se há muito tempo soubessem que isso aconteceria. Chanty a abraçou.

— Sinto muito. Vocês não deveriam passar por isso nesse momento — lamentou Jeanie. — Vou melhorar. É que foi muito difícil. Eu amo seu pai, mas não posso mais viver com ele, e isso torna tudo mais complicado. A caixa de brinquedo é linda; Ellie adorou. O que estou passando não tem nada a ver com seu pai. Ele é um bom homem, mas simplesmente não dá mais. Sinto muito. — Jeanie continuou falando tudo o que lhe vinha à mente com relação a George e ao seu casamento; seus ouvintes se limitavam a acenar a cabeça com pena e compreensão.

— Você acha que ele vai ficar lá? — perguntou Alex em determinado momento.

Chanty confirmou com a cabeça.

— Ele disse que gosta do lugar e das pessoas — disse ela. — Sally tem ido com mais frequência. Ele tem suas duas obsessões: os relógios e o jardim. Não está tão solitário como imaginamos.

As lágrimas de Jeanie começaram a escassear.

— É muito triste — murmurou.

— E acabou mesmo? Para sempre? Como pode ter tanta certeza, se você ainda o ama? — questionou Chanty.

— Eu tenho certeza — afirmou Jeanie, firme.

23

Deitada no sofá, Jeanie ouvia o CD de Chet Baker sem parar. Deixou a música mergulhar nela, fluir ao seu redor e através de seu corpo, transportada pelas notas longas e suaves para aqueles momentos inesquecíveis que mudaram sua vida. Esta noite, pela primeira vez desde que havia embarcado na separação, sentia-se livre para se entregar a essas memórias, porque George finalmente entendera.

O presente de Ray só podia significar uma coisa, mas ela hesitou em entrar em contato com ele. Este momento de esperança antes da completa incerteza de um novo romance era muito precioso para ela.

Sua mensagem para Ray, no dia seguinte ao Natal, perguntava se deviam se encontrar.

Na resposta, ele concordava.

No parque, ao meio-dia?, sugeriu ela.

Como resposta, ele enviou beijos.

* * *

Naquela manhã, Jeanie passou um bom tempo em frente ao espelho do banheiro. Sob a luz brilhante do sol, nada podia ser escondido, pensou, e logo se censurou pela vaidade. Pela primeira vez, preocupou-se com o que vestir. Experimentou roupas que nunca tinha usado e descartou-as, apavorada. Por fim, as considerações práticas venceram: fazia frio e era hora do almoço. Usaria calças jeans, botas e seu suéter favorito de cashmere creme.

Quando fez a curva que levava ao parquinho, Jeanie o viu sentado no banco ao lado dos patos, no mesmo lugar onde, no passado, o vira tantas vezes. Seu coração quase pulou ao avistá-lo.

Ray se levantou ao vê-la, e, por um instante, ambos pareciam congelados no tempo, tanto no passado quanto no futuro.

— Ah, Jeanie — sussurrou Ray, abrindo os braços para ela. Ela se aproximou dele e se aninhou em seu peito. Quando ele a abraçou com força, ela sentiu uma felicidade quase insana.

Não parecia haver nada a dizer, como se qualquer coisa pudesse quebrar o encanto, e então passearam pelo parque de mãos dadas, quase sem falar. Desceram a colina e andaram em direção ao único café que achavam que poderia estar aberto em um feriado bancário.

— Você não faz ideia do quanto senti sua falta — disse Ray. Eles estavam sentados sob o calor do sol de inverno, em cadeiras de metal um pouco instáveis. Havia alguns cães no lugar; os donos puxavam suas coleiras e os repreendiam enquanto tomavam seus cafés.

— Faço, sim — retrucou ela. Nenhum dos dois conseguia parar de sorrir.

— Mas você achava que não daria certo comigo.

— Não, eu achava que não devia deixar George.

— E o que a fez mudar de ideia?

— Você, eu acho. — Jeanie deu uma risada. — Mas eu o vi com aquela garota bonita e concluí que tudo estava terminado, que você tinha reconstruído sua vida com outra pessoa.

Ray não entendeu nada.

— Que garota bonita?

— Pode ser sincero comigo. Vi vocês juntos, embaixo do guarda-chuva. Vocês pareciam muito próximos.

Ray refletiu um pouco. De repente, ele jogou a cabeça para trás com uma gargalhada.

— Mica! Era Mica! Você achou que éramos um casal de namorados?

— Você a abraçava com muita intimidade... — disse Jeanie, desconcertada com a risada de Ray.

— Ela é minha assistente. Ajuda na administração do clube de *aikido*. Naquele dia, embaixo do guarda-chuva, ela tinha acabado de contar que estava grávida! Ah, Jeanie, isso é hilário... *Você* com ciúmes de Mica! Você não imagina...

— Está bem, não precisa ficar falando sobre isso. Na ocasião, não foi nada engraçado. Não fiquei só com ciúme; eu achei que vomitaria bem ali na calçada — admitiu Jeanie. — E morreria — acrescentou.

Ray fez um aceno de cabeça.

— Eu entendo. Passei alguns meses muito mal, desesperado, pensando em você com seu marido.

— Eu devia isso a ele. Ele ainda acha que nossa separação está, em parte, vinculada ao abuso, e que passei a sentir repulsa pelo que aconteceu a ele. Eu de fato me sinto enojada, mas não da forma como ele imagina. Ele também acha que me separei por sua causa. George percebeu que havia alguma coisa relacionada a você mesmo quando não estávamos nos vendo mais.

— Você contou a ele sobre nós?

— Não. Ele precisava saber o que eu realmente sentia?

Ray deu de ombros.

— Provavelmente não.

— Você acha que eu deveria ter contado?

— Não sei, Jeanie. Não cabe a mim opinar. Gosto de pensar que a sinceridade é a melhor política, mas plantar uma imagem na cabeça de um homem pode enlouquecê-lo

— Mais do que sua imaginação?

— Talvez não.

— Não vamos falar sobre George — pediu Jeanie, buscando a mão de Ray.

— Claro. — Por um momento, eles pareciam perdidos na ainda surpreendente realidade de estarem juntos. — Jeanie, você acha que podemos ter uma relação de verdade, você e eu?

Jeanie respirou fundo.

— Nós podemos tentar — respondeu, com um sorriso nos lábios.

Ray balançou a cabeça.

– Essa é a questão. Eu nunca preciso tentar com você. Não me lembro de ter me sentido tão à vontade com ninguém. Por isso sofri tanto quando você se afastou. Eu sabia que nunca mais encontraria alguém que me causasse essa sensação.

— Vamos caminhar um pouco? — sugeriu Jeanie. — Está esfriando mais.

— Pensei em irmos à minha casa — sugeriu Ray com um sorriso.

Extremamente feliz, Jeanie concluiu que não havia motivo no mundo para não aceitar o convite.

A relação foi tão sensual e apaixonada quanto na primeira vez. Agora, porém, não havia desesperança, apenas alegria. A tristeza da perda iminente, que obscurecera todos os seus encontros anteriores, já não os atormentava.

Após o ato de amor, Jeanie continuou deitada, nos braços de Ray, que acariciava sua pele nua.

— Isso é o paraíso — murmurou ele.

Jeanie ergueu o rosto e beijou-lhe a boca. No início, delicadamente; depois, com mais ansiedade. De repente, o som de seu celular interrompeu-os. Com um suspiro, ela pegou o aparelho, e, quando viu o número, logo soube do que se tratava.

— Alex?

— Estou levando Chanty agora para o hospital. Ellie está comigo. Pode pegá-la lá? — Jeanie percebeu que a calma do genro era apenas aparente. — As contrações ficaram mais frequentes. Foi tudo de repente, por isso não telefonamos mais cedo. Onde você está? Não acho que vai demorar muito.

— Estou a caminho. Quinze minutos. — Jeanie desligou o telefone e pulou da cama. — Chanty está em trabalho de parto. Tenho que pegar Ellie.

Ray sentou-se.

— Uau... Boa sorte, espero que tudo corra bem.

Jeanie se inclinou para se despedir com um beijo rápido e se foi, subindo a colina apressadamente em direção à maternidade, com o coração pulando de alegria.

A pequena Rebecca Anne nasceu perfeita, pesando 3,63 kg. Chanty chegou tarde demais para uma anestesia peridural, mas o parto não foi difícil. "Para os outros, foi muito fácil!", replicava ela quando ouvia esse comentário. Ellie recebeu a irmãzinha como uma grande novidade, mas a alegria só durou 24 horas, pois logo deu lugar ao ciúme. Chanty lidou muito bem com a situação, apreciando talvez o contraste em relação aos primeiros meses de Ellie, quando estava sozinha para cuidar de tudo.

Jeanie preferiu esperar para contar à família sobre Ray. Ainda temia as reações e as inevitáveis acusações.

— Conta, conta, querida — atiçava Rita. — Afinal, o que eles podem fazer? Eles não vão gostar, mas a vida é sua.

— Sim, mas será melhor se eu esperar. Quanto mais tempo passar desde que deixei George, menos confusão eles vão criar.

— Se esperar demais, eles com certeza vão saber por alguém. Vocês serão vistos juntos, e sempre há alguém para contar.

— E se Chanty não me deixar ver Ellie e a bebê? Ela detesta Ray. Acredita que ele foi responsável por eu ter deixado o pai dela.

— Ah, e ela tem razão: ele foi mesmo. Pelo menos foi uma das causas. Mas Chanty jamais afastaria você das crianças. Claro que ela o odeia agora, mas com o tempo vai aceitar. Ela a ama e quer que você seja feliz. — Rita fez uma pausa; o olhar que lançou para Jeanie foi de pura compaixão. — Ninguém disse que seria fácil, querida.

— Mas você não acha que é errado estarmos juntos, acha?

— Ah, querida, claro que não. Estou morrendo de ciúmes, mas isso é outra questão.

Jeanie riu.

— Mais vinho?

— Obrigada. — Rita estendeu a taça. — Fiquei preocupada quando você deixou George, com medo de que estivesse sendo impetuosa. Mesmo sabendo que você não era feliz, achei que era uma fase e que vocês se acertariam, como acontece com vários casais. Parecia uma atitude perigosa demais...

— Para alguém da minha idade — interrompeu Jeanie.

— É, para alguém da sua idade. — Rita ergueu a taça. — Mas vamos brindar, querida. Ao amor!

— Não vou demorar para falar com Chanty. — Jeanie prometeu a si mesma tanto quanto à amiga. Sabia que esse era o obstáculo final e que, quaisquer que fossem as consequências, não estaria propriamente livre para amar Ray enquanto não contasse à família.

Fazia três semanas desde que Jeanie havia se encontrado com Ray no banco do parque e Rebecca tinha nascido. Eles se falavam todos os dias e se encontravam sempre que podiam. Ray ficava no apartamento dela ou Jeanie ia para a casa dele. No aspecto sexual, a relação maravilhava ambos, principalmente Jeanie. Ela nunca se imaginara tão fisicamente apaixonada.

— Você vai me levar para velejar? — perguntou ela, sonolenta, numa noite em que estavam na cama. A simples alegria de tê-lo ao seu lado a deixava tonta. Sentia-se jovem e feliz como nunca. — Um barco no Adriático, o sol na nossa pele, o sal nos nossos lábios e nos nossos cabelos, uma brisa fresca, nós dois deitados sobre o deque de madeira sob as velas brancas e tranquilas. Nat me contou que você esteve lá no verão passado. Foi isso que imaginei.

Ray mudou de posição.

— Quando a primavera chegar, já estaremos longe. Pegaremos emprestado o barco de Phil e partiremos. Podemos ir para onde você quiser.

— E nossos trabalhos?

— Até mesmo você e eu merecemos umas férias, não acha? — Jeanie o ouviu gargalhar na escuridão do quarto. — Você precisa aprender *aikido*, Jeanie, e não se preocupar tanto. Você se preocupa demais. Isso não é saudável.

— Eu? Desculpe, mas faz tanto tempo que vivo sob tensão que talvez isso seja um hábito. — Jeanie se virou para ele. — Qual foi a reação de Nat quando soube que estamos juntos?

— Acho que ficou surpresa. Ela nem imaginava, mas gostou. Ela gosta de você, e Dylan também. E acho que ficou aliviada por eu ter me apaixonado por uma pessoa apropriada, e não por alguma adolescente interesseira.

Fez-se silêncio. Ambos sabiam que Jeanie estava adiando a conversa com a própria filha.

— Certo. — Ela chegou a uma decisão. — Vou contar a Chanty amanhã.

Ray não reagiu. Não era a primeira vez que Jeanie dizia isso; aliás, dissera aquilo muitas vezes nas últimas semanas. Sabia que ele não acreditava nela.

Chanty telefonou na manhã seguinte, enquanto Jeanie e Ray tomavam café da manhã no apartamento dela. Era como se tivesse ouvido os pensamentos da mãe.

— Becca e eu vamos nos aventurar em Crouch End esta manhã. Ell está na creche, e pensei em nos encontrarmos no café italiano. Quero ver o mundo de novo. O que acha?

— Acho ótimo; vou adorar. A que horas você prefere?

— Devo chegar por volta das onze horas, depende da mamada. Como Alex buscará Ellie, não precisarei voltar rápido.

— Vejo você lá. Estou ansiosa.

Ela olhou para Ray com ar de culpa.

— Agora não vai poder voltar atrás — disse ele sorrindo.

— É fácil falar — retrucou Jeanie, com o estômago apertado diante da perspectiva.

— Parece que ela é um monstro. Ela não pode ser tão terrível assim... De qualquer modo, já deve ter adivinhado.

Jeanie pegou a xícara vazia de Ray e andou até a cafeteira para tornar a enchê-la.

— Por que ela teria adivinhado se, nos últimos meses, sempre que seu nome vinha à tona, eu dizia que não estávamos nos encontrando?

Ray deu de ombros, obviamente se divertindo mais do que concordando.

— Ela a ama. Confie nisso — afirmou ele simplesmente, aceitando a xícara que Jeanie oferecia, mas retendo a mão dela e dando-lhe um beijo suave.

Jeanie respirou fundo.

— Rita disse o mesmo, e é claro que sei que é verdade.

— Mas ainda se sente culpada por minha causa.

Jeanie concordou.

— Sim. Não tanto por sua causa quanto por separar a família. — Ela fez uma pausa. — E, na verdade, acho um pouco indecente me apaixonar na minha idade.

— Ah, que ótimo! Você e eu somos um perfeito par de bruxos velhos depravados. Deveríamos comemorar. — Rindo, ele a segurou e sentou-a no sofá. — Cuidado ou não deixarei você sair para trabalhar, para ver a sua filha ou para qualquer outra coisa.

No final, a recusa de Ray em acreditar que havia algum problema deixou Jeanie menos preocupada, e ela desceu a colina em direção a Crouch End com passos confiantes.

— Mãe, se você me garante que não estava se encontrando com ele até se separar do papai, eu acredito.

— Acredita mesmo? Seu pai não acredita.

Chanty suspirou. Ela empurrava o carrinho para a frente e para trás enquanto a bebê dormia profundamente, envolta numa linda roupa de lã branca e um gorro com orelhas de coelho que a protegia do frio.

— Não, é claro que ele não acredita, mas estou dizendo que acredito em você, mãe. Esse maldito homem parece ter a única intenção de causar problemas para nossa família — acrescentou Chanty, furiosa.

Jeanie brincou com os saquinhos de açúcar que estavam no centro da mesa, balançando o conteúdo deles de um lado para o outro dentro dos tubos finos de papel encerado.

— Tudo estava bem entre você e papai. Que prazer ele teve em acabar com uma relação perfeita de 35 anos e com nossa família? — Ela fitou a mãe com um olhar furioso. — Eu detesto ver você ser enganada assim.

A conversa ia tão mal quanto Jeanie temia, mas ela começou a se irritar diante da rude e injusta observação contra Ray.

— Não era um casamento perfeito, Chanty.

— É claro que agora você diz isso e inventa problemas que nunca existiram para salvar sua consciência. — Com raiva, ela balançava o carrinho com violência, mas Becca dormia feliz.

Jeanie não conseguiu se controlar.

— A verdade é que, durante dez anos, antes de Ray, seu pai se recusou a fazer sexo comigo e, pior, se recusou a me contar o motivo. Ele simplesmente saiu da nossa cama uma noite dizendo que não conseguia mais e pronto.

Jeanie observou o rosto de Chanty.

— Desculpe, eu não deveria ter dito isso.

— Mas por quê? — perguntou Chanty, ignorando o pedido de desculpas da mãe.

— Ele havia encontrado Acland naquele dia, por acaso. Revê-lo aparentemente trouxe tudo à tona, a lembrança do abuso.

— Então você não sabia quais eram as razões dele?

— Na época, não.

Elas continuaram em silêncio por um tempo.

— Nunca foi minha intenção contar a você assim — prosseguiu Jeanie — e não espero um voto de simpatia pelo meu comportamento. Quem arruinou o casamento fui eu, e não Ray. Eu e seu pai.

— Deve ter sido muito difícil essa história com papai. Dez anos é muito tempo. — Ela suspirou. — Acho que ele simplesmente não foi capaz de contar a você.

— Não, e agora eu entendo isso. Mas foi difícil não ter uma explicação.

— Então quando Ray apareceu...

— Eu não estava procurando alguém para ir para a cama. Se fosse assim, eu teria feito isso anos antes. Simplesmente me resignei a viver daquela forma, mas seu pai aniquilou uma confiança que eu acreditava que nós tínhamos quando se recusou a falar sobre o problema, sem se preocupar com a forma como aquilo me afetava.

Chanty olhou ao redor.

— Você ama esse homem? — perguntou ela, sem fitar a mãe.

— Sim, querida — respondeu Jeanie, respirando fundo. — Sim, eu o amo.

Epílogo

Jeanie levou algum tempo para se lembrar. Não navegava havia quarenta anos e nunca tinha ido muito além da costa de Norfolk, mas Ray foi um professor paciente e, na verdade, teve um prazer enorme em ajudá-la a se entender com o barco a vela. O *Magda* era bonito: branco, elegante e forte — uma maravilha para navegar e o orgulho e a alegria de Phil. Eles pegaram o barco em Brindisi e seguiram através do Adriático. Paravam aqui e ali na costa da Dalmácia. Ancoravam em pequenas enseadas e nadavam na água cristalina, ainda fria em abril, mas que Ray qualificava, rindo, como "refrescante", ou levavam o pequeno barco para terra firme para explorar os portos e as pequenas vilas que existiam ao longo do caminho. Ray, em boa condição física, era ágil com o barco, muito mais do que Jeanie, mas, com o passar dos dias, ela começou a se habituar.

Jeanie estava sentada no deque, no calor do fim de tarde, e olhava as fotos de Ellie e de Becca que Chanty enviara por e-mail. Nos três meses de viagem, a bebê tinha mudado muito

Ray surgiu na escada.

— Um drinque?

Os últimos três meses tinham sido os mais estranhos da vida de Jeanie, mas também os mais simples. Estar com Ray era como chegar em casa.

No início, Chanty mantivera silêncio sobre o assunto. Apesar de não ser exatamente hostil, não era receptiva a Ray. Duas semanas antes da viagem, aparentemente persuadida por Alex, que a convenceu de que as coisas não seriam mais fáceis com o passar do tempo, ela os convidara para jantar. Tudo correra razoavelmente bem. Chanty aos poucos havia relaxado diante do charme natural de Ray e de sua evidente falta de interesse em conquistar a família. No fim da noite, Jeanie notou que a desaprovação da filha cedera um pouco.

Ela tinha certeza de que o timing e a hesitante boa vontade de Chanty tinham sido instigados pelas novidades de seu pai.

— Sally agora passa mais tempo aqui em casa — anunciara ele um dia para a filha. Chanty não comentou o que parecia ser um relato sem importância sobre a vida do pai. George concluiu que ela não captara a mensagem e repetiu, desta vez sendo mais explícito.

— Nós estamos passando mais tempo juntos... Sally, da vila, e eu.

— Você e Sally? — Chanty ainda não havia entendido. — Que bom. O que quer dizer com isso, pai?

— Ah, ela está ficando para o jantar e... outras coisas.

Chanty repetira essa conversa para a mãe, admirada, mas Jeanie não se surpreendeu. Sally cuidaria de George sem fazer perguntas e sem conhecer sua história. Era uma mulher forte e compreensiva, com um senso de humor contagiante, capaz de oferecer a George a tranquilidade que Jeanie já não proporcionava. Jeanie ficara feliz por ele. Todos se preocupavam com a vulnerabilidade de George, mas, como Rita costumava dizer, ele sabia conseguir o que queria.

— Pobre Chanty... — comentara Jeanie com Ray. — Provavelmente ela tinha certeza de que os pais passariam o fim da vida perambulando por lojas de plantas no sudoeste do país.

— Jeanie. — Ray tentava acordá-la. A cabine quase não tinha luz.

— O que aconteceu?

— Não é nada, não fique preocupada. — Ele sorriu para ela. — Mas precisa levantar. O sol já vai nascer, e é um belo espetáculo!

Jeanie levantou-se em um instante, vestiu o short e a camiseta e seguiu Ray pela escada que levava ao deque. Eles tinham ancorado na noite anterior, após escurecer, em uma pequena enseada ao norte de Rogoznica. Quando chegaram ao deque, os primeiros raios de sol já surgiam de trás das montanhas, estendendo-se como uma trilha dourada sobre a água e abandonando as rochas íngremes que se precipitavam para o mar, ainda sombreadas em um tom púrpura, mas prestes a assumir uma cor mais clara durante o dia. O deque estava frio e tranquilo; ela sentiu a madeira lisa sob seus pés descalços. Só se ouvia o suave bater da água nas laterais do barco e o grito das aves marinhas.

Ray envolveu-a num abraço. Quando o sol os banhou, ele se virou para ela e acariciou-lhe o rosto, com um olhar puro e intenso na luz da manhã.

— Eu me sentia muito mal na última vez que estive aqui. Pensava que jamais a veria de novo. Esse paraíso parecia zombar de mim. — Seus olhos azuis encheram-se de lágrimas. — Mas o problema nunca é o lugar, não é? — observou, baixinho.

Jeanie não disse nada e apenas o beijou, sentindo o sabor do sal nos lábios de Ray e o vigor do corpo dele contra o seu. Depois, olhou para o céu e jogou um beijo imaginário pelo mar cintilante. Obrigada, Ellie. Obrigada, Dylan, murmurou.

Agradecimentos

Este livro não seria o que é sem a valiosa colaboração que recebi das seguintes pessoas: Laura Morris, Jane Wood, Don Boyd, Clare Boyd, Shelley Borkum, Jane Bow, Jenny Ellis e toda a equipe da Quercus. Muito obrigada a todos.

Este livro foi composto na tipologia Minion
Pro Regular, em corpo 11,5/15,5, e impresso em
papel off-white no Sistema Cameron da
Divisão Gráfica da Distribuidora Record.